Varianti

Margery Allingham

Il premio del traditore

Traduzione di Marina Morpurgo

Bollati Boringhieri

Prima edizione settembre 2016

© 1941 Rights Ltd. Tutti i diritti riservati

Titolo originale   *Traitor's Purse*

© 2016 Bollati Boringhieri editore
Torino, corso Vittorio Emanuele II, 86
Gruppo editoriale Mauri Spagnol
ISBN 978-88-339-2780-0

www.bollatiboringhieri.it

Stampato in Italia da 🐝 Grafica Veneta S.p.A. di Trebaseleghe (PD)

Anno						Edizione						
2019	2018	2017	2016			1	2	3	4	5	6	7

Il premio del traditore

Questo libro è per P. Y. C.

I

Il mormorio era indistinto. Strisciava nel reparto buio, e penetrava nelle orecchie dell'uomo disteso nella pozza di luce al capo opposto dello stanzone. Era piacevole, il mormorio. Una corrente placida che scorreva rassicurante sotto la preoccupazione, sotto quell'ansia terrificante che gli stava conficcando nel diaframma dita gelide. Cercò di concentrarsi su quel suono. Per fortuna adesso non era più indistinto. Si riconoscevano due voci, e quando riusciva ad afferrarle, le parole avevano un significato. Era un buon segno. Faceva ben sperare. Magari di lì a poco le parole avrebbero cominciato a connettersi e allora, grazie a Dio, lui avrebbe saputo qualcosa e quella paura terribile sarebbe svanita.

Dal suo letto l'uomo riusciva a vedere solo uno spicchio di pavimento lucido, una fetta di letto vuoto e rifatto con cura, un alto finestrone schermato che in cima spariva nell'oscurità più totale, laddove la luce della lampada con il paralume posta sopra la sua testa non aveva la forza di arrivare. Nulla di tutto ciò gli era familiare. Non era nemmeno certo di essere in un ospedale. Anche questo faceva parte della situazione. Sapeva che cosa fossero gli ospedali; il fatto gli era di conforto. Erano imponenti edifici grigi, resi trucemente allegri da giganteschi manifesti che annunciavano gli obblighi della scarificazione contro il vaiolo. La capacità di ricordare quei cartelloni lo rallegrò. Era ancora in grado di leggere; ne era certo. A volte capitava che non lo si fosse. A volte in quelle condizioni si riuscivano a capire solo le parole dette, non quelle scritte. Strano ricordare adesso questo dettaglio. La sua mente era abbastanza lucida, fin dove arrivava... fin dove arrivava. Si concentrò sul mormorio. Veniva da molto lontano. Dovevano essere appena fuori dalla porta che c'era più avanti, nel buio. La donna doveva essere un'infermiera, ovvio. La scoperta lo rese stoltamente felice. Stava facendo progressi. Da un momento all'altro gli sarebbero balenate in mente altre cose ovvie come quella.

Non aveva idea di chi potesse essere l'uomo, però il suo borbottio aveva un suono umano e amichevole. Si dispose all'ascolto.

«Non sarò io a interrogarlo, sa?» Accolse con blando interesse le parole dell'uomo.

«Vorrei anche vedere». La donna aveva un tono acido. «È una faccenda molto seria. Mi stupisco che ce lo abbiano lasciato qui da solo. Non è bello da parte loro».

«Non c'è motivo di preoccuparsi, signorina». Il borbottio suonò afflitto. «Se mi avessero dato una sterlina per ognuno di quelli di cui mi sono occupato, a quest'ora sarei ricco. Vedrà che starà tranquillo. Probabilmente non ricorderà neppure che cosa è successo – o dirà di non ricordare, finché non avrà parlato con un avvocato. Oggigiorno fanno così, sono pronti a tutto».

L'uomo sul letto rimase immobile. Il mormorio aveva cessato di essere rassicurante. Dimenticò di rallegrarsi del fatto che le parole gli giungessero coerenti. Ascoltò avidamente.

«Lo impiccheranno, vero?» disse l'infermiera.

«Sarà per forza così, signorina». L'uomo era al tempo

stesso dispiaciuto e fermo. «Era uno di noi, capisce, quindi non c'è modo che la faccia franca. Se un uomo ammazza un poliziotto la forca gli tocca di sicuro. È una precauzione necessaria per la sicurezza dei cittadini» aggiunse, non senza una certa soddisfazione. «E questo tizio aveva tutto quel denaro addosso. Ci deve un bel po' di spiegazioni anche per questo».

«Posso solo dire che è davvero spiacevole». L'infermiera si agitò un po' dopo aver parlato e l'uomo disteso sul letto pensò che stesse per entrare nello stanzone. Chiuse gli occhi e si irrigidì. Non si sentirono però passi, e di lì a poco l'infermiera riprese a parlare.

«Sembra così strano qui, senza i pazienti» disse e rise in modo leggermente forzato, come se si fosse resa conto di quanto fossero spettrali i vasti reparti vuoti. «Il personale è ridotto all'osso, ci hanno lasciato qui perché ci occupassimo di emergenze come questa. Siamo l'unico ospedale della città titolato a entrare in azione per ogni evenienza. Il personale e i pazienti sono stati evacuati. Non so come se la stiano passando tutti quelli che sono in campagna, questo è certo».

«La mia signora e i bambini sono in campagna» disse inaspettatamente il poliziotto. «A me restano pochi soldi e lei si sente sola...» La voce gli morì in un sussurro confidenziale e all'altro capo del reparto l'uomo nel letto riaprì gli occhi.

Ammazzare un poliziotto. Per quanto confusa potesse essere la sua mente, capiva l'enormità di una cosa simile. Era una faccenda seria. Così seria da mettergli i sudori addosso.

Aveva avuto incubi di questo genere e aveva conosciuto dei poliziotti. E a pensarci bene gli pareva che i poliziotti gli fossero molto familiari e di avere avuto simpatia per loro.

Cosa diavolo gli era capitato? L'agente lì fuori aveva semplicemente detto che era possibile che non ricordasse. Ebbene, in effetti non ricordava proprio nulla di nulla. E questa era la causa dell'ansia, almeno in parte. Non ricordava, non ricordava e basta. C'era solo quella preoccupazione segreta, quell'ansia divorante, tormentosa, terrificante, che travalicava qualsiasi considerazione relativa alla propria incolumità personale; l'uomo aveva un vago ricordo di essere responsabile del quindici. Quindici. Non aveva la minima idea del significato di quel numero. Quella parte era svaporata del tutto. Però era una parte urgente e vitale, ne era certo. Torreggiava sul resto delle sue difficoltà, un gigantesco oscuro presagio di disastro.

E adesso, come se non bastasse, sapeva che l'avrebbero impiccato per aver ucciso un poliziotto. E magari lo aveva ucciso davvero; era lì il guaio. E in ogni caso quel poliziotto stolto parlava all'infermiera come se la conclusione fosse scontata. Si aspettavano che chiamasse un avvocato, no? E sai quante possibilità aveva di riuscire ad aiutare un avvocato a preparare il caso, lui che non ricordava neppure il proprio nome!

Mosso dall'indignazione e dalla strana monolitica determinazione tipica di quello stato mentale, scese dal letto.

Si mosse con grande velocità e naturalezza, ancora parzialmente avvolto nel confortevole scialle della semincoscienza, senza fare alcun rumore.

Scelse la porta più vicina, perché perfino lui si rendeva conto che sarebbe stato prudente evitare i due personaggi mormoranti, e a piedi scalzi avanzò silenzioso sulle piastrelle del corridoio. Questo era ampio, pulito, e tuttavia male illuminato perché le lampadine erano pesantemente schermate e proiettavano singoli aloni di luce sul pavimento lucido.

Fu in una di queste pozze tonde di luce che vide la forcina per capelli. Si chinò per raccoglierla, meccanicamente, e lo atterrì l'ondata di dolore sordo che in quel momento lo travolse. Era un bel guaio. Come sarebbe andata a finire? Adesso svengo, pensò, e mi acchiapperanno e mi impiccheranno per aver aggredito un poliziotto. Dio Onnipotente, che situazione!

Le piastrelle, gelide sotto i piedi nudi, lo ridestarono un poco, e per la prima volta si rese conto di non essere vestito, l'unico indumento che aveva addosso era il ruvido pigiama ospedaliero.

Diede un'occhiata alla fila di porte scintillanti sulla sua sinistra. In qualsiasi momento se ne sarebbe potuta aprire una, e ne sarebbe sbucata fuori l'Autorità. E come se non bastasse sarebbe stata un'Autorità orrenda, arrogante, vestita in modo appropriato e ostile.

Un vero incubo. L'ipotesi che fosse un brutto sogno gli parve possibile e vi si aggrappò con gratitudine. La convinzione lo sgravò di buona parte delle preoccupazioni. Tanto per cominciare, non era più così preoccupante che il suo cervello vacillasse.

Ciò nonostante, perfino nei sogni certi problemi sono incalzanti ed era evidente che gli erano assolutamente necessari dei vestiti, se voleva avere uno straccio di possibilità di cavarsela al cospetto dell'Autorità acquattata dietro le porte lucide.

Si guardò attorno ansiosamente. Le pareti erano spoglie come un piatto vuoto, eccezion fatta per i secchi antincendio, e la nicchia sotto quella fila rosso sangue gli sfuggì finché non le arrivò proprio addosso, e la visione della cassetta di vetro con i bordi rossi incastonata nella nicchia lo immobilizzò di colpo. Si fermò folgorato davanti all'armadietto. All'interno c'era il solito equipaggiamento. Sul fondo era appesa una cerata nera e da sotto spuntavano le dita di un paio di stivaloni alti fino alla coscia, mentre la manichetta era avvolta insieme al tutto in ordinati festoni araldici.

L'uomo in pigiama ignorò l'invito stampato sulla targhetta smaltata che gli chiedeva di rompere il vetro in caso di necessità. Si concentrò invece sul buco della serratura nel legno liscio e rosso. Quando sollevò la mano per toccarla riscoprì la forcina e si sentì pervadere dal tepore della soddisfazione. Allora era uno di quei sogni misericordiosi in cui tutto finisce bene – sì insomma, ammesso che il trucco funzionasse.

Non ebbe il tempo per riflettere sulle proprie abilità, in un certo senso peculiari. La forcina piegata fece scattare con facilità la serratura, come se avesse compiuto quell'operazione centinaia di volte. L'assenza dei pantaloni di cerata lo preoccupava, ma gli stivali erano magnifici. Gli risalivano fin sopra le cosce e l'impermeabile aveva una cintura che si levava e poteva essere infilata nei passanti degli stivali. Il cappello da lupo di mare che uscì da dentro la cerata gli parve ridicolo, ma se lo mise in testa e con grande sollievo abbottonò l'impermeabile fin sotto il mento.

Non fece caso all'incongruità del travestimento. Si stava ancora muovendo con l'immediatezza dettata dall'emergenza. Alle spalle aveva un pericolo e davanti a sé una cosa tremendamente importante. Si stava allontanando dal primo e avvicinando alla seconda. Il fatto sembrava al tempo stesso ragionevole ed elementare.

Le porte rimanevano ancora chiuse. Non si sentivano rumori né correnti d'aria. Il corridoio era vuoto e silenzioso, ma comunque respirava. Era vivo. L'uomo in pigiama non si faceva illusioni in proposito. Dovunque fosse, chiunque fosse, un ubriaco, un pazzo, o uno che stava sognando, era pur sempre desto a sufficienza per distinguere un edificio vivo da uno vuoto. Di sicuro lì dentro c'era della gente.

Lo sportello dell'armadietto, che non era stato richiuso con attenzione, si spalancò e urtò l'uomo facendolo sobbalzare. Non andava bene. Lo sportello aperto lo avrebbe tradito all'istante. Se l'infermiera dalla divisa frusciante avesse messo la testa fuori dal reparto, il suo sguardo sarebbe stato catturato immediatamente da quel vetro spalancato. Lo richiuse, mettendoci molta più forza di quanta non volesse. Il vetro sottile andò in mille pezzi. Il delicato tintinnio di cocci sulle piastrelle sembrò quasi una musica, ma la campana automatica sopra l'armadietto, che non aveva notato, fu tutt'altra storia.

La campana gli urlò contro, facendogli vibrare tutti i nervi che aveva in corpo, fino alla radice dei capelli. La campana ululò. Impazzì. Strillò, tremolando isterica nella notte, e da ogni parte, sopra di lui, sotto di lui, altre campane le fecero eco in una mostruosa cacofonia d'allarme.

2

L'edificio era vivo eccome. Le capacità di discernimento non avevano abbandonato l'uomo in pigiama. Si spalancarono porte, gli si precipitarono addosso piedi lanciati nella corsa, ci furono urla, brusche richieste di informazioni, toni di voce alti e ansiosi che gli ronzarono nella testa come api uscite da un alveare rovesciato.

Corse come un disperato, con la cerata svolazzante che gli sfregava contro le gambe impacciate. Passò davanti al montacarichi e proseguì verso le scale. Quando raggiunse il secondo pianerottolo andò a sbattere contro un uomo anziano in camice bianco, che lo afferrò per la manica.

«Signore, non posso trattenermi». Le parole gli sfuggirono mentre si divincolava. «Si occupi dei suoi pazienti» gridò, come per un ripensamento, avviandosi giù per la rampa successiva.

Nel frattempo le sirene continuavano a strillare. Il loro baccano stridulo era stimolante. Se solo avessero perseverato lasciandolo arrivare al piano terra.

Giunse nell'atrio principale prima del previsto. Anche qui regnavano caos e agitazione. Qualcuno aveva abbassato le luci in modo da poter spalancare le due ampie porte d'ingresso, e un inserviente stava esortando tutti, con toni da sergente maggiore, a uscire in silenzio.

L'uomo con la cerata corse a rotta di collo sul pavimento piastrellato, guidato istintivamente dal più vicino fiotto di aria fredda. Un'infermiera si scostò per lasciarlo passare e un dottore lo toccò sulla spalla.

«Dov'è, pompiere?»

«Sul retro. Non c'è nessun pericolo. Li tenga tranquilli. Non c'è assolutamente pericolo». Gli riuscì di esprimersi in modo magnificamente autorevole, notò. Aveva quasi raggiunto la soglia delle porte di emergenza quando all'improvviso gli si parò davanti una ragazza. Mentre lui la scansava quella gli parlò a bassa voce.

«È vicino al cancello» disse, da vera idiota.

L'uomo con la cerata le lanciò un'occhiata girandosi appena ed ebbe l'impressione fugace di un viso a forma di cuore, con occhi castani sorprendentemente intelligenti.

«L'incendio è sul retro, signorina. Nulla di grave» tagliò corto e tirò dritto.

Si trattava di un incontro insignificante e per quel che ne sapeva lui la ragazza poteva anche essere una ritardata mentale, però gli insinuò nella mente un dubbio inquietante e così l'uomo si tuffò avidamente nel buio esterno.

Non era una notte nera come la pece. Dietro il lenzuolo di nubi sottili splendeva la luna, e non appena gli occhi dell'uomo si adattarono al cambiamento, divenne distinguibile il grigiore misterioso della città buia.

L'ambiente circostante non gli diceva nulla. Si trovava in un ampio spazio semicircolare in cui erano parcheggiate decine di automobili, oltre il quale tetti e guglie si stagliavano come figurine vellutate contro il cielo più chiaro.

Si impossessò dell'auto più vicina. In quel momento gli parve la cosa più assennata da fare anche se ebbe qualche difficoltà nel gestire i pedali, impedito com'era dagli stivaloni. Tuttavia la vettura si mise in moto e lui la guidò con prudenza lungo la discesa che portava ai cancelli aperti.

Quando raggiunse la strada principale svoltò in direzione
est, essenzialmente perché a naso quella direzione gli apparve più propizia dell'altra, e premendo forte l'acceleratore
proseguì sferragliando sul buio nastro di asfalto che si in-
travedeva appena alla luce dell'unico fanale incappucciato.
Aveva scelto un'automobile che era un catorcio. La scoperta lo sconcertò, immaginando di essere abituato a guidare qualcosa di completamente diverso. Non solo questa uti-
litaria scomodissima era piccola e soffocante, ma lo sterzo
faceva paura, il volante aveva un gioco di almeno un giro a
vuoto, e alle sue spalle, in un punto imprecisato, si faceva
sempre più forte un clangore metallico assai indicativo.

La strada, ampia e fiancheggiata da case buie poste al
riparo di siepi incolte, gli risultava ignota. Poteva essere
una qualsiasi strada in un punto qualsiasi dell'Inghilterra.
Non c'era traffico e non c'erano lampioni. Guidò in preda
all'ansia, cercando di far andare più veloce l'auto che non
ne voleva sapere. Adesso era un vero incubo, del genere
ben noto, in cui ci troviamo in un tunnel buio inseguiti da
qualcosa di spaventevole, e a ogni passo i nostri piedi si
fanno sempre più pesanti.

Aveva percorso all'incirca mezzo miglio quando finalmente si imbatté in un altro veicolo e accolse con sollievo
il paio di luci di posizione oscurate che si vide venire
incontro ondeggiando. Scoprì che erano quelle di un autobus. L'interno era buio, ma quando il veicolo fu alla sua
stessa altezza riuscì a intravedere il numero male illuminato sopra la cabina di guida. Era un 15. La visione gli diede
la scossa e per un istante un ricordo gli corse incontro
come una grande onda calda e colorata e luminosa, ma poi
fece marcia indietro, lasciandolo nella disperazione. C'era
qualcosa di spaventosamente impellente e importante.
Qualcosa che doveva fare all'istante e la responsabilità in
gioco era enorme.

Per un attimo questa cosa elusiva era stata quasi a portata della sua mente, ma adesso era svanita di nuovo, del tutto perduta. Gli elementi noti erano piuttosto gravi, ricordò restando scioccato. La polizia gli stava dando la caccia, a quanto pareva per omicidio. Il rumoraccio sul retro dell'automobile smise di essere minaccioso per diventare francamente sinistro. Da un momento all'altro la bronzina sarebbe partita e lui sarebbe rimasto impantanato nei sobborghi di una città sconosciuta, dove il suo travestimento lo avrebbe tradito e condannato all'istante.

Fu a quel punto che si rese conto di avere una macchina alle spalle. Non c'era modo di distinguerne le dimensioni o la marca, perché aveva un unico fanale fioco e rivolto verso il basso come il suo. Frenò leggermente per consentire all'auto di superarlo, ma il conducente non fece alcun tentativo di sorpasso e sembrò accontentarsi di mantenere una distanza di una ventina di metri o poco più. La cosa parve decisamente allarmante.

Stimò che la propria velocità non dovesse essere di molto superiore alle quaranta miglia all'ora, sebbene a giudicare dai sobbalzi e dagli ondeggiamenti della vettura si sarebbe potuta ipotizzare una velocità superiore ai cento all'ora. Rallentò un poco, con cautela. Rallentò anche la vettura alle sue spalle e nello stesso momento crebbe in modo sensibile il rantolo dell'asse posteriore.

La bocca dell'uomo snello si increspò in un sorriso di puro divertimento. La situazione era talmente disastrosa da essere ridicola. Era un topo d'appartamento con i pattini a rotelle. Tutto remava contro di lui, le sue possibilità erano irrisorie. Non aveva neppure mezza chance di riuscire a scappare, con quegli stivaloni ingombranti.

Una svolta che si aprì nel buio alla sua sinistra lo fece decidere e così sterzò bruscamente per imboccarla, in uno sprint finale. Il guidatore alle sue spalle mancò la svolta e questo diede all'uomo un bagliore di speranza, ma prima ancora dell'incrocio successivo l'auto inseguitrice gli era già di nuovo alle calcagna. L'aperta campagna lo colse di sorpresa. L'ospedale doveva essere più vicino ai sobborghi della città di quanto non avesse immaginato. Ecco, ci siamo, pensò mentre guidava dentro un tunnel di alberi spogli che in fondo sbucava in tenebre solitarie. Lo avrebbero arrestato da un momento all'altro, ne era certo, e si preparò al momento in cui lo avrebbero sorpassato per poi sbarrargli la strada. Ma intanto non sembrava esserci alcun motivo valido per accostare di propria volontà e così proseguì nella campagna, tra boschi fitti, seguito dal suo silenzioso sorvegliante.

Con il passare dei minuti la rassegnazione cedette il posto all'irritazione nervosa e cominciò a guidare nel bel mezzo della strada. Quando gli si presentava l'opportunità di una svolta la imboccava, ma il suo compagno non lo mollò. Se anche riusciva a distanziarlo con qualche abile manovra, quello premeva sull'acceleratore e lo riprendeva immancabilmente.

Gli sembrò di viaggiare per ore, forse addirittura per settimane. Faceva freddissimo e la sua mente, immersa nelle tenebre, con l'unico puntino di luce dell'immediato presente, gli apparve per la prima volta come una macchina indipendente, autonoma, e insoddisfacente quanto l'auto che stava guidando.

I rumori sinistri tra le ruote posteriori si erano fatti assordanti. La velocità era scesa sensibilmente e il motore funzionava con almeno un cilindro in meno. Un avvallamento improvviso fu la sua rovina. Finì senza vederlo nel ruscelletto che attraversava la strada, sollevando un muro di spruzzi che penetrò nel radiatore e oscurò il parabrezza. Il motore tossì in segno di scusa e spirò.

L'uomo rimase seduto dov'era. Dopo il tracollo della bronzina il silenzio risultava dolce ma soprannaturale. Aspettò. Non successe nulla.

Le nubi si erano diradate un poco e nel chiarore lunare riusciva a vedere su entrambi i lati della strada siepi basse, e al di là di queste i rametti lunghi e appuntiti di un salice da vimini. Non un alito di vento, non un fruscio. Tutto era freddo e immoto come sul fondo del mare.

Girò cautamente la testa e guardò attraverso il lunotto posteriore. L'altra macchina era al solito posto, pochi metri dietro alla sua. Era ferma e non c'era modo di capire chi ci fosse dietro a quell'unico fanale rivolto verso il basso.

Poi, mentre lui la stava osservando, l'auto cominciò a muoversi. Scese lentissima la strada alle sue spalle, spostò dolcemente di lato il corpo lungo e snello, ed entrando nell'acqua con tanta delicatezza che quasi non vi produsse increspature, gli si accostò finché il sedile del conducente non fu all'altezza del suo.

3

I finestrini delle due auto si abbassarono in contempo-
ranea e l'uomo con l'impermeabile da pompiere si preparò
ad affrontare l'ignoto che lo attendeva.

«Non è che per caso ti serve un passaggio?»

La domanda, posta con cortesia solenne, uscì dolcemente dal buio, con una voce limpida e giovane che sarebbe
potuta essere quella di un ragazzino beneducato.

«Lo sa dove siamo? Stiamo facendo assegnamento su di
lei. Mi auguro che se ne renda conto». La seconda voce,
anziana e lamentosa, oltre che praticamente incollata al suo
orecchio, fece prendere un accidente all'uomo, da tanto era
vicina. «Guidare di notte è sempre difficile» continuò a
blaterare vacuamente, «e in questo periodo dell'anno viene
buio molto presto. Devo aver cacciato da queste parti
quando ero un giovanotto, ma sono passati tanti anni. Tanti. Non ho proprio idea di che strada sia questa».

Dopo un istante di silenzio incredulo la spiegazione di
questa allucinazione apparente balenò davanti al fuggitivo
provocandogli un secondo shock. Chiunque fossero, quelle due brave persone dovevano conoscere molto bene lui
oppure la sua automobile. Rispose cautamente, sperando
che la voce lo rendesse o non lo rendesse identificabile, a
seconda del caso.

«Temo che la mia macchina sia in panne» disse con chiarezza e aspettò la loro reazione.

«Con un bel sorriso sul cofano, non c'è dubbio». La voce giovane lo rimproverò gentilmente. «Ti spiace accomodarti dietro? Il signor Anscombe è seduto davanti con me. Arriveremo tutti decisamente in ritardo alla cena, temo, e ho telefonato a Lee. Lascia l'auto di George lì dov'è».

L'uomo che non ricordava tese le orecchie. Era stata posta indubbiamente una certa enfasi sul nome di battesimo, un avvertimento.

«Il nostro George ha gusti terribili in fatto di motori» si azzardò a dire mentre usciva a fatica dalla portiera sul lato opposto e girava attorno alla seconda auto per salire dietro. Quando entrò nell'oscurità calduccia della limousine la ragazza gli fornì l'indizio che aveva richiesto.

«Non si tratta dei gusti di George, povera stella. Si tratta delle sue tasche» disse con fermezza. «Insomma, tutti gli studenti universitari tendono ad abboccare, quando hanno di fronte un venditore di automobili usate, no? In ogni caso si è dimostrato molto gentile prestando l'auto a te. Mi spiace che ci siamo mancati. Ero in attesa nell'atrio e tu mi sei passato davanti a razzo, e poi sei partito con la macchina di George senza darmi il tempo di intervenire».

Continuando a parlare ingranò la marcia, e si avviarono nel buio.

«Dispiace anche a me. Sono stato molto sciocco» mormorò l'uomo con la cerata. Si stava muovendo con grande cautela. Chiaramente si trovavano su terreni pericolosi e non era il momento per le spiegazioni. Quella ragazza, che Dio la benedica, chiunque ella fosse certamente gli stava venendo in aiuto e sembrava aspettarsi da parte sua che stesse al gioco.

Si lasciò ricadere sui cuscini e aguzzò la vista nel buio.

A poco a poco riuscì a distinguere le due silhouette che si stagliavano contro il parabrezza. La ragazza era piccola ma dritta come un fuso e le spalle erano squadrate come quelle di un maschio. Ma certo! Era la ragazza con il viso a forma di cuore e gli occhi scuri e intelligenti che gli aveva rivolto la parola nell'atrio dell'ospedale. Doveva aver tentato di dirgli che l'auto era nei pressi dell'uscita. Non c'era da stupirsi se adesso,lo stava trattando come un mentecatto. Lo era, santo Dio. Lo era.

L'uomo seduto accanto a lei era una figura non altrettanto definita. Sembrava un fagotto mal fatto con sul testone un berretto piatto, posato lì come un coperchio. Di lì a poco il tizio si girò, sporgendosi oltre lo schienale.

«Un'avventura sgradevole» commentò, con tono mondano. La voce ampollosa era da vecchio stolto, ma aveva una nota pericolosamente inquisitoria.

L'uomo sul sedile posteriore esitò.

«In un certo senso sì» disse, alla fine.

«Lo so. Lo so». Il vecchio era determinato a parlare, a qualunque costo. «In ogni caso lei ha fatto il suo dovere. Questa è una grande consolazione. Probabilmente sarà l'unico ringraziamento che ne avrà. Il Buon Samaritano...»

«Sarà questa la sua ricompensa» intervenne la ragazza, senza muovere la testa. «In ogni caso» disse, «non vedo cos'altro avrebbe potuto fare. In fondo, se uno sconosciuto è così cortese da fare conversazione con un compagno di scompartimento ferroviario, e così svitato da inciampare sulla borsa di un altro, picchiando la testa e svenendo mentre scende dal treno, il minimo che si possa fare è portarlo in ospedale».

«Non sono d'accordo» disse il vecchio, borbottando dentro la sciarpa. «Non le pare, Campion?»

«Sì, sì, certo». L'uomo sul sedile posteriore parlò senza far caso a quel che stava dicendo. Campion. Si aggrappò avidamente al nome e cercò di convincersi che gli fosse familiare. All'inizio ci riuscì, e provò un enorme sollievo. Ma un istante dopo non era già più così sicuro e tornò a disperarsi. L'esperienza era snervante e gli venne voglia di una sigaretta.

Scoprendo di non avere tasche, si sporse istintivamente in avanti e nel buio trovò infilati nello scompartimento sullo schienale del sedile anteriore un pacchetto e un accendino. Stava già fumando ancor prima di rendersi conto del significato del proprio comportamento. Evidentemente sapeva che le sigarette stavano lì. Ne aveva presa una con naturalezza, come se quel gesto l'avesse compiuto un centinaio di volte. La spiegazione era ovvia. Certo. La macchina era la sua.

L'unica conclusione chiara che si poteva trarre dagli sviluppi attuali, decise, era che lui e la ragazza stavano seguendo un piano – o almeno lei lo stava seguendo di sicuro. Continuava a proteggerlo, fornendogli un elemento di conoscenza dopo l'altro, e lo faceva molto bene, come se fosse un compito a lei familiare. Magari le era familiare davvero.

La convinzione che potesse essere sua moglie maturò lentamente. Più ci pensava più gli pareva probabile. Eccola lì, guidava la sua auto, lo accudiva come una madre, mentiva per lui, da vera eroina. La macchina di George, proprio! Per la prima volta da quando aveva ripreso conoscenza nello stanzone dell'ospedale vide un raggio di speranza nel futuro. C'era un ponte sopra l'abisso della sua solitudine. Non solo provò un sollievo incredibile ma si scoprì all'improvviso estasiato, e studiò la giovane nel buio.

Guidava benissimo, con sicurezza e un'insolita simpatia nei confronti della macchina. Apprezzò il fatto. Tanta gente trattava i motori a benzina come se fossero creature vendicative, da tenere a bada con mano coraggiosa e ferma. Della ragazza gli piaceva anche la voce. Era limpida e ben impostata, ma senza affettazione, e aveva una freschezza giovanile, seducente. Della faccia aveva solo un ricordo fugace, per averla intravista nell'atrio dell'ospedale, ma gli piacevano il portamento della testa e il coraggio e la dignità di quelle spallucce squadrate.

Il suo umore si risollevò. Se quella era sua moglie, allora era tutto a posto. Un paio di volte gli era balenato per la mente il pensiero di poter essere un furfante. L'idea lo aveva demoralizzato al punto che era pronto a scartarla come improbabile proprio per questo motivo. Però aveva aperto con una forcina per capelli l'armadietto dell'emergenza incendi e c'era stata quella misteriosa affermazione sui soldi da parte del poliziotto che parlava con l'infermiera. Perché era parso sospetto e strano trovargli tanti soldi addosso? Perché le autorità avevano dato per scontato che lui avesse fatto fuori un poliziotto? Qualcuno lo aveva colto in flagrante? Lo aveva ucciso davvero? Non aveva la sensazione di essere un uomo particolarmente violento. Ma in ogni caso, che tipo era, lui?

Quest'ultima domanda lo fece sussultare. Non ne aveva proprio idea. Fisicamente era piuttosto alto e magro. Aveva un sacco di capelli e i denti erano suoi. Senza uno specchio non era in grado di dire altro.

La ragazza gli dava l'impressione di essere giovane, forse addirittura giovanissima, e l'uomo rifletté attentamente sull'età che lui stesso poteva avere. Era in forma, solo provato, ma era naturale, dall'esperienza ignota che comunque lo aveva lasciato con le gambe dolenti e la testa ballerina, e a parte questo gli pareva di essere decisamente atletico. Chissà. Chiaramente non era un ragazzino, ma d'altra parte non doveva essere certo vecchio, no? Alla fine optò per i ventinove anni. In ogni caso era un'età simpatica e lui non se ne sentiva di più.

Cominciò a sentirsi meglio, quasi audace. La berlina stava mangiando miglia di strada e si era già mezzo convinto che la faccenda del poliziotto ucciso facesse parte di un delirio ormai passato, quando l'uomo anziano si riscosse. «Ora so dove siamo» disse, contento. «Dobbiamo aver deviato dalla nostra strada per una quindicina di miglia». Si interruppe di botto e rise, la risatina acuta di un vecchio rimbambito. «Volevo dire cinque miglia, ovvio» aggiunse goffamente. «Non so cosa mi abbia spinto a dire quindici».

L'uomo che aveva saputo di chiamarsi Campion aguzzò gli occhi nel buio e la marea oscura dell'ansia gli risalì ancora una volta nel cervello.

«Comunque ora non siamo lontani». La voce tranquilla della ragazza risuonò rassicurante e assertiva. «Se non le dispiace, signor Anscombe, la lasciamo a casa sua e noi corriamo a cambiarci. Aubrey ha rimandato la cena alle otto e trenta e non sarebbe civile arrivare in ritardo. Ci vediamo lì, d'accordo?»

«Sì, sì, ci vediamo lì». Il vecchio sembrò entusiasta. «Non mi perdo mai l'occasione di una cena all'Istituto adesso che Aubrey è al comando. Ricordo il suo predecessore, il grande dottor Hale. Era un tipo capace ma niente a che vedere con la bravura di Aubrey. Aubrey è uno dei grandi del nostro tempo».

«Sì» disse pensosa la ragazza. «Sì, credo che lo sia. Non ha paura a circondarsi di ingegni».

Anscombe grugnì. «Un uomo particolarmente brillante già di suo» annunciò con tono didattico. «Abbiamo avuto una bella fortuna a farlo venire qui a Bridge. Ricordo la famosa sessione nella quale la sua designazione fu annunciata al Conclave Segreto. Come Segretario Ereditario della Società ricevetti molte congratulazioni, ma dissi: "Non ringraziate me, Signori di Bridge" – è la formula di rito con

cui ci chiamiamo, sapete – "Non ringraziatemi. Ringraziate lui per aver accettato di venire da noi"».

Si rimise comodo sul sedile e sospirò. Era evidente a
Campion che l'anziano stava parlando di cose che gli stavano molto a cuore. Trasudava orgoglio con una dose ro-
busta di pomposità.

Anscombe? Il nome a Campion non diceva nulla. Però
Bridge e l'Istituto suonavano vagamente familiari. Immaginò che fossero termini ben noti, qualcosa che aveva sentito nominare per tutta la vita.

Di lì a poco il vecchio parlò di nuovo.

«Aubrey è anche un uomo di ricchezze, sapete» disse.
«I più lo ignorano, ma il suo stipendio di duemila sterline
lo devolve interamente al finanziamento di una certa borsa di studio lassù al nord. I suoi redditi personali devono
essere considerevoli. In ogni caso, gli si addice. Ricopre
una posizione unica, che nemmeno tutto l'oro del mondo
potrebbe comperare, e ha una casa che in pratica è un
museo, anche questa fuori mercato. Ci state bene, vero?»

«Benissimo. È una casa meravigliosa, vero, Albert?»

A Campion ci vollero alcuni secondi per rendersi conto
che stava parlando con lui, ma la sua risposta quando
arrivò fu valorosamente entusiasta.

Il signor Anscombe si girò sul sedile.

«Lei è stanco» disse. «Quello che le è capitato deve
averla sfinita. Succede spesso, in circostanze del genere. E
anche Londra è stancante. Che cosa ha addosso? Un impermeabile? Sento un fruscio, ma non riesco a vedere. Fa
un gran caldo qui dentro. Perché non se lo leva?»

«No. Non credo di volerlo levare, grazie». Scoppiò a
ridere, facendo inorridire se stesso, ma ancora una volta la
ragazza gli venne in soccorso.

«Lasciamolo stare» disse. «Non ne fa una giusta. Ha
preso l'automobile sbagliata, ci ha portato fuori strada per

miglia, e adesso è lì che sonnecchia con addosso un puzzo da negozio di biciclette. Albert, ti toccherà rinunciare alla cerata quando ti trovi in un ambiente chiuso. Comunque siamo quasi arrivati. Questo è il suo cancello, vero, signor Anscombe? Non ci accuserà di essere orribilmente scortesi se non entriamo con l'auto nel viale d'accesso, vero?» «Oh ma certo che no, ci mancherebbe. Sono in ritardo anch'io. Grazie, siete stati gentilissimi. Sento di essermi imposto a voi, questo pomeriggio, ma siete stati così cari, davvero».

Intanto che parlava il vecchio si stava alzando faticosamente dal sedile basso e la sua voce vacua e insulsa starnazzò e poi si affievolì quando atterrò sano e salvo sul marciapiede e chiuse la portiera. Attraverso il finestrino il passeggero rimasto ebbe una visione fugace dell'uomo che spariva tra alte colonne stuccate, in direzione di una casa scura e incombente.

«Oh che stupido» disse all'improvviso la ragazza. «Ha dimenticato qui il suo pacco. Ci metto un attimo. Glielo porto».

«Non ti preoccupare, ci penso io» si affrettò a dire Campion, cercando a tastoni la maniglia della portiera.

«Non puoi, vestito così».

«Ma sì che posso. Non mi vedrà. E se anche mi vedesse gli toccherebbe prendere atto del fatto che sono un eccentrico. Dov'è il pacco?»

La ragazza si girò verso di lui nel buio. «Sono libri, credo» disse. «Eccoli».

Prese il pacco squadrato e uscì barcollando per seguire la figura che si stava allontanando. Fuori era più chiaro di quanto non avesse creduto e Campion non chiamò il vecchio, ma risalì in silenzio il vialetto. La porta d'ingresso era già chiusa quando la trovò, e invece di bussare lasciò il pacco sul gradino e tornò di corsa all'automobile.

Adesso che Anscombe se n'era andato la macchina sembrò addirittura più confortevole. La ragazza mollò dolcemente la frizione e scivolarono via. L'uomo, che stava ancora cercando di ricordare se Albert Campion fosse davvero il suo nome, si protese in avanti. Adesso che era solo con questa deliziosa per quanto irriconoscibile moglie, provava un imbarazzo inaspettato all'idea di dover venire al dunque. La giovane produceva su di lui un effetto straordinario. Era così felice di averla lì, così fanciullescamente appagato e contento di averla trovata. Sperò ardentemente che lei gli avrebbe consentito di posarle la testa sul cuore e di dormire. Era ridicolo essere costretto a chiederle come si chiamasse.

«È tutto molto difficile» esordì, imbarazzato.

«Lo so». Lo disse con tanto sentimento che lui tacque. «È una cosa che fa paura, e non c'è assolutamente tempo di parlare e di chiarire tutto. Siamo già qui e non possiamo permetterci di arrivare in ritardo, desteremmo dei sospetti».

Continuando a parlare sterzò imboccando una rampa ripida e oltrepassando un cancello sorretto da colonne.

«Ho scoperto dov'eri solo per miracolo. Stavo aspettando in stazione, come da accordi. Ero riuscita a liberarmi di Anscombe fino alle quattro, ma poi sono stata costretta a portarmelo appresso, raccontandogli una fola dopo l'altra. Ho dovuto portarlo perché insisteva. Mi ha detto di avere appuntamento con il dentista e ha chiesto a Lee Aubrey se io non potessi dargli un passaggio. Lee me lo ha chiesto personalmente e io non ho potuto rifiutare senza destare sospetti. E quindi ce lo siamo trovato tra i piedi».

L'automobile non si era fermata. Per quel che Campion riusciva a vedere stavano attraversando un parco, o qualcosa del genere. La ragazza stava ancora parlando. Era nervosa e un po' a corto di fiato.

«È un vecchiaccio terrificante, vero?» chiese. «Per il novantanove percento del tempo è un idiota assoluto e poi ha lampi isolati di intuizione. Non sai mai se è l'argento che si mostra sotto la patina ossidata o se sono le ultime particelle argentate su un vecchio cucchiaio di stagno. La nostra unica possibilità di farcela, adesso, è quella di metterci a tavola e comportarci normalmente. Hai qualcosa, sotto quella divisa da decontaminazione? Possiamo lasciarla in macchina?»

«Dipende da dove stiamo andando» disse lui. «Sono in pigiama... un orrendo pigiama di flanella».

«Cosa?» Sbigottita fermò l'auto e si girò verso di lui. «Che cosa è successo? Non sarai ferito?»

«Oh, santo cielo, no» disse l'uomo, confortato dall'ansia della ragazza. «Sto bene, davvero. Ero solo svenuto».

«Ah, niente di più grave, vero?» disse lei, molto più sollevata e assai meno sorpresa di quanto l'uomo si sarebbe aspettato. «Il tizio dal giornalaio si è limitato a sussurrare "ospedale". Non ho avuto modo di parlargli. Il negozio era pieno di gente, e non c'era tempo. Erano quasi le cinque a quel punto e avevo quell'accidente di Anscombe tra i piedi. Il vecchio sa qualcosa, ci giurerei».

«Più di quanto non sappia io» disse Campion, tetro.

Cogliendolo di sorpresa la ragazza lo aggiornò. «Sì» disse. «È quel che pensavo. Terremo a mente la presenza di Anscombe. Ma sono contenta che tu stia bene. Non mi era passato per la testa che tu potessi essere entrato in ospedale come paziente. Quando ti ho visto uscire di corsa con quel costume da palombaro ho pensato che qualche amico te lo avesse prestato per nascondere gli stracci da vagabondo. Nel bagagliaio ho il tuo cambio. Ecco quello che mi ha fatto preoccupare quando non sei ricomparso prima del ritorno di Anscombe. Non sapevo come ritrovarti prima che lui ti vedesse. Però adesso sarebbe sciocco cambiarsi, no? Dovrai entrare di straforo, in qualche modo».

L'uomo rise. Lei era deliziosa e lui stanco morto.

«Ogni suo desiderio è un ordine, *madame*» disse. «Da che parte passiamo?»

«Direi dalla porta laterale» disse, «sei d'accordo? Quella che dà accesso alle scale dal cortile in cui lasciamo l'auto. So che non è educato da parte degli ospiti usare le scale sul retro, però se ci vedono faremo semplicemente la figura dei cafoni. Naturalmente potresti sempre gridare "Al fuoco! Al fuoco!" per la seconda volta, ma credo che alla lunga non ci sarebbe d'aiuto».

L'uomo osservò la silhouette della ragazza mentre lei imboccava con perizia un passaggio stretto sul fianco di un edificio grande e scuro. Era straordinariamente giovane, pratica e vispa come una bambina, e del tutto priva di affettazione. La sua voce, pensò, è la cosa più piacevole e confortante che io abbia mai sentito.

La ragazza parcheggiò e Campion scese dall'auto, rigido e con le gambe malferme, uscendo in quello che un tempo era stato il cortile delle stalle, con la pavimentazione di ciottoli e le sagome basse ed eleganti di fabbricati giorgiani visibili a fatica nella luce fioca. Quando l'uomo finalmente riuscì a emergere dall'abitacolo lei aveva già aperto il bagagliaio e stava tirando fuori una valigia.

Lui le prese la valigia, e il braccio libero gliel'avrebbe passato attorno alle spalle, ma la ragazza non sembrò aspettarsi il gesto, e all'uomo venne in mente di poter non essere aduso a certe plateali manifestazioni di affetto. Si stava interrogando su se stesso quando lei lo chiamò dalla casa.

«Andiamo, Albert. È tardissimo».

La trovò davanti a una porta scura e ad arco, lo stava aspettando.

«Bisogna salire due gradini» disse lei. «Avanti. C'è un dispositivo che accende la luce quando apri la porta».

Mentre il portone in legno alle loro spalle si chiudeva dolcemente, il corridoietto in cui si trovavano si illuminò rivelando nella luce morbida e dorata l'interno di una perfetta e confortevole dimora giorgiana dai pavimenti in pietra e le pareti in boiserie. Una porta foderata di panno verde, proprio davanti all'uomo, separava nettamente la zona dell'ingresso dal resto della casa, e una stretta rampa di scale in quercia sulla loro sinistra conduceva a un'altra porta simile, al primo piano. La ragazza puntò a quella e mentre saliva di corsa le scale lui improvvisamente la vide e la riconobbe, e fu la prima cosa concreta e familiare che emerse dalle terrificanti tenebre della sua mente. La schiena giovane e snella sotto il tweed marrone del vestito di eccellente taglio, i riccioli rossi, e la mano affusolata e bruna sulla ringhiera, improvvisamente gli apparvero come ben noti e indicibilmente cari.

«Amanda!» disse.

«Sì?» In cima alle scale lei si girò e guardò in basso verso di lui, il perfetto ritratto di un movimento interrotto, con un'espressione interrogativa negli occhi nocciola e ogni tratto del viso a forma di cuore era vivo e giovane.

Lui rise e la seguì correndo su per le scale. «Volevo solo sentirti rispondere al tuo nome».

Il sorriso della giovane svanì e a Campion parve un poco imbarazzata. «Non sono scossa, in realtà» mormorò inaspettatamente, come se lui l'avesse sgridata. «È solo che tutto sembra terribilmente importante e incalzante. Ma sei più rilassato adesso. È successo qualcosa di bello?»

«No, temo proprio di no. Ho solo la testa vuota» disse, e la seguì attraverso la seconda porta foderata di panno verde, entrando in un piccolo mondo di passata eleganza.

Amanda attraversò l'atrio superiore, dove la boiserie di pino grezzo, il tappeto cinese e i tendaggi verde salvia creavano un'atmosfera giorgiana senza il senso di oppressione o di somma ostentazione tipico di quel periodo di grandi arricchiti, e aprì una porta sotto un arco.

«Sì, grazie a Dio hanno messo fuori la tua roba» disse, guardando al di là di un'altra vasta distesa di tappeti. «Lee è riuscito a sistemare il problema della servitù, no? Grazie a una combinazione di amore e denaro, direi. Loro non solo lo adorano, ma vengono anche coperti di soldi. Tu vestiti, mi vesto anche io. Ti concedo dieci minuti. Non possiamo lavarci molto a fondo: non abbiamo altro tempo a disposizione. Dopo torno. Ho bisogno di vederti prima di scendere. Che Dio ti benedica».

Prima che potesse fermarla la ragazza sparì, entrando in fretta in una stanza dall'altra parte dell'atrio, ma la sua personalità vivace e cordiale continuò a scaldare e confortare Campion come un fuoco di carboni.

Albert Campion entrò in quella che presumibilmente era camera sua e osservò lo smoking disteso sul letto. L'etichetta del sarto all'interno del taschino gli confermò che l'abito era proprio suo, e che lo aveva acquistato nella primavera passata. Adesso che era in piedi da un po' cominciò a percepire la propria stanchezza in modo evidente, e con l'allontanarsi di Amanda era tornato un senso di smarrimento. Si vestì con cura, muovendosi lentamente e con una certa difficoltà. Dopo circa un minuto rinunciò a tentare di venire a capo di misteri che fossero più profondi della localizzazione dei propri indumenti intimi e del sapone per lavarsi. Doveva sbrigarsi. Amanda sarebbe tornata di lì a dieci minuti e il tempo non era sufficiente per chiarire tutte le questioni più serie. Si aggrappò al pensiero di Amanda. In veste di moglie era l'unica verità soddisfacente e amichevole in un mondo irreale e malvagio.

Nel frattempo la cosa che chiaramente andava fatta era cambiarsi d'abito. Accolse senza vederlo davvero, come fanno quasi tutti gli uomini ogni mattina, il riflesso della propria faccia nello specchio da barba trovato nel bagno adiacente. Gli era passata la voglia di farsi domande e l'unica sua preoccupazione era quella di rasarsi per bene il mento. Il fresco conforto dei vestiti della giusta taglia lo pacificò e si era già annodato la cravatta e stava infilando la giacca quando sentì bussare alla porta. Si precipitò ad aprire con un impeto che strattonò impietosamente il corpo irrigidito, e un istante dopo arretrò deluso. Non era Amanda, ma uno sconosciuto in smoking che gli sorrise come si sorride a chi si conosce bene e cominciò ad aggirarsi per la stanza.

«Mio caro, sono così felice che tu sia tornato» disse, esibendo una voce di parecchi toni più profonda rispetto alla media, e così modulata da incantare all'istante. «Risolti i guai?»

Campion annuì in silenzio. Se anche non gli fosse balenato un fugace frammento di ricordo, avrebbe comunque capito al primo sguardo che quello era il padrone di casa. La figura alta, dalla struttura ossea imponente e l'aria di noncurante eleganza, colpivano e si accordavano bene alla dimora. Campion riconobbe immediatamente il tipo, o per meglio dire la razza, che era quella degli spiriti originali.

Lee Aubrey era un personaggio: ovvero trasudava una forza e una spiritualità concrete, come se si fosse trattato di calore o di una debole corrente elettrica. La testona aveva una forma singolare, i lineamenti erano belli ma grossi e troppo marcati, e gli occhi sorridenti erano gentili, più che amichevoli. La cosa che più colpiva in lui era che non era in grado, apparentemente con rammarico, di fornire un terreno comune sul quale camminare in compagnia degli uomini normali. Nel suo portamento non c'era alcun segno di parità ma piuttosto un'umiltà esagerata, come se avesse l'abitudine di mettersi mentalmente a quattro zampe per condurre una semplice conversazione. Adesso, mentre se ne stava appoggiato goffamente contro la mensola del camino, fece una risatina, vergognandosi ma con indulgenza dei propri malriusciti tentativi di rilassarsi.

«Ho rinviato la cena di mezz'ora con molto piacere» disse. «È stato qui Fyshe del ministero della Guerra. Una mente straordinariamente inferiore. Brava persona. Affidabile, certo, ma ottuso a livelli clamorosi. Butcher ha impiegato una giornata intera per dirgli quel che Fyshe voleva sapere, quando un qualunque studente di media intelligenza avrebbe afferrato in pieno la cosa nel giro di un paio d'ore. Assurdo, non trovi?»

Rise di nuovo, quasi scusandosi per aver espresso quella critica.

«Assurdo» disse Campion.

Gli stava tornando la memoria, almeno in parte. Questa era la Casa del Direttore all'interno dell'Istituto di Ricerca Generale di Bridge, quell'emerita e antica istituzione che dopo essere stata una curiosità di provincia per centocinquant'anni, in parte ente benefico e in parte museo, nella prima parte del secolo si era sviluppata diventando uno dei centri di maggior valore del paese. Il ricordo arrivò come gli era tornato in mente il nome di Amanda; non come il sollevarsi di una cortina scura tesa tra la fronte e il retro del suo cervello, ma come una lacerazione improvvisa in questa cortina, che lasciò intravedere fugacemente una scena illuminata, per poi richiudersi un istante dopo, quando le pieghe si riassestarono. Era tutto assai sconcertante e allarmante.

Lee Aubrey lo stava guardando attentamente. «Sembri stanchissimo» disse con gentilezza. «O c'è qualcosa che non va?»

«No, no, sto bene». Campion si stupì per l'impeto con cui si trovò a dirlo, però gli sembrava disperatamente importante mantenere il proprio segreto.

«Oh allora... va bene». L'altro apparì addolorato come un bambino. «Non scendi? E a proposito, hai avuto le lettere?

Stamattina ne sono arrivate due o tre, ed erano per te. John avrebbe dovuto portartele di sopra. Probabilmente le ha lasciate nel mio studio. Te le vado a prendere io. Scendiamo?» Si avviò verso la porta, impacciato e sgraziato come un adolescente.

«No, adesso non posso. Sto aspettando Amanda. Dobbiamo parlare, io e lei».

Anche nel suo stato di confusione mentale Campion si rese conto che quelle parole erano state un po' sfacciate. Aubrey si girò di scatto e i suoi occhi si fecero all'improvviso acuti e spaventosamente intelligenti.

«Oh, capisco» disse, e ridiventò all'istante gentilissimo, magari in modo intenzionale. «Capisco, scendo a reggere la situazione in attesa del tuo arrivo».

Uscì con delicatezza, e, così sembrò al signor Campion, senza compassione.

Rimasto solo, l'uomo in camera da letto tornò ai suoi problemi di prima. Buttò sul fondo di un armadio il vestiario da pompiere e stava per chiudere l'anta quando un rumore alle sue spalle lo spinse a girarsi. Era Amanda. Era lì esattamente come se l'era immaginata, con un abito bianco lungo e semplice che appariva adeguato e familiare e la faceva sembrare una ragazzina. Guardarla era un piacere sublime. La scoperta lo colpì come nuova e stupefacente e questo gli provocò un'irritazione nei confronti di se stesso.

«Oh, stai benone» disse lei, annuendo con approvazione. «Avevo paura che tu potessi perdere inutilmente tempo, come fai di solito. Che cosa stai facendo? Ti rimiri?»

Campion si lanciò un'occhiata alle spalle e capì il senso dell'osservazione. L'anta dell'armadio si era spalancata, rivelando la presenza di uno specchio nella parte interna.

«No» disse lui e tacque di colpo. Si era appena visto al fianco di Amanda. Era più anziano di quanto non avesse creduto. Vide un tizio inorridito, di trentacinque anni o giù di lì, alto e molto magro, con la faccia scavata, inespressiva e assai più rugosa del previsto. Lei dal canto suo sarebbe potuta essere benissimo una studentessa.

«Hai l'aria persino più intelligente del solito» osservò lei. «Non trovi?»

«Mio Dio, davvero?» disse Campion d'istinto. «In realtà sono abbastanza scioccato».

Vide svanire l'espressione divertita dalla faccia di lei.

«Non è giusto» disse Amanda, mostrandosi poco d'aiuto.

«Che cosa, non è giusto?» chiese lui, girandosi verso di lei e prendendole le mani.

Per sorpresa di Campion l'imbarazzo della ragazza crebbe e lei si liberò lentamente dalla stretta e gli rimase ritta davanti, una giovane donna ferma e determinata, seria e spaventosamente sincera.

«Albert» disse, «so che non è questo il momento, e che adesso abbiamo faccende assai più serie di cui occuparci, però ho questo pensiero e voglio che sia tutto chiaro. Lo sai che io e te dovremmo sposarci il mese prossimo?»

L'informazione, unita alla forma minacciosa con cui era stata fornita, lo sconcertò. La delusione e la solitudine erano così lancinanti che rabbrividì di freddo e rimase lì a fissare la ragazza senza rendersi conto di avere in faccia un'espressione vuota.

«Ci sposiamo?» disse, atono.

Amanda non parlò e Campion ebbe l'impressione orribile di averla ferita, o di essersi comportato in modo ignobile, contrario alla natura di lui o di lei.

Amanda si ritrasse e per un attimo in preda al panico Campion credette che sarebbe uscita, abbandonandolo.

«Non farlo» disse disperato. «Non prenderla così, non volevo. Sono completamente perso. Non so dove sono né chi sono né cosa sto facendo».

«Oh, lo so». Era tornata quella di prima, impulsiva e calorosa e amichevole. «Lo so e ti aiuterò a venirne a capo. Puoi fare conto su di me, per ogni cosa e sempre. È la verità. Lo sai, vero?»

Lo prese a braccetto e Campion sentì contro il fianco la forza incalzante e nervosa di quel giovane corpo.

«Farò qualunque cosa, Albert. Questa è una situazione disperata, la faccenda più importante e seria che tu abbia mai dovuto affrontare, e io sono con te. Non sarei qui ora, se non fossi dalla tua parte. È disgustoso da parte mia parlare di matrimonio quando sei quasi fuori di senno per la preoccupazione causata dall'altra questione, ma lo sai che sono assolutamente incapace di nascondere qualcosa e non potrei sopportare l'idea di comportarmi da sgualdrina neppure per dieci minuti. Lo sai, non abbiamo mai avuto una tresca, no? È che sapevo che ti avrei sposato, e lo sapevo già a diciassette anni. Ci conosciamo ormai da tanti anni, e a essere sincera sono stata io a proporre il matrimonio. Te n'eri quasi dimenticato, preso come eri dall'altra storia, vero? Amico mio, non essere troppo compìto. È sciocco essere formali quando siamo così in confidenza. Insomma, io adesso voglio annullare tutto quanto. Non hai bisogno di ulteriori spiegazioni, vero?»

Albert Campion lasciò che il suo cervello ottenebrato prendesse atto di questo pronunciamento giovane e onesto. «Quanti anni hai?» chiese.

«Venticinque».

«Così tanti? E sei la mia promessa sposa da otto anni».

«Insomma, sì. Non essere sciocco, lo sai che le cose stanno più o meno in questo modo. Di solito non facciamo questi discorsi ma prima o poi bisogna parlarne. In realtà nessuno di noi due lo ha proprio deciso, è che semplicemente non ho mai preso in considerazione l'ipotesi di poter sposare un altro. Insomma, in un certo senso la questione non è mai saltata fuori. Ma adesso, sì, ecco mi è venuta voglia di lasciar perdere e come una vera cretina mi sono precipitata a dirtelo in questo momento sciagurato, quando sei sfinito e quasi ammattito per colpa di una situazione davvero spaventosa. Mi dispiace, mi vergogno, ma in ogni caso è fatta. Ho chiarito le cose e siamo a posto».

"Hai avuto intenzione di sposarmi per *otto anni*". Non ripeté le parole a voce alta ma gli apparvero come scritte luminose tra le ombre e si sforzò inutilmente di conciliare l'informazione con l'uomo che aveva appena scoperto di essere. Se adesso era un mezzo scemo, per parecchio tempo doveva essere stato un pazzo. "E ora non più". Ancora una volta non pronunciò la frase, ma il suo carattere definitivo lo pietrificò. Nel riemergere alla superficie ebbe un lampo di intuizione.

«Adesso vuoi avere le mani libere?»

Lei alzò lo sguardo e gli occhi scuri erano tranquilli e sinceri. «Sì» ammise risoluta. «Voglio essere libera. Andiamo, dobbiamo scendere. Lee ci aspetta».

«Oh, solo un momento». La supplica gli sfuggì nella disperazione. «Ci sono un paio di cose che devo sapere. Sai, quando sono stato...» Fece una pausa e le parole "sono stato messo fuori combattimento" gli si seccarono sulle labbra quando vide la trappola e si rese conto che lei lo aveva anticipato. Adesso non glielo poteva dire. Rivelare la propria impotenza, il proprio smarrimento a questo punto sarebbe stata un'ammissione di debolezza e un fare appello alla pietà della ragazza, e in amore il fare appello alla pietà è cosa assai ripugnante. Era sconcertato dalla scoperta di quanto amore fosse in gioco. Sembrava che avessero raggiunto la confidenza reciproca del matrimonio senza matrimonio e adesso tutto d'un colpo era stata distrutta; proprio adesso, quando probabilmente per la prima volta si stava rendendo conto di esserne diventato così dipendente.

«Quando sei stato cosa?» volle sapere lei.

«Niente. Ne parliamo dopo».

Gli prese la mano. «Sei tanto caro» disse con quel candore improvviso che tanto gli era piaciuto. «Sapevo che sarabbe andata così. Sei sempre stato splendido, Albert, e lo sei ancora. Non è una fortuna che tu non abbia mai... insomma voglio dire che sei un po' razionale, e... ecco... insomma, non esattamente freddo, ma...»

«Come un pesce» disse lui amaramente e si lasciò condurre al piano di sotto, solo e infelice, verso quella sinistra "altra cosa" che continuava a incombere come un fagotto minaccioso dietro le tende scure del suo cervello.

4

Il salotto della casa del direttore dell'Istituto di Bridge rispecchiava sia la personalità del proprietario sia la natura della fondazione; ovvero era un pezzo d'epoca genuino notevolmente abbellito dall'austerità e dal denaro moderni. Le colonne scanalate e i bassorilievi di ceramica Wedgwood erano stati smontati e ripuliti e ogni pezzo dell'arredamento era stato scelto con cura e grandiosa indifferenza nei confronti del prezzo, in un senso o nell'altro, così che una vecchia sedia in legno di albero da frutta pagata mezza corona stava gomito a gomito con la spinetta appartenuta a Mozart, acquistata con esborso considerevole.

Quando Campion seguì Amanda nella sala, si ritrovò in una delle poche atmosfere riconoscibili di quella serata da incubo. La formalità accademica e intelligente, della quale non esiste nulla di più indistruttibile, si richiuse sopra la sua testa come un mare di colla.

Cinque persone erano lì in piedi a sorseggiare sherry in bei vecchi bicchieri color verde mela, e la luce morbida delle candele nei candelabri d'argento baluginava su abiti intenzionalmente fuori moda e facce da conservatori, orgogliose e brillanti.

Lee Aubrey li raggiunse immediatamente, chiedendo scusa per un istante alla donna di mezza età con la quale stava parlando. Fece un rapido sorriso ad Amanda e si girò per dare un'occhiata al suo compagno con uno dei suoi sguardi caratteristici, come se stesse dando un'occhiatina umile all'anima e trovandoci parecchio con cui essere solidale. In condizioni normali Campion, che in queste cose era acuto, avrebbe riconosciuto il fenomeno e se lo sarebbe goduto per quel che valeva, ma quella sera non era in lui e all'improvviso si infuriò.

Lee era disarmante. «Va tutto bene» disse. «Adesso manca solo Anscombe. Non credo che tu conosca già tutti, vero?»

Fece le presentazioni con efficienza rilassata e quattro facce, una maschile e tre femminili, si fissarono su quella del signor Campion, in una successione onirica. Un paio d'occhi scuri e tondi sotto sopracciglia grigie gli rimasero impressi mentre si inchinava al terzo componente del gruppo, ed ebbe l'impressione un po' sfuocata di uno spicchio d'uomo con il torace a botte e le gambette sottili. Le donne però non gli dicevano nulla. Una era abbastanza anziana, con i capelli bianchi e scomposti e gli occhi neri, ma praticamente non gli rivolse la parola, fissando la propria attenzione unicamente su Amanda.

Lee lo condusse dall'altra parte della sala, in apparenza per cercare dello sherry.

«Una riunione decisamente deprimente, temo» mormorò esitante, «ma proprio non se ne poteva fare a meno. Questa è l'intellighenzia locale, caro mio. L'Istituto Bridge potrà anche svolgere un lavoro di importanza nazionale però continua a essere il cosiddetto giocattolino filantropico dei Signori di Bridge. C'è un che di terrificante nel possesso ereditario».

«Mi stupisco che lo Stato non se ne impossessi» disse Campion, rendendosi immediatamente conto di aver fatto un'osservazione stupida.

Aubrey lo guardò perplesso e incredulo.

«Naturalmente vorrebbero tanto poterlo fare» disse, «ma l'Istituto appartiene alla città ed è un bene finanziario non indifferente, no?»

«Sì, certo. Lo avevo dimenticato». Nonostante la cautela l'ultima parola era stata pronunciata con un'enfasi maggiore di quella che Campion avrebbe voluto e ancora una volta il padrone di casa lo osservò con preoccupazione.

«Ma vecchio mio, tu sei esausto» disse. «Per l'amor del cielo, bevi qualcosa. Vorresti magari qualcosa di diverso dallo sherry? Non voglio sembrarti un seccatore infernale, ma posso esserti d'aiuto in qualche modo?»

Per un istante a Campion balenò l'idea di dire: "Sì, scopri come ho ucciso un poliziotto, vecchio mio, e già che ci sei dai un'occhiata per capire se mi sono rotto il cranio" e di stare lì a vedere cosa sarebbe successo, ma tenne a bada questa tentazione irresponsabile. Gli pareva di essere ubriaco solo a metà, decise; abbastanza sobrio da rendersi conto che non sarebbe stato assolutamente saggio parlare.

«Sei molto gentile» disse, «ma è tutto a posto. Sono solo un po' stanco, niente di più». Aveva parlato con un tono di voce più alto del normale e il suo ospite indietreggiò mentre le parole risuonavano chiare nell'aria ovattata e indifferente.

«Capisco» disse con grande gentilezza. «Capisco. Perdonami. Oh sì, aspetta un minuto, eccoti le tue lettere. Te le ho portate».

Mentre parlava tirò fuori dalla tasca dello smoking che gli stava largo una manciata di buste e si ritirò subito, con la sua strana, imbarazzata timidezza.

Campion guardò le lettere con un senso di soddisfazione crescente. Gli erano state tutte reindirizzate, tranne una, dal 17a di Bottle Street a Piccadilly, e il vedere il proprio nome su parecchie buste sembrò dargli, per quanto irrazionalmente, una certa fiducia della propria identità.

Aprì la lettera che non era stata reindirizzata ma gli era arrivata direttamente all'Istituto Bridge e si ritrovò a guardare un foglio battuto malamente a macchina, che nessuno, tranne un dirigente abituato ad avvalersi dei servigi di una segretaria, avrebbe osato spedire. Era intestata così, papale papale: *Il mio ufficio. The Yard. Martedì*, e proseguiva:

Caro A.C. Conversazione interessante questo pomeriggio con Pugh, portato da T. Presumo che un tizio di nome Anscombe sia la tua scommessa vincente. È il Segretario dei Signori. Anzianotto, credo, e ha una sorella. Per l'amor di Dio datti da fare. Tieni d'occhio il calendario. Il numero 15 mi fa rovesciare lo stomaco ogni volta che lo vedo o lo sento. Da questa parte non c'è altro. Ho rivisto il ministro. Faticato a riconoscerlo. Ho goduto nel vedere da parte di un tipo del genere un'esibizione di debolezza e umanità degne di un uomo della strada, però mi ha messo comunque in ansia. Ora siamo costretti a fare affidamento solo su di te. Tutte le altre strade sembrano bloccate e il tempo stringe. Se fallirai anche tu, io aspetterò che esploda il bubbone e poi me la filerò alla chetichella. È un modo squallido di esprimersi ma non riesco a scrivere quello che provo davvero. Se questa cosa accadrà sarà la FINE e dico sul serio. Non sono religioso, come sai, ma a questo punto sto letteralmente pregando e se un maledetto poliziotto di ronda mi vuole vedere mentre lo faccio, ebbene venga pure qui, sarà il benvenuto, a vedere il suo capo di Gabinetto in ginocchio. Maledizione, cerca di farcela. S.

Albert Campion lesse due volte la lettera da cima a fondo. Le parole erano di per sé convincenti ma c'era dell'altro. Quel messaggio aveva un che di stupefacente, e in misura anormale. Capì di colpo di cosa si trattava. Stanislaus in circostanze normali non scriveva in quel modo. Accettò la realtà del nome senza rendersi conto che non era stato scritto per esteso e si concentrò sulla peculiarità davvero allarmante. Stanislaus Oates era un veterano, un poliziotto compassato e anziano della vecchia scuola, e qui sembrava isterico. Era una cosa orribile, inquietante come lo sarebbe stato vedere un quarto della colonna di Nelson svettare smozzicato contro un cielo incombente. Appallottolò il foglio e se lo ficcò in tasca, in attesa di arrivare vicino al camino per distruggerlo. Lungo la spina dorsale gli correvano onde fredde, su e giù. Era davvero spaventoso. Una responsabilità terribile gravava su di lui e non solo non ricordava assolutamente quale fosse, ma era impotente, un'oscena debolezza mentale lo rendeva incapace di agire. La risata di Amanda dall'altra parte della sala penetrò come una lama nei pensieri di Campion. Guardò in quella direzione e la vide. Stava parlando con Lee Aubrey, chino su di lei, la faccia dai lineamenti grandi e marcati era giovane ed eloquente, e nel suo atteggiamento c'era qualcosa del cucciolo tardivo. Accanto a lui, un servitore stava tentando di attirare la sua attenzione e Campion vide Aubrey ridestarsi e girarsi con espressione sorpresa, per seguire l'uomo fuori dalla stanza.

Amanda gli lanciò un'occhiata. Era raggiante ed eccitata, il suo splendido buon senso e la sua affidabilità erano accantonati a favore dello stolto, dolce fandango che qualunque donna è in grado di ballare quando ne ha voglia. Campion rimase lì a guardarla e gli sembrò in quel momento di essere davvero riuscito a liberarsi faticosamente di un sistema di vita canonico, e che fosse spuntata l'essenza piccola e nuda dell'uomo privo di orpelli. Lei non lo doveva fare. Non lo doveva abbandonare. Al diavolo l'orgoglio, le buone maniere, le usanze, le abitudini di una vita. Amanda era sua. Ne ho bisogno, pensò, e Dio aiuti l'uomo ma anche la donna, se si spezzerà questa unione.

Stava andando da lei quando Lee Aubrey arrivò trafelato, e gli si fece vicino. Campion ascoltò le parole che Aubrey mormorò, con il brivido improvviso dato dalla consapevolezza di un ulteriore contrattempo, di un problema in più in un momento di crisi.

«La polizia?» ripeté. «Non posso parlare con la polizia, adesso».

«Ma mio caro amico...» La voce profonda di Aubrey aveva una nota di urgenza, «non qui, per favore».

Campion lo seguì nell'atrio ampio e vide attraverso una porta aperta, al di là di una vasta superficie di lastre di pietra bianche e nere il familiare lampeggiare di luci argentee e blu.

«L'intera faccenda è frutto di uno sbaglio idiota, e io non posso buttare via così il tempo» disse, furioso.

Aubrey lo fissò con occhi sorpresi ma acuti. «Campion, non so di cosa tu stia parlando» disse paziente. «Sono venuti per Anscombe. Il povero vecchio è appena stato trovato morto nel giardino di casa sua e a quanto pare tu e Amanda siete stati gli ultimi ad averlo visto vivo».

5

«ANSCOMBE?»

L'eco sfuggì dalle labbra di Campion, e contemporaneamente il ricordo del vecchio gli tornò alla mente con vividezza stupefacente. Rivide la sagoma grossolana con il berrettuccio piatto piazzato sulla testa che si sporgeva così ossequiosa verso di lui, al di sopra dello schienale del sedile del passeggero. Rivide con chiarezza anche l'immagine della lettera accartocciata che aveva in tasca, come un primo piano in un documentario sullo schermo del cinema. E ne riusciva a rileggere le parole fondamentali: ... *un tizio di nome Anscombe è il tuo cavallo vincente.*

Era ancora preda di questo nuovo atteggiamento di determinazione implacabile, che sospettava essere totalmente estranea alla propria natura.

«Morto?» disse ad alta voce.

Aubrey non rispose direttamente ma a Campion parve di vedere per un istante il bianco dei suoi occhi.

«In ogni caso, mio caro amico» disse alla fine, con tono di blanda riprovazione, «dobbiamo fare il possibile. C'è una sorella, e Dio solo sa quali altre complicazioni. Andiamo».

L'immenso pastrano blu che conteneva il sergente di polizia si scansò dalla soglia all'avvicinarsi di Campion e Aubrey, e la stanza ben illuminata si spalancò davanti a loro. Lo studio privato di Lee Aubrey era una stanza notevole in qualunque circostanza, con le sue librerie ad arco, le rarità e i pezzi strani e i tendaggi verde intenso. Era una stanza con una certa atmosfera, una stanza usata per calmare e intrattenere persone di varia estrazione e genere, una stanza che rispecchiava la personalità di un diplomatico, piena di dignità e autorevolezza, capace di stimolare come di soggiogare, ma queste doti affascinanti non fecero breccia nell'uomo che li aspettava in piedi, scaldandosi la parte posteriore delle gambe davanti al fuoco.

Campion capì alla prima occhiata che quello era un commissario del dipartimento di investigazione criminale della Contea. Lo seppe con certezza e per ispirazione, proprio come gli era successo quando aveva ricordato il nome di Amanda o il posto dove stavano le sigarette in macchina. Non c'era possibilità di interpretare male quella superiorità, quella figura alta, dagli occhi vivaci, sorridente, impeccabile nel fisico. Era muscoloso ed elegantissimo, quasi un ammiraglio di marina nella sua perfezione. Lo sconosciuto era un sommo esemplare di poliziotto di campagna, e sarebbe risultato un esemplare notevole dovunque.

Aubrey, in cui la goffaggine aveva lasciato posto a una notevole energia apparentemente generata dall'emergenza, spinse in avanti il suo ospite.

«Commissario Hutch» disse sbrigativamente. «Questo è il signor Campion, Hutch. Eccoci. Cosa possiamo fare?»

«Bella domanda, eh?» disse il commissario, rivelando un accento campagnolo inaspettatamente morbido, e Campion, alzando di scatto lo sguardo, si ritrovò a fissare gli occhi più luminosi che avesse mai visto, che gli sorrisero, trasmettendo la sensazione di uno stupefacente buon senso.

L'osservazione chiaramente non andava presa per quello che era. Per uno spaventoso istante a Campion balenò il pensiero di essere stato tradito e che Aubrey lo avesse condotto lì senza clamore, con un pretesto. S'impietrì in viso e aspettò la mossa successiva, con le mani in tasca.

Quando questa arrivò lo colse di sorpresa. Il commissario Hutch rise un pochino. Sembrava quasi imbarazzato. Guardando un foglietto indecente che aveva in mano disse in tono formale: «Lei è il signor Campion, giusto, *sir*?» "Ci scommetterei cento a uno, e che Dio mi aiuti".

Campion non pronunciò le parole a voce alta, ma gli vennero involontariamente in mente e sorrise, solo per raggelarsi un istante dopo. Il commissario, cogliendo la sua espressione, aveva ricambiato il sogghigno, segretamente, in modo allarmante. A quel punto, purtroppo, il suo atteggiamento divenne informale e parlò come i poliziotti importanti tendono a parlare con i delinquenti presi in castagna, affabilmente e come fossero membri di famiglia.

«Sono qui per le solite formalità» disse allegramente. «Mi serve un breve resoconto del suo ultimo incontro con il defunto. Dove lo avete lasciato, e quando?»

Aveva modi vivaci che si adattavano bene alla faccia leggermente comica da campagnolo, con il naso lungo da ornitorinco. Era un personaggio locale, si capiva, e molto sicuro di se stesso.

Campion si tuffò senza indugi. L'esitazione, glielo diceva l'istinto, sarebbe stata mortale.

«L'ultima volta che ho visto Anscombe è stata sul cancello di casa sua» esordì con disinvoltura. «Venivamo da...mmh... dalla città».

«Quale città?»

Non ne aveva la minima idea. Terreni insidiosi gli si pararono davanti e vacillò.

«Credo che dovremmo fare venire qui Amanda».

«Amanda, signore?»

«Sì, la mia fidanzata, la signorina...» La trappola fatale divenne evidente troppo tardi.

Lee Aubrey lo stava fissando, ma con sorpresa di Campion a colpirlo non pareva essere stata quella clamorosa ignoranza del cognome di Amanda.

«In realtà avrei preferito tenere fuori il più possibile lady Amanda da questa faccenda» tagliò corto. Aubrey non nascose di essere contrariato e sugli zigomi c'era un vago rossore.

Lady Amanda? Lady Amanda chi? L'irrimediabilità della situazione avrebbe potuto annichilire Campion, in quel momento, se non fosse stato per l'irritazione di Aubrey. Chi era Lee Aubrey per risparmiare Amanda? Ma che accidenti di discorsi faceva, Amanda era forse sua? Al diavolo lui e la sua cavalleria.

«Ah, sì, certo, errore mio. Si tratta di lady A. Fitton, giusto?» mormorò il commissario, dando un'occhiata al foglietto che aveva in mano.

«No. È lady Amanda. Come sorella di un pari viene chiamata con il semplice nome». Aubrey fornì la spiegazioncina con naturalezza, e quel tocco da professorino venendo da lui fu inaspettato. «Era lady Amanda al volante, questo pomeriggio. Ha dato un passaggio al signor Anscombe fino a Coachingford, quando è andata a prendere il signor Campion in arrivo con il treno diretto da Londra. Hanno avuto un ritardo e non sono riusciti a tornare se non poco dopo le otto. Questi sono i fatti in breve. Il signor Campion le può fornire qualunque cosa le serva ancora, credo. Non avrà bisogno di disturbare lady Amanda, vero?»

Le ultime parole non potevano essere definite una domanda. Aubrey parlò con la sicurezza assoluta dell'autorità.

Il commissario spostò il peso da una gamba all'altra, a disagio. Non era un giovanotto e nella sua testona lunga c'era un bel po' di esperienza. Campion, che era stato momentaneamente distratto dai due preziosi nomi «Fitton» e «Coachingford» a quel punto rimase impressionato dall'esitazione del poliziotto ed ebbe l'intuizione che il direttore dell'Istituto Bridge, Aubrey, non fosse un'autorità locale qualsiasi.

«Credo di doverle parlare, *sir,* se non le dispiace» la voce dolce di Hutch aveva un tono di scuse. Il commissario sorrise timidamente, in quel suo modo strano, come nascondesse qualcosa di segreto e divertente.

A Campion, che non era affatto sicuro che Hutch non lo stesse prendendo in giro, quell'atteggiamento parve sconcertante.

Lee Aubrey chiaramente trovava strabiliante l'insistenza del poliziotto. Lo affrontò. «Il signor Anscombe è morto di morte naturale, immagino».

Hutch sembrò a disagio. «Non ne siamo del tutto certi, *sir.* La cosa sicura è che non si è ucciso. Il commissario capo sta venendo qui. Di più non posso dirvi».

«Santo Dio!» Aubrey ficcò le mani nelle tasche del suo smoking spenzolante. Poi fischiettò e rimase per un attimo indeciso, fissando il muro. Alla fine si girò di scatto. «Vado a chiamarla» disse. «Il signor Campion vi dirà tutto quello che può. A parte ogni altra considerazione questa faccenda è spiacevole. L'uomo abita nella tenuta dell'Istituto».

Uscì, lasciando Campion solo con i due poliziotti. Hutch non disse nulla. Rimase lì a studiare i propri appunti, la testa china con impegno sul mucchietto di vecchie buste e foglietti sparsi, sui quali a quanto pareva li aveva annotati. Il suo esitare era snervante. Campion era perfettamente consapevole di trovarsi in una posizione insidiosa. Qualunque domanda sul tragitto in auto da Coachingford verso casa per forza di cose avrebbe dovuto introdurre, se Campion si fosse attenuto alla storia che Amanda aveva raccontato ad Anscombe, l'argomento pericolosissimo, praticamente suicida, degli ospedali. Ciò che più gli metteva paura era la sensazione di essere in ritardo. Aveva adesso una visione di sé chiara quel tanto che bastava per rendersi conto che qualunque cosa avesse o non avesse fatto non si trattava di un crimine ordinario, e nel frattempo sapeva di avere un compito importante, e urgente, se solo avesse avuto qualche vaga idea di cosa si trattasse. In modo particolare lo turbava la convinzione sempre più forte di essere stato vicino al successo quando era stato travolto dal disastro. Nei meandri del suo essere cosciente c'era una sensazione di scoperta, l'impressione che le cose si stessero muovendo. E per di più la cortina che separava questo infelicissimo non sapere da una visione chiarissima era sottile in modo allettante.

Hutch lo stava osservando con quel mezzo sorriso ormai familiare. Era in attesa, come se si aspettasse che fosse Campion a parlare per primo. L'uomo che non riusciva a ricordare trasse un respiro profondo.

«Come è morto Anscombe?» volle sapere.

Il poliziotto sogghignò. Non c'era altro modo per descrivere il terrificante, segreto sorriso di scherno che gli si dipinse sul volto. «Era quello che stavamo per chiedere a lei, signor Campion» disse.

Nel momento di silenzio impietrito che seguì, il suono di passi che giunse dalla porta alle loro spalle fu per Campion una misericordiosa liberazione, e la nuova, energica voce si presentò ordinaria e dunque rassicurante.

«Salve, commissario. È il signor Aubrey? Oh, lei è Campion, giusto? Che brutto affare, eh?»

Era il saluto di una persona familiare, comunque, e Campion si girò ansiosamente verso il nuovo venuto. Vide un uomo massiccio e tondo, sulle soglie della mezza età, con una faccia brutta e particolare e occhi sfrontati sotto sopracciglia marcate e a ciuffi come quelle di uno scottish

terrier. Comunicava una sensazione di energia ed efficienza e la fermezza indefettibile che si accompagna a visioni
semplificate e a un'assenza di nervosismo. A Campion
venne in mente che quello doveva essere un uomo che non
credeva ai fantasmi, ma per il resto gli era estraneo come
tutti gli altri in questo mondo nuovo e confuso. Al momento era molto assorbito dalla storia.

«Avrei dovuto capitare qui al momento del caffè» disse,
«ma il tizio che mi ha fatto entrare dice che non avete
neppure cominciato a mangiare. E mi ha raccontato anche
questa storia tremenda di Anscombe. Povero vecchio!
Non era in grado di affrontarlo, immagino. O sto parlando troppo?»

Il commissario lo guardò. Non si è trattato di suicidio,
signor Pyne».

«*Non è* un suicidio?» Il nuovo venuto apparve prima
sbigottito e poi imbarazzato. «Bene, sono felice di appren-
derlo» disse. «Che *gaffe*! Per fortuna c'eravate solo voi
due a sentirmi. Non tengo mai a freno la lingua. Però si
spettegola parecchio, in proposito. Non è arrivata qualche
voce anche a lei, commissario? Sul Segretariato dei Signori
di Bridge».

«Mi pare di aver sentito qualcosa». Hutch era molto cauto.

«Dev'essere così per forza». Gli occhi di Pyne erano
divertiti sotto quelle sopracciglia impressionanti. «Mi è
stato rivelato in assoluta confidenza da tutti quelli che ho
incontrato negli ultimi tre mesi. Ho saputo che la sua posizione, come tutte le cariche ereditarie, finiva per costare
un occhio della testa, e il vecchio era sull'orlo del tracollo,
e aveva deciso di dare le dimissioni. Naturalmente non appena ho saputo che era morto ho pensato che si fosse sui-
cidato. Sarebbe stato logico. A un vecchio si deve proprio
spezzare il cuore all'idea di rinunciare a una posizione pre-
stigiosa come quella, specie se è una tradizione di famiglia

da generazioni. La riunione semestrale dei Signori di Bridge dovrebbe tenersi questa settimana, giusto?»

«Domani».

«Sì? Molto probabile. Sono un ente così arrogante, prepotente e misterioso che non si prendono certo il disturbo di rendere nota una piccolezza come questa». Rise. «Solletica il bambino che è in noi, questa accozzaglia di misteri, anche se in fondo si tratta solo di una specie di consiglio comunale un po' pompato».

Il commissario apparve sinceramente scandalizzato e Pyne, intercettando lo sguardo di Campion, scoppiò a ridere. Era un suono piacevole, aperto, un poco acuto come lo era la sua voce, però pieno di un umorismo un po' limitato.

«Siamo dei filistei, noi londinesi» disse. «I Signori sono sacrosanti, quaggiù a Bridge. Mi scusi, commissario. Il mio comportamento è ripugnante. Povero vecchio Anscombe! Non lo conoscevo bene, è ovvio. L'ho incontrato solo una o due volte. Lei non lo conosceva affatto, vero, Campion?»

«A quanto pare sono stato l'ultimo a vederlo ancora vivo». L'affermazione sembrò la più prudente che si potesse fare in quelle circostanze, ma non si rivelò affatto propizia. Amanda, che proprio in quel momento era entrata nella stanza seguendo Aubrey, la sentì e disse la prima e più naturale cosa che le venne in mente.

«C'ero anch'io» disse, «a meno che tu non lo abbia visto in giardino quando lo hai seguito».

Tutti si girarono a guardare Campion. Aubrey e Hutch lo guardarono perché sapevano dov'era morto Anscombe e Amanda e Pyne lo guardarono perché lo stavano facendo gli altri due.

«Sì, è vero» disse Campion. «L'ho seguito nel giardino con un pacco che aveva lasciato in macchina. Però non sono riuscito a raggiungerlo, così ho lasciato il pacco sulla soglia e sono tornato indietro».

Quando finì di parlare ci fu un'altra pausa che ancora una volta fu interrotta da Pyne.

«Che cosa straordinaria da fare, ragazzo mio» disse, e rise goffamente.

Campion esitò, ricordando il motivo per il quale non aveva suonato il campanello, e nel frattempo Amanda si precipitò in suo soccorso.

«Eravamo in grande ritardo» spiegò. «Io ero in macchina, in fibrillazione per paura che non ci fosse poi il tempo di cambiarsi d'abito. Ho scongiurato Albert di fare in frettissima e lui mi ha accontentata».

«Secondo lei quanto tempo ci ha impiegato, *sir*?» Il commissario stava tracciando geroglifici sul retro di una delle sue buste deprimenti.

«Non lo so con esattezza. Un minuto e mezzo, forse. Ho risalito il vialetto senza perdere tempo e sono tornato subito indietro».

«Ha visto qualcuno o sentito qualcosa?»

«No. Che cosa avrei dovuto sentire?»

Hutch si mostrò grandiosamente sordo alla domanda. «Signore, le chiederò di venire con me, se non le dispiace» disse in fretta. «Vorrei solo vedere dove ha posato esattamente quel pacco. Non lo abbiamo ancora chiarito».

«Vengo anch'io, vero?» La voce giovane di Amanda era piena di impeto come al solito, e Campion la trovò di grande conforto. Perlomeno era di sicuro sua alleata.

Il commissario però la frenò. «No, signorina... scusi, lady Amanda. Siamo a posto così» disse con fermezza. «Non intendo disturbare la cena del signor Aubrey più del necessario. Se avrò ancora bisogno di lei so dove trovarla».

«Allora, Hutch, la aspettiamo più tardi». Aubrey parlò per la prima volta da quando era tornato dal salotto e Campion con un'occhiata capì che la situazione lo infastidiva. Era una reazione talmente inaspettata che Campion la notò e la archiviò a futura memoria. Colpiva, quel grandioso distacco rispetto a un sentire comune. Aubrey però intercettò il suo sguardo e chiaramente si rese conto di essersi tradito mostrando una debolezza, per quanto in un certo senso divina, perché sorrise a Campion con imbarazzo e mormorò in tono di scuse: «È assurdo, ma credo di essere preoccupato per i miei maledetti doveri di ospite. Uno si ritrova a fare cose incredibili come questa». La sua assoluta franchezza era disarmante, come lo era quell'improvviso ritorno di goffaggine. In ogni caso però non cambiò idea e Campion si vide consegnare a Hutch, solo e indifeso.

Quando con lui c'era qualcuno che poteva essere usato come specchietto per le allodole, Campion sentiva di avere almeno una possibilità di riuscire, grazie a un aiuto esterno, a non far scoprire quella sua compromettente disabilità, ma da solo prevedeva che il commissario lo avrebbe smascherato nel giro di cinque minuti. La faccia di Campion evidentemente tradì un pizzico della paura di qualche ora prima, perché allontanandosi da Aubrey, Pyne all'improvvisò gli posò una mano sulla spalla per rassicurarlo.

«Vengo con voi» disse. «C'è qualche motivo a impedirlo, commissario?»

La nota bellicosa nella domanda era inconfondibile e a Campion non sfuggì lo sguardo curioso con cui gli occhi vivaci di Hutch lo fissarono. Si obbligò a reggere lo sguardo senza battere ciglio e con grande sollievo e sorpresa vide il poliziotto scrollare le spalle.

«No, nessuno» disse, a malincuore. «Ma andiamo subito, se non vi spiace. Il commissario capo sarà già lì e non possiamo farlo aspettare».

Fece strada e lo seguirono, Pyne continuò a tenere la mano sulla spalla di Campion.

Quando Campion passò, Amanda alzò lo sguardo e gli fece l'occhiolino. La smorfia fu così rapida e la faccia apparì talmente composta prima e dopo che lui non fu nemmeno sicuro che fosse successo davvero. Nello stesso istante Aubrey le toccò il braccio e la trascinò di nuovo nell'atrio, in direzione del salotto.

I tre uomini compirono a piedi il breve tragitto. Era una notte spettrale. La luna era spuntata oltre le nubi, e correva alta e placida, con i corni smussi che si stagliavano nel cielo, ma la nebbia al suolo si era fatta più fitta, così che il commissario, marciando in testa, sembrava un ridicolo busto di se stesso, con la testa e le spalle uniche parti chiaramente definite nella luce fredda.

Discesero il viale con la ghiaia che scricchiolava sotto i piedi e attorno a loro dal mare di nebbie, sulla media distanza, spuntarono altri edifici, alcuni dei quali molto squadrati e moderni.

Pyne scosse le testa. «Non si può fare a meno di riconoscere i meriti di Aubrey» commentò, ansimando leggermente perché stavano camminando veloci. «In sette anni ha trasformato questo posto che era un museo in una fabbrica di cervelli in attività. In questi dodici acri si fa un lavoro prezioso, più che in qualunque altro luogo del paese. Ha un'ampiezza di visione, quell'uomo. Non ho mai conosciuto un personaggio del genere, e lei? Mi colpisce ogni volta».

Campion quasi non lo sentì, ma la voce amichevole e pacata che aveva al fianco era molto rassicurante. Si chiese da quanto tempo si conoscessero, e quanto fossero amici. Sembrava ridicolo pensarci, ma magari erano soci, o compagni di scuola, o colleghi di lavoro.

Passarono i cancelli di ferro battuto, e voltando su un marciapiede vecchio e stretto fatto con le lastre di pietra rettangolari di altri tempi, arrivarono all'ingresso attraverso il quale Campion aveva visto sparire Anscombe. C'erano parecchie auto parcheggiate contro il cordolo e una figura in uniforme uscì dal buio per dare loro l'altolà.

Mentre Hutch gli parlava, Campion si fece molto attento a Pyne. L'uomo robusto si era immobilizzato, in modo innaturale. Era sul marciapiede e stava osservando una delle alte colonne di pietra del cancello che si levavano bianche nella luce lunare.

«Interessante, no?» mormorò a Campion, e nell'osservazione c'era solo appena una venatura in più rispetto alla solita domanda casuale.

Campion guardò la colonna e non vide nulla di più dell'aquila araldica in piombo, sulla sommità. Era un bell'esemplare di decorazione d'epoca, ma troppo piccola e in ogni caso niente di eccezionale.

«Incantevole» disse educatamente e si girò di nuovo verso l'uomo. La luce era ingannevole ma gli parve di aver visto spegnersi un bagliore in quegli occhi tondi e vivaci.

Il sottoposto del commissario a quel punto si era ormai fatto da parte, e la piccola processione era avanzata nel giardino buio. Un istante prima di passarci dietro Campion lanciò un'altra occhiata alla colonna. La vide da una certa angolazione e notò sulla superficie liscia qualcosa che prima gli era sfuggito. Il cuore ebbe un sobbalzo violento e ancora una volta la vecchia ansia oscura, mescolata con una curiosità esasperata eppure intimorita, gli si precipitò addosso, strangolandolo come la cinghia di una garrota. In rilievo appena accennato, adesso sottolineato dall'ombra data dall'angolo, si mostrava chiaramente il numero civico. Era un 15.

La prima reazione di Campion dopo lo choc fu di sollievo assoluto e l'impulso fu di rivolgersi a Pyne come a un amico fidato, un fratello in chissà quale misteriosa cospirazione, e la prima persona di cui si poteva fidare, ma ripensandoci gli vennero dei timori. Anche il morto, Anscombe, aveva mostrato di attribuire un significato particolare al numero, e lui non era un amico – o almeno Amanda era parsa convinta che non lo fosse. Campion si rese conto di aver riposto una grande fiducia in Amanda. Pyne era amichevole ed evidentemente lo conosceva bene, forse perfino meglio della ragazza. Si fece l'idea di essere un tipo con tanti amici. Decise di aspettare che arrivasse il momento propizio per provare a sondare il terreno. Lo sapeva Iddio se non era il caso di procedere con cautela!

In quel momento non c'era molto tempo per indagare. Quando mise piede sul vialetto Hutch gli si fece incontro e cominciò a camminargli al fianco, e intanto Campion si accorse, con sommo disagio, che il sergente gli si era piazzato all'altro fianco, separandolo così da Pyne.

«Ci mostri esattamente i suoi movimenti, signore». Hutch parlò in modo formale e Campion pensò che le parole gli suonavano molto familiari, come se le avesse sentite già parecchie volte in passato, il che era assurdo. Fece quello che gli avevano chiesto di fare e indicò il punto preciso sull'angolo del gradino dove aveva deposto il pacco.

«Non era un pacco voluminoso» disse. «Misurava circa quindici centimetri per dodici. Direi che dentro ci fossero un paio di libri».

Hutch sembrò soddisfatto. «E lei se ne è andato senza suonare» commentò.

A Campion venne in mente che la verità vera, cioè che si dava il caso che lui fosse vestito da pompiere e che non volesse pertanto essere visto, avrebbe potuto essere fraintesa, quindi ripeté la versione originaria, quella che incolpava la fretta. Il commissario non fece commenti.

«Sono cose che si fanno tutti i giorni» disse Pyne, chiaramente con le migliori intenzioni. «E poi finiscono per parere sospette quando succede qualcosa. Accidenti, commissario, lei sta facendo il misterioso. Non sospetteremo mica un crimine, qui?»

«I sospetti si devono avere sempre, *sir*». La voce di Hutch suonò come un rimprovero. «Vorrei che lei lo vedesse, signor Campion. È stato portato in casa. Ci faccia strada, sergente, le dispiace?»

Perfino nel suo stato d'incertezza Campion si rese conto della straordinarietà di una richiesta del genere da parte di un poliziotto a un profano. Sembrava poco probabile che Hutch fosse tornato all'antica usanza di mostrare il corpo del morto al suo presunto assassino, e per un istante di follia gli balenò per la testa il pensiero di poter essere magari un eminente anatomopatologo, o qualcosa del genere, però liquidò immediatamente l'ipotesi perché questa non gli evocò alcun ricordo.

Eppure, mentre erano lì nella stanza vivacemente illuminata, stracarica di mobili e ancora ingombra dei flaconi di medicinali, dei libri, e degli oggetti personali del morto, Campion provò di nuovo quella sensazione di familiarità. Sapeva che la scena era patetica, e lo aveva previsto. Per di più non provò nausea nell'abbassare lo sguardo sul corpo disteso sul solido e antiquato letto di mogano.

Anscombe era prono e avevano tolto i cuscini, lasciando che la testa non fosse sorretta. Era ancora vestito con l'impermeabile leggero che aveva addosso quando erano in macchina, e quello e l'abito erano stati tagliati per facilitare l'esame delle vertebre più grosse.

I quattro uomini, Campion, il commissario, Pyne e il sergente rimasero attorno al letto, in assoluto silenzio. Se Campion e la polizia erano impassibili, Pyne era molto scosso. Le guance carnose erano impallidite notevolmente e il pancione sembrava essersi afflosciato. Fischiò tra i denti.

«Orribile» disse. «Si è spezzato il collo, vero? Come accidenti ha fatto?»

Il commissario distolse gli occhi dal corpo disteso e dall'orribile, innaturale angolo della testa, e guardò Campion dritto in faccia.

«Sulla sinistra del vialetto d'accesso c'è un fazzoletto di prato» disse. «Lo ha notato, o no? Quel punto è molto buio, dalla strada non si vede per via del muro. Ebbene, nel bel mezzo di questo prato c'è una vasca ornamentale, credo che lo chiamino il laghetto delle ninfee. È in un avvallamento a forma di scodella e c'è un anello di gradini bassi in mattoni e pietra, che porta fino al pelo dell'acqua. Lo abbiamo trovato supino, di traverso sulla rampa, se capisce quel che intendo dire».

«Come se fosse scivolato sul gradino più basso e avesse sbattuto con il collo contro quello più alto?» Campion fece la domanda senza badare alla chiarezza dell'immagine che aveva in mente.

«Esattamente» disse Hutch, lanciando al cadavere una occhiata significativa.

«Che cosa incredibile!» L'esplosione venne da Pyne. «In primo luogo, che cosa era andato a fare, lì?»

«È quello che speriamo di scoprire, *sir*» tagliò corto Hutch, e poi guardò di nuovo Campion, il quale, cogliendo l'espressione negli occhi del commissario, non riuscì a decidere se era sospetto, quello che ci aveva visto, o una semplice, ansiosa richiesta.

In ogni caso non si lasciò turbare. In quel preciso momento doveva tener presente qualcosa di ancora più allarmante. Da quando aveva visto il cadavere si sentiva meno smarrito e più sicuro di sé, come se la cortina che aveva nel cervello fosse già diventata quasi trasparente, e adesso dal buio era emersa una certezza assoluta: Campion sapeva perfettamente come era stato ucciso quell'uomo, e con quale arma era stato assassinato. Non cercò neppure di discutere con se stesso. Molto semplicemente c'erano due cose che erano fatti a lui noti, come gli era noto che il latte era bianco e l'inchiostro nero. Sapeva che Anscombe era stato colpito da dietro, alla base del cranio, da un uomo alto e dotato di forza considerevole. Il colpo doveva aver dislocato le vertebre, e la causa concreta della morte doveva essere stata l'asfissia. E c'era dell'altro: l'assassino era un esperto, ne era sicuro, una vecchia volpe, un killer, un professionista. E per quanto riguardava l'arma, doveva essersi trattato di un pezzo di tubo di piombo, forse coperto da una calza, perché sul collo dell'uomo non erano rimasti segni.

Campion riusciva a raffigurarsi abbastanza chiaramente l'oggetto, un lungo randello sottile e mortale, fasciato molto probabilmente con nastro adesivo telato.

Gli occhi inquisitori del commissario, ancora posati su di lui, lo ridestarono con un sobbalzo da queste fantasticherie, e Campion sentì che il sudore gli stava incollando addosso i vestiti mentre gli si presentava una soluzione possibile di questo nuovo mistero. Supponiamo che lo avesse ucciso *davvero*, quel poliziotto. E non solo, supponiamo anche che avesse ucciso Anscombe. Perché proprio questo era successo ad Anscombe: era stato ucciso.

Campion si ricompose. Era assurdo. Non poteva averlo fatto. E anche se la mente non gli stava giocando tiri mostruosi non avrebbe avuto il tempo per uccidere Anscombe. Amanda lo sapeva. Amanda aveva detto chiaramente che lui era tornato subito.

Il commissario era in attesa, con la faccia comica da campagnolo grave come quella di un giudice.

«Lo abbiamo trovato sugli scalini» disse. «Il medico si sta ancora facendo un'opinione. Lei che ne dice, Campion?»

Lui rimase lì immobile, umettandosi le labbra con la punta della lingua. In quel momento, se non fosse stato per un'unica cosa, avrebbe reso una confessione completa della propria amnesia e dei terrori che lo attanagliavano. La cosa che lo trattenne fu la lettera che aveva in tasca. Un'occhiata alla faccia grassa e preoccupata di Pyne gliel'aveva ricordata appena in tempo. Pyne doveva sapere.

Dopo quella domanda deliberata sul numero 15 posto sulla colonna, era chiaro che Pyne sapeva. Doveva riuscire a parlare a tu per tu con Pyne. Si costrinse a osservare con calma Hutch. Era una faccenda delicata, santi numi, come maneggiare esplosivi potenti durante un incendio.

«Se Anscombe è caduto come un corpo rigido» disse, «inarcando la schiena per recuperare l'equilibrio, ecco, allora potrebbe essersi spezzato il collo così. Però siamo ancora nelle mani del medico legale, no?»

Si sarebbe morsicato la lingua per aver usato quel «noi». Non capiva cosa gli fosse saltato in mente. Nel momento in cui il «noi» gli uscì dalle labbra, divenne evidente come un segnale stradale. Tuttavia se anche Hutch lo vide, lo ignorò. Sembrava sollevato ma infelice.

«Sì» disse, con un sospiro. «Più o meno ci potrebbe stare. Le va di vedere i gradini?»

Non c'era modo, a quel punto, di evitare l'ispezione, ma mentre si affollavano attorno a quel piccolo pozzo di oscurità sul fianco della casa osservando alla luce fioca e innaturale delle torce l'accumulo incomprensibile di pietre e mattoni, irreale e sfuocato come un fondale teatrale, Campion si accostò a Pyne. Era difficile scegliere un esordio sufficientemente evasivo ma alla fine azzardò un *ballon d'essai*.

«È un po' diverso rispetto ai vecchi tempi» disse cordialmente.

Pyne sembrava avvinto dai reperti, o comunque gli ci vollero alcuni secondi per rispondere. Poi dal buio arrivò vivace il suo allegro sussurro.

«Quando eravamo insieme negli Stati Uniti, intende?»

«Sì». Campion non desiderava essere tirato dentro ulteriori reminiscenze prima che loro due avessero il tempo di parlarsi, ma in fondo non sarebbe stato così difficile. Erano vecchi amici; questa era la cosa importante.

Le sue speranze attuali furono tuttavia demolite uno o due minuti dopo, quando tutti e tre stavano tornando insieme nella dimora del direttore. Al cancello dell'Istituto Pyne si congedò quasi bruscamente.

«Devo rientrare subito» disse. «Commissario, lo sa com'è il lavoro, e sa dove trovarmi in caso di necessità, giusto? Ci vediamo domattina, Campion. Questa è una brutta storia, commissario. Credo mi abbia fatto venire un po' di nausea. Sono un pivellino, lo sa. Mi sento come un bambino che è stato portato a caccia e si è sporcato di sangue».

Si avviò barcollando lungo la strada, il poliziotto lo seguì con lo sguardo e rise silenziosamente.

«Temo che gli abbiamo fatto rivoltare lo stomaco» disse. «Ben gli sta, così impara a venire qui a ficcare il naso. Mi stia a sentire, Campion, io adesso non rientro con lei perché devo aspettare il capo. Non capisco perché stia tardando tanto. Sarebbe dovuto essere qui già da ore. Io invece sono venuto fin qui con lei perché volevo scambiare due parole in privato, se possibile. Non sono stato sincero quando prima ho detto che il pacco non l'avevamo trovato. Avevo bisogno di una scusa per mettermi in contatto con lei. Lo abbiamo trovato, naturalmente, proprio dove lei lo aveva messo. Non volevo discuterne lì sul posto perché in un certo senso la faccenda è parecchio strana e pensavo che la cosa potesse interessarle. Lo sa cosa conteneva, il pacco?»

Si chinò per avvicinarsi maggiormente a Campion e per un gioco di luci la sua faccia sembrò più minacciosa di quanto non fosse normalmente.

«Circa quattromila sterline in contanti» disse piano. «Mi è parso interessante perché a Coachingford qualche ora prima avevamo avuto un altro caso in cui era saltato fuori un mucchio di soldi. Anche quella è una storia ben bizzarra, con uno dei nostri messo fuori combattimento e uno sconosciuto in ospedale. Al mio ritorno le racconterò tutto».

A Campion parve che il grande arco stellato del cielo sopra di lui si aprisse e si chiudesse come il coperchio di un piatto da bacon, ma se il commissario era consapevole di quel che aveva detto, il suo gioco del gatto con il topo era disumanamente efficace. Non diede alcun segno che le sue parole volessero dire qualcosa di più, ma appena prima di girare i tacchi e di lasciare che la sua vittima risalisse il vialetto in solitudine, fece un'unica altra affermazione che fu, se possibile, ancor più annichilente della prima.

«Mi chiedo perché quel Pyne ci si sia incollato addosso» disse con franchezza. «La curiosità a quanto pare fa uscire di zucca certa gente. Vi siete conosciuti appena tre giorni fa. Me l'ha detto lui stesso ieri sera. E non conosce affatto me. Uno non si aspetterebbe di vederlo fiondarsi in quel modo, non le pare? A più tardi, allora».

6.

«Temo che Hutch ci abbia abbandonati. È orribilmente tardi».

Lee Aubrey con questa osservazione pronunciata a fatica, come se ci avesse avesse pensato a lungo, ruppe un silenzio che durava da un bel po'. Lui, Campion e Amanda erano seduti davanti al camino in salotto, alla luce fioca delle candele, oppressi dal silenzio della notte. Erano lì da forse un'ora. Campion era tornato dalla casa di Anscombe mentre gli ospiti se ne stavano andando e si era trovato coinvolto in un più o meno formale tête-à-tête, essendo il padrone di casa l'unica persona tra i piedi.

Era più che ansioso di poter parlare da solo con Amanda. Ogni volta che la guardava gli sembrava più luminosa e più cara. Gli altri valori potevano essere stati sconvolti, Campion poteva avere commesso chissà quali errori in questo suo nuovo mondo da incubo, ma lei era reale e solida, una parte vivente di quel sé che stava riscoprendo così dolorosamente.

Era seduta rannicchiata in poltrona tra loro due, molto vispa ma magnificamente composta. Appariva assai giovane e assai intelligente, ma non scafata, pensò Campion con improvvisa soddisfazione. Una cara ragazza. La *sua* ragazza, in effetti. La possessività di Campion era spaventosa.

Era la possessività del bambino, del selvaggio, del cane, irragionevole e irrefutabile. Lanciò un'occhiata irritata a Aubrey.

Il grand'uomo si era alzato ed era in piedi contro la mensola del camino. All'inizio parve accigliato ma poi ancora una volta quel sorrisetto di benevolo disprezzo di sé tornò a increspargli le labbra. All'improvviso rise.

«Insomma» disse, «abbiamo sviscerato tutto quanto, no? Anscombe è caduto e si è spezzato l'osso del collo: non c'è altro da dire. Domattina andrò a fare visita alla signorina Anscombe, povera donna. Finché Hutch non si degna di darci un resoconto non possiamo fare altro. Mio caro, hai l'aria molto stanca. Perché non vai a dormire? Amanda e io concederemo a quel disgraziato di Hutch un'altra mezz'ora. Non credi sia meglio così?»

Quest'ultima domanda fu posta direttamente ad Amanda e nel guardarla l'espressione di Aubrey si addolcì al punto che il cambiamento risultò decisamente teatrale. Sembrò tuttavia ignaro di essersi tradito e a quanto pareva una vecchia abitudine non gli permetteva mai di giudicarsi in modo obiettivo.

Amanda evitò lo sguardo di Aubrey e forse, perché la luce era ingannevole, arrossì un poco. Sembrò però irritata per questa sua reazione involontaria, perché poi lo fissò dritto negli occhi.

«D'accordo» disse.

Campion si raddrizzò sulla poltrona. Di norma avrebbe avuto buone ragioni per trasalire, perché sono pochi i padroni di casa che spediscono i loro ospiti a letto così soavemente, ma adesso, in quello stato di disorientamento, rimase sbigottito. Aubrey aveva parlato con autorità, come – sì, di questo si trattava – un'altezza reale, o un preside; non con scortesia, ma come se godesse di privilegi speciali.

Lì per lì Campion pensò di rifiutarsi bellamente, con l'intenzione di imporsi su di loro, ma Amanda gli scavò il terreno sotto i piedi.

«Buona notte, Albert» disse.

Campion salì in camera e si sedette sul letto con la porta aperta, come uno scolaretto in preda ai tormenti del primo amore. Fino a quel momento non aveva pienamente assimilato l'annuncio fattogli da Amanda nel corso della serata. Da quel momento erano successe tante cose e la sostanza onirica della sua nuova esistenza era sembrata consentire fulminei rovesciamenti di fronte. Ora, ancora una volta, gli tornò in mente che Amanda era reale, ed essendo reale, era coerente, l'unica cosa concreta in un mondo di fantasia. Quello che aveva detto lo pensava davvero. Non lo avrebbe sposato. Di fianco a questo disastro vero e proprio, tutte le altre incongruenze – il folle comportamento della polizia, con i suoi giochetti da gatto con il topo, il troppo amichevole Pyne che con l'inganno lo aveva indotto a tradirsi e poi era scomparso per tornare a chissà quale intricata e sovversiva missione – svanivano come fantasie. E sopra questa abbacinante desolazione strisciò una paura nuova. Era la paura per Amanda. Si rese conto trattarsi del primo pensiero privo di egoismo che aveva avuto dal momento del disastro, o magari nel corso dell'intera sua vita, per quel che ne poteva dire. Era collegato a qualcosa che sapeva sul conto di Amanda, una vulnerabilità che lui aveva dimenticato, e a qualcosa che sapeva sul conto di Aubrey. Doveva proteggerla da qualcosa. Era una sua responsabilità, lo era tanto quanto l'altra, la responsabilità che stava rapidamente assumendo proporzioni così colossali. A quanto pareva era una persona responsabile. Peccato che avesse perso mezzo cervello, accidenti.

Scese dal letto e uscì nell'atrio del primo piano. Camminò su e giù per quella che gli parve un'eternità, i passi soffocati dal tappeto spesso. Le luci erano molto forti, con quel fulgore freddo che sembra essere una parte costante della notte fonda, e quando la porta del salotto si aprì Campion si affacciò deciso alla balaustra.

«Buona notte, Amanda».

La voce profonda di Aubrey era dolce e piena di significato. Era appoggiato allo stipite con il capo chino e uno dei riccioli folti gli ricadeva sulla fronte, come a un ragazzino. Aveva afferrato la mano di Amanda e la stava facendo dondolare avanti e indietro con il gesto noncurante e vago che Gerald du Maurier era solito usare in tante scene, con grande effetto. Aubrey non era un bell'uomo, e non lo sarebbe mai stato, ma la sua postura aveva una grazia distratta, che risultava strana in un corpo così massiccio e poco armonioso.

Campion ebbe l'impressione che Amanda fosse un po' agitata e anche che questa condizione fosse inedita per lei.

«Buona notte, Lee» disse, e nel tentativo di sembrare assertiva sembrò proprio una scolaretta. Poi si girò e salì di corsa le scale, e arrivando nell'atrio superiore rossa in viso e un po' ansimante si trovò di fronte Campion.

Rimase sbigottita nel vederlo e chiaramente accettò la prima spiegazione che le venne in mente.

«Che c'è?» chiese. «Che cos'è successo?»

«Ho bisogno di parlarti».

«D'accordo. Di che si tratta? Insomma, spero che non ci siano altre notizie orribili». Sembrava pronta a fronteggiare un nuovo disastro, ed entrò in fretta in camera di Campion come se pensasse di trovarci la prova concreta della catastrofe.

Lui la seguì e chiuse la porta. Se ci fossero stati dei catenacci li avrebbe usati, per maggior sicurezza.

«Mi devi dire una cosa» disse. «È tutta la sera che cerco di scoprirlo».

«Cosa?»

«Che giorno è?» disse.

Lei lo fissò. Gli occhi nocciola all'inizio si spalancarono per lo stupore, ma mentre Campion la guardava le belle sopracciglia di Amanda scesero e si spianarono e le gote arrossirono violentemente.

«Te ne sei rimasto lì in agguato sulle scale solo per farmi questa domanda? Ti stai comportando in maniera davvero bizzarra, te ne rendi conto?»

Se ne rendeva conto, ovviamente. Lo capì nel momento in cui lei glielo fece notare. Per una persona ignara il comportamento di Campion e quella fondamentale domanda potevano avere un'unica spiegazione; che si stava comportando come un bambino geloso. Era irragionevolmente arrabbiato con lei per la propria debolezza.

«Voglio sapere che giorno è, e la data di oggi» insisté. «Sei l'unica persona alla quale oso chiederlo. Allora?»

«Mi pare che sia il tredici». Era furiosa, e la dignità concessa dal suo autocontrollo era la cosa più gelida che si fosse mai vista.

«Venerdì, suppongo?»

«No. Martedì. E adesso vado a letto».

Martedì tredici. Quindi giovedì era il quindici. Mancava un giorno. Un giorno per fare cosa?

Amanda si avviò verso la porta. Lui pensò che sarebbe uscita senza dire una sola parola e non sapeva come fermarla. Era totalmente impreparato, dunque, ad avere la prova di uno dei tratti più amabili del temperamento di lei. Sulla soglia si girò e inaspettatamente gli sorrise.

«Sei diventato teatrale, Albert» disse. «Che ti succede?»

Lui gemette. «Lo sa solo Dio» disse, con sincerità.

Amanda tornò nella stanza e si sedette sul bordo del letto. «Ti senti bene?» chiese. «Non ti dimenticare che sei stato picchiato. Non voglio fare tante storie – so che lo

detesti – ma sei un po' verde in faccia. È tutta la sera che
lo noto ma non mi andava di dirtelo».

Campion ammiccò. Ecco che vedeva andare a posto un
altro tassello del proprio carattere. Era uno di quegli
uomini che odiano essere al centro di tante storie, no? Sì,
era proprio così: se lo sentiva. Amanda non aveva voluto
fare troppe storie, con lui. Amanda era meravigliosa. Fu
travolto da un desiderio impellente di farsi confortare da
lei. Amanda era viva. Era l'unico legame di Campion con
la realtà. Ce l'aveva sulla punta della lingua, stava già per
rischiare il tutto per tutto e rivelare l'orribile verità, ma la
successiva affermazione di lei lo zittì.

«Mi dispiace di essermi comportata male. Sono diventata
un po' egocentrica. Pensavo che tu stessi facendo lo stupido
perché mi stavo innamorando di Lee». Parlò senza alcuna
affettazione e in lei non c'era alcuna traccia della lapidarietà
dei timidi. Gli occhi erano candidi, come le parole.

«Ti stai innamorando di lui?»

«Credo di sì». C'era dolcezza nella voce tranquilla di
Amanda, una soddisfazione delicata che lui capì di non
aver mai sentito prima in lei.

«Perché?»

Lei esitò e alla fine rise. «È una cosa che non potrei mai
dirti se tu non fossi tu» disse, «insomma se io non ti cono-
scessi quasi quanto conosco me stessa. Lui è come te, non
trovi?»

«Davvero?»

«Sì, credo che siate molto simili. A parte per l'unica
cosa importante».

«Di che si tratta?»

Amanda alzò gli occhi e sul suo giovane viso c'era una
sorta di malinconica timidezza. «Lui mi ama. Sta facendo
del suo meglio ma il suo amore trabocca e lo rende timido
e sciocco come uno studente o un contadino.... E poiché

è un grand'uomo – è un tipo brillante, lo sai – non gli si può resistere». Fece una pausa e si riscosse. «Ma lasciamo stare, non discutiamo. Non è affatto nel tuo stile e le cose stanno accelerando, no? Il fatto di essere... ehm... presa da questa cosa mi disgusta, però va così. È, come dire, travolgente. Ma raccontami di Anscombe».

«È stato assassinato».

«Come sarebbe?» Rimase seduta a guardarlo. «Ma è impossibile! Chi è stato?»

«Non lo so».

Amanda si abbracciò le ginocchia e quando ci appoggiò il mento la sua faccia a forma di cuore apparì piccola e preoccupata.

«Ovviamente non sono in grado di dare giudizi, in questa faccenda» disse inaspettatamente, «perché non ne conosco la vera portata».

«Mia cara» disse lui, con deferenza artificiosa, perché stava ancora fremendo per la rivelazione che a quanto pareva aveva colpito la parte segreta e dimenticata di Campion ancor più duramente di quella presente, consapevole e bisognosa, «vorrei tanto potertelo dire».

«Sì, d'accordo, non puoi» tagliò corto lei. «Sei sotto giuramento e non ci si può fare nulla. Pazienza. Ti conosco abbastanza bene e posso lavorare con te ricevendo ordini indiscutibili e segreti. Altrimenti difficilmente avrei acconsentito a farci invitare qui da Lee senza dirgli che tu avevi un lavoro da svolgere in città. Mi hai assicurato che si tratta di cosa di importanza disperata; tanto mi basta».

Campion era in piedi e le stava dando la schiena e non osò girarsi. «Vediamo» disse falsamente, «da quanto tempo conosciamo Lee?»

«Vuoi dire da quanto tempo lo conosco io» ribatté Amanda. «Tu lo conosci da tre giorni, come sai perfettamente. Io sono arrivata qui da Dell per un lavoro su una nuova corazza per gli aerei Seraphim. Dovevamo prendere contatti con un tizio che lavora qui all'Istituto. È stato allora che ho fatto amicizia con Lee».

La ragazza gli parlava di cose incomprensibili, a parte le date, importantissime per Campion, che si chiese fino a che punto spingersi per estorcerle qualche altra informazione. Per sua fortuna Amanda lo aiutò senza rendersene conto.

«Hai raccontato a qualcuno l'episodio dell'ospedale di questo pomeriggio?»

«No».

«Nemmeno io. E stavo pensando, Albert, che credo che nemmeno Anscombe ne abbia parlato a qualcuno. Quindi immagino che possiamo restare fedeli al nostro piano originario che prevedeva, se ricordi, che io ti accompagnassi domenica sera a Coachingford per prendere il diretto per Londra. L'abbiamo deciso subito dopo che tu hai avuto per le mani il telegramma che ti attendeva al nostro arrivo. Poi ieri avrei dovuto venire a recuperarti sempre a Coachingford, al tuo ritorno. Stasera durante la cena sono stata molto vaga riguardo al nostro ritardo, ma in ogni caso era una riunione assai delicata e quell'intoppo non ha più avuto importanza. Se però la questione dovesse riemergere ci toccherà accampare un problema di gomme a terra. Che te ne pare?»

«Eccellente» disse lui dubbioso, e aspettò che lei continuasse.

«Come è andata a Coachingford?» chiese, alla fine.

Lui scrollò le spalle e Amanda annuì cupamente.

«Così?» disse. «Pazienza. Succederà di colpo. Però non mi piace questa storia di Anscombe. È orribile. Proprio quando ci eravamo convinti che sapesse qualcosa».

Campion si girò verso di lei. «Cosa ti aveva fatto pensare che sapesse qualcosa?»

«Non lo so. Ho solo avuto l'impressione».

«Non per... il quindici?»

«Quindici?» Sembrava sorpresa. «Quale quindici?»

«Quindici uomini sulla cassa del morto» disse Campion e cominciò a chiedersi se non si fosse inventato quella frase che gli era risuonata in testa.

«Oh oh oh e un bel sonno ristoratore» disse Amanda. «Stasera comunque non potresti fare niente altro, nemmeno se il mondo intero fosse in pericolo. Vai a letto».

Campion si appoggiò pesantemente contro lo schienale della poltrona su cui aveva continuato a tamburellare con le dita. La sua faccia impietrita era sfatta, era stanco e frustrato.

«Mio Dio, mi chiedo se davvero non sia a repentaglio il destino del mondo» disse.

Amanda soppesò seriamente la domanda.

«Sembra un po' presuntuoso, ma potrebbe essere» disse.

Campion sentì imperlarsi di sudore l'attaccatura dei capelli. «Questa è proprio la stupida maledetta premonizione che ho» disse.

Amanda gli sorrise. «Se è così, preferirei essere nelle tue mani che in quelle di chiunque altro» disse con onestà. «Hai tu le carte vincenti, Albert, e fondamentalmente sei così...»

«Così come?»

«Così capace. Così freddo. Ce la farai».

Dopo che Amanda se ne fu andata, Campion rimase seduto immobile nella stanza silenziosa e l'illuminazione gli gravò addosso con raggelante chiarezza. La sensazione di calore era di nuovo scomparsa dal sogno e lui era ripiombato nel familiare incubo. Adesso sapeva com'era. Era come uno di quei film pieni di trucchi, nei quali oggetti familiari sono fotografati da un angolo insolito. Le strane ombre che così si proiettano creano grandi figure misteriose, formando l'orrore laddove non c'è, e cosa ancora peggiore, occultando l'orrore quando esso c'è davvero.

Adesso che Amanda se n'era andata Campion si chiese perché mai non si fosse confidato con lei. Non era solo per via di Lee e perché era atterrito all'idea che la giovane potesse provasse pietà, come era atterrito all'idea di un dolore insostenibile. C'era anche un'altra ragione. Frugò nelle tenebre della mente e la tirò fuori dal nascondiglio, in tutta la sua odiosità. Era la paura. Se Amanda avesse saputo qual era lo stato mentale di Campion, se fosse venuta a conoscenza di quella conversazione orecchiata in ospedale e se gliela avessero presentata insieme ai fatti noti a entrambi e riguardanti la morte di Anscombe, avrebbe continuato a vederlo con quella candida fiducia che era la cosa più preziosa in lei? O nei suoi occhi mori si sarebbe insinuato un lampo di dubbio, che solo la lealtà avrebbe spento? Era questo il rischio che non aveva osato correre. Il protagonista era lui, ma nemmeno lui si sarebbe fidato del tutto di se stesso.

Il fischio penetrò nei suoi pensieri. La nota bassa, che era diversa da quella di un uccello solo quel tanto che bastava per farla apparire innaturale, risuonò due volte prima di indurlo ad alzarsi. Campion spense la luce e rimase in ascolto. Si sentì fischiare di nuovo appena sotto la finestra.

Scostò le tende pesanti, levò il gancio agli scuri antiquati, e sollevò il più rapidamente possibile la finestra a ghigliottina.

Il fischio partì e cessò all'improvviso e ci fu un lungo silenzio. La casa proiettava un'ombra profonda e lo spazio sotto la finestra era nero come un pozzo.

«È lei, *sir*?» La voce era molto bassa e direttamente sotto di lui. «È pronto? La stavo aspettando dall'altra parte. Devo aver equivocato. Dobbiamo sbrigarci, se vogliamo che il lavoro sia fatto stanotte. Può venire subito?»

«Cosa? Sì, sì, d'accordo. La raggiungo tra un momento». Campion tirò dentro la testa, chiuse la finestra e risistemò i vari schermi. Poi scese al piano inferiore con il passo leggero di un ladro professionista. Nella sua mente c'era un unico punto di domanda incondizionato, perché la voce era quella assolutamente inconfondibile del commissario Hutch.

7

Campion uscì dalla porta principale senza fare rumore. Camminò con cautela sulla ghiaia fino al praticello silente e rimase in attesa. Se quello era un arresto, allora il mondo intero era stordito quanto lui.

La figura spavalda del commissario emerse dalle ombre nere che circondavano la casa e si piazzò al suo fianco. Non parlò, ma afferrando Campion per un braccio, lo tirò fino alla stretta striscia buia sotto il filare di pioppi che crescevano fitti su un lato del sentiero. Camminava molto veloce e non aprì bocca finché non furono distanti dalla finestra circa duecento metri. Finalmente sospirò.

«È stato in gamba, *sir*» disse, complimentandosi. «Non ho saputo che lei era uscito finché non l'ho vista con i miei occhi. Bisogna essere molto cauti. Non vogliamo trovarci costretti a dare un mucchio di spiegazioni fantasiose. Una volta che cominci il gioco, so per esperienza che per anni ti devi ricordare esattamente quello che hai detto».

Campion non fece commenti specifici. Si limitò a un vago grugnito e a proseguire in direzione del cancello.

Come aveva sperato, Hutch continuò a parlare. Mostrò di avere una natura amichevole e un comprensibile orgoglio per la carriera fatta in polizia.

«Ecco perché questo lavoretto lo faccio di persona» fece notare. «Non che io non possa fare affidamento su una mezza dozzina di uomini capaci di essere efficienti e discreti, ma non voglio che si assumano il rischio, capisce? Quando c'è in ballo qualcosa di non ortodosso e un po' delicato, tocca sempre al capo. Non è d'accordo?»

«Oh sempre» disse Campion con convinzione. Si chiese dove accidenti stessero andando per procedere a quella velocità e con tanta determinazione.

Alla fine del vialetto diedero le spalle alla casa di Anscombe e si tuffarono nella direzione opposta, in discesa. Hutch si tenne sul lato più buio della strada, e i suoi passi lunghi erano silenziosi come quelli di uno spettro. La maggior parte delle cittadine di campagna inglesi appare pittoresca nel chiarore lunare, ma questa collina con le sue curve tortuose nella luce giallognola e fredda pareva uscita un vecchio racconto gotico. Negozi Tudor con piani superiori aggettanti e finestre come quelle di un galeone schiacciavano pudiche casine Regina Anna, vestite con persiane e aggraziate lunette. A ogni decina di metri si incontravano montatoi per salire a cavallo e lampioni, e attraverso archi intarsiati di tanto in tanto si scorgevano scorci di cortili acciottolati e giardini di pietra. Era probabilmente il più inflazionato paesaggio da cartolina del mondo, ma Campion lo vide con occhi di bambino e quel fascino lo colse di sorpresa. I tetti strambi sembravano cappelli di streghe riunite in capannelli sussurranti e le finestre buie gli facevano l'occhiolino da un mondo scomparso.

Il silenzio del commissario a quel punto si era fatto opprimente e Campion azzardò una domanda allusiva. «Per quale motivo, esattamente, questa missione è così delicata?»

«Forse non avrei dovuto usare quel termine». Hutch parve leggermente contrariato e per un attimo Campion ebbe paura di averlo messo a tacere.

Mentre attraversavano l'ampia piazza del mercato che non avrebbe sfigurato in nessun calendario il poliziotto si aprì un poco.

«Non mi piace parlare sotto le finestre» disse. «In un posto come questo tutti conoscono la tua voce, per non parlare delle tue cose e della tua vita. Non le è ben chiara la posizione dei Signori in questa città, vero?»

«No» ammise con sincerità Campion, «temo proprio di no. La maggior parte delle cariche è ereditaria, vero?»

«Tutte lo sono». Hutch sembrava rispettoso di questo fatto. «È una sopravvivenza interessante» annunciò, con una voce nella quale si era insinuato un tocco della guida turistica, che si mescolava in modo bizzarro con il caratteristico tono basso e confidenziale da poliziotto. «I loro archivi risalgono fino a quasi cinquecento anni fa. Nelle Isole Britanniche questo è l'unico esempio di quella che si potrebbe quasi definire come libera città – a parte Londra, ovviamente. Ci troviamo in una posizione strana, capisce, intrappolati su un fiume navigabile che tuttavia non è abbastanza ampio per consentirci di creare un porto».

«Sì, certo». Campion trattenne il fiato. Erano a metà della piazza, ormai, e tra un istante o due avrebbero nuovamente avuto delle finestre sopra la testa.

«Quel Pyne» disse Hutch, «ha definito i Signori un consiglio comunale pompato, come forse ricorda. Legittimo, certo, ma se si rendesse conto di quanto sono pompati terrebbe il becco chiuso, come il resto di noi. Lo sa, signor Campion, che in questa città nessuno può vendere neppure un pacchetto di sigarette senza essere costretto a dipendere dalla discrezione dei Signori? Sono dei sovrani, ecco cosa sono, dei reucci. Messi insieme posseggono la città intera, e l'Istituto li rende ricchi. Perché crede che a Bridge non esista neppure un cinema? Perché i Signori non desiderano snaturare il carattere della città. Posseggono le terre, nominano i magistrati, controllano le licenze, e l'ultima parola spetta a loro. La stessa cosa con i turisti. A Bridge non si è mai visto un torpedone nonostante sia il posto più bello e famoso dell'intero sud-ovest. Ai Signori i torpedoni non garbano. Conoscono la cittadinanza. In effetti sono loro la cittadinanza. Sono tutti imparentati – la città è tutta imparentata – e i torpedoni non sono ammessi».

Si fermò e abbassò la voce. «Ovviamente, essendo così vecchi e così ricchi e avendo quel po' po' di cerimoniale antico e la segretezza e così via, sono molto potenti. Hanno un'influenza enorme. Fanno sempre eleggere un parlamentare e finanziano una cattedra in una delle Università – oh, hanno le mani in pasta ovunque! Sono pappa e ciccia con il governo e in effetti mi stupirei se non fossero una delle entità più potenti dell'intero paese, in quel loro modo poco appariscente».

«Poco appariscente». Campion ripeté a voce alta l'espressione, inconsciamente. Il ricordo stava tornando, o meglio era già tutto lì, a quel punto. Sapeva tutto quel che si celava appena dietro la cortina nel suo cervello. Le parole pressanti del commissario erano come una sfaccettatura nuova di una vecchia pietra, a lui molto familiare.

Hutch sbuffò. «Sì, fanno tutto in silenzio» disse. «Non si è mai discusso davanti a un tè di una loro riunione, né tantomeno ne ha mai parlato la stampa. È incredibile quanto si riesca a far passare sotto silenzio, quando si ha interesse a farlo. Ecco perché ho definito delicato il suo lavoretto di questa sera. E non abbiamo molto tempo. Da questa parte, signore. Si fa prima».

Mentre parlava riafferrò Campion per il braccio e lo trascinò in un vicolo stretto tra due case buie i cui tetti a pan di zucchero si inchinavano reciprocamente.

«Questo ci porta direttamente al Nag's Pyckle» disse. «Per di qua».

Un'altra svolta brusca li fece riemergere nel chiarore lunare e Campion, ancora con i suoi occhi da bambino, fu portato di fronte a quello che forse è uno dei panorami naturali più belli d'Inghilterra. Una strada larga, ancora lastricata e fiancheggiata da casette basse, risale lentamente fino alla Borsa dei Cereali e al Nag's Head Inn. La locanda, la quarta più antica del paese, vanta tre piani e il suo timpano centrale, coraggioso ma ubriaco, pende decisamente a occidente, il che conferisce alla struttura un'aria festosa antica e irresponsabile, ridicola e tenera al tempo stesso. Dietro a questa, e dietro la Borsa dei Cereali e la bassa torre della chiesa di san Nicola, c'è la collina di Nag. Si leva spoglia, brulla e inaspettata, come la testa del gigantesco cavallo cui si dice assomigli. È di nudo calcare, con solo due file di pini contorti, sulla cresta che a Bridge chiamano La Criniera. In pieno sole è impressionante e perfino minacciosa, ma quella notte, sotto la luna, era mozzafiato.

Perfino il commissario ebbe la tentazione di commentare. «Formazione straordinaria» osservò. «Quando ci si arriva così vien quasi da credere alla leggenda sul ponte. La conosce, vero? Oh, insomma, se non la conosce è interessante» aggiunse, soddisfatto. «Mostra quanto è antico il nome della città. Lì dietro c'è la foce del fiume, come sa, e quella collina sulla riva opposta si chiama La Mangiatoia. In cima ha un grosso avvallamento. Nelle giornate limpide si riesce a vederlo. La storia racconta che qui una volta ci fu una grande inondazione che isolò la città dalla terraferma. Seguì una tremenda carestia e nessuno riuscì ad allontanarsi in barca per via delle tempeste. Proprio all'ultimo momento, quando gli abitanti erano in punto di morte, il sindaco – o un santo locale o chi per lui – recitò delle preghiere specialissime e tu guarda! "con un rombo come un milione di tamburi", la collina di Nag alzò la sua testa di cavallo e allungò l'enorme collo e infilò il naso nella Mangiatoia dall'altra parte del fiume. Coloro che ancora avevano forze a sufficienza corsero lungo la criniera e andarono a prendere del cibo per chi era rimasto in città. Il cavallo tenne il muso nella Mangiatoia finché le acque non si ritirarono e poi una notte, quando tutto taceva e tutti dormivano, una notte simile a questa, il cavallo tornò al suo posto, senza fare rumore. Questa è la leggenda sull'origine del nome della cittadina di Bridge, e di ponti qui non ce ne sono, a parte quel piccolo ponte ad arco nei pressi del mulino, sulla strada per Coachingford».

Rise un po' a disagio.

«Ci penso sempre quando vengo qui di notte» disse. «Mi piace la parte sul rombo come un milione di tamburi. Lo si riesce a immaginare, no? Non so se ci sia proprio una morale in questa storia, a meno che la morale non sia che la collina del cavallo fa la guardia a Bridge. E la fa, eh, anche oggi. Sì, sì, in pieno. Ma è incredibile come una leggenda del genere si tramandi. Mi stupisco che lei non l'abbia mai sentita. È molto conosciuta. Un grande compositore ci ha anche scritto un pezzo. Era Hoist, vero?»

Campion non rispose. La storia, accompagnata dalla visione inaspettata, era stranamente commovente. Capì di averla ascoltata con la disposizione d'animo di un selvaggio, o di uno dei primi rozzi abitanti di Bridge. Era del tutto convincente. Un timore superstizioso lo fece rabbrividire.

Nel frattempo l'atteggiamento del commissario stava diventando a ogni passo più incomprensibile. Era amichevole, per non dire compiacente, e come se non bastasse andando avanti sembrava sempre meno sicuro di sé. Ma dove stessero andando così di fretta e così di nascosto era un mistero assoluto.

Campion era istintivamente tentato di cominciare a cavare con cautela qualche informazione, ma era consapevole del pericolo. Sapeva talmente poco della situazione che anche la più innocente delle osservazioni si sarebbe potuta rivelare un disastro. Azzardò una tastatina al terreno.

«Il signor Aubrey si aspettava che lei arrivasse prima, stasera» disse.

«Lo credo bene, *sir*». Hutch ridiventò un pubblico ufficiale. «Mi sono dovuto occupare di un paio di cose. Ero appena andato via dalla casa del signor Anscombe quando è saltato fuori un altro problema».

«Oh?» Campion cercò di manifestare un interesse privo di ansia e il commissario abboccò.

«Ho ricevuto una chiamata da Coachingford» disse brevemente. «Da quelle parti c'è una caccia all'uomo, stanotte. Per quel che sono riuscito a capire dalla telefonata il caso sembra uno dei soliti, ma in tempo di guerra è un bel grattacapo. Hanno trovato l'automobile rubata lungo la strada maestra, e tutto quel che ne segue. Lo beccheranno domattina, alla luce del giorno. Stanno facendo girare una descrizione esauriente... eccoci, *sir*, da questa parte».

L'annuncio finale fu provvidenziale, perché coprì Campion per il tempo necessario. Era saltato su come un gatto, notò con apprensione, eppure era convinto di avere un sistema nervoso più solido, di solito.

Adesso avevano oltrepassato la locanda e imboccato una strada laterale che correva ai piedi del versante orientale della collina a forma di cavallo. Era una strada particolarmente antica, con gli edifici addossati gli uni agli altri nel poco spazio sotto i fianchi della collina. Il negozio davanti al quale Hutch si era fermato era una drogheria e nelle sue vetrine a bovindo le familiari scatole di alimenti per la colazione, il latte condensato e i surrogati dello zucchero apparivano ridicole. Un posto del genere come minimo avrebbe dovuto vendere filtri d'amore.

Il commissario acchiappò Campion per il gomito e lo condusse in un vicoletto che correva tra il negozio e la casa vicina. Il passaggio era talmente stretto che non potevano camminare affiancati e in un punto, dove il muro sporgeva, lo spazio era appena sufficiente per le spalle di Campion. Hutch procedeva come un cacciatore. La sua figura alta passò come un'ombra e i passi non fecero rumore. Campion lo seguì con tecnica altrettanto abile.

Alla fine del vicolo sbucarono in un cortiletto. Era poco più di un pozzo, con la parete della collina da una parte, e la folla degli edifici dall'altra.

Hutch tirò fuori una torcia non più grande della cartuccia di un fucile. Il piccolo fascio di luce illuminò la serratura di una porta sorprendentemente moderna dentro una cornice antica. Una corta chiave ci scivolò dentro e la serratura scattò. Entrarono nell'atmosfera speziata e leggermente rancida di un magazzino. Campion seguì ciecamente il commissario. Il passaggio possedeva ora tutte le qualità del sogno. Non aveva idea di dove fossero e il buio vellutato era caldino e lievemente anestetico.

Ebbero l'impressione di camminare per un po' e a Campion parve che stessero seguendo un sentierino stretto in mezzo a ostacoli di ogni genere. Un'altra porta li condusse a una rampa di gradini di legno e a un sorprendente cambio d'atmosfera. Faceva ancora caldo, ma l'aria adesso odorava di carta e di cera per pavimenti e del delicato afrodisiaco sentore di legno vecchio. Salirono un bel po' e Hutch cominciò ad allentare leggermente i freni della cautela.

«Adesso siamo nella pancia della collina» disse, all'improvviso. «Non le verrebbe mai in mente, vero? Ci troveremo direttamente nella Camera del Consiglio. Quaggiù non c'è molto».

«Certo». Campion parlò distrattamente. Stava lottando contro l'incredulità. «Dove siamo?» chiese, gettando al vento ogni prudenza. «Dentro il municipio?»

Hutch rise. A quanto pareva l'aveva giudicata una battuta. «Più o meno le dimensioni sono quelle, no?» disse. «Sono i Signori i veri registi di Bridge, non certo i funzionari di Basket Street. Un tempo questo era l'unico quartiere generale dell'amministrazione cittadina. Credo che i loro processi si tenessero nella Camera del Consiglio. È molto interessante per gli appassionati di storia antica. Il posto ha origine nelle caverne naturali all'interno della collina. I condotti di aerazione sono artificiali, però risalgono alla preistoria. La sala la impressionerà. Io ci sono stato solo una volta, l'anno scorso, convocato dalla società per fare un rapporto. Le incisioni sono notevoli, credo, per chi se ne intende».

«Questo è l'unico ingresso?» s'informò debolmente Campion.

«È improbabile». Hutch si fermò. «Ma non lo sa? Mi scusi, signore, ma non ha letto la guida che le hanno dato? Ero convinto che tutti sapessero delle Porte di Bridge, come le chiamano. È una delle caratteristiche del luogo. A mio parere sono proprio le quattro porte l'elemento che conferisce ai Signori quella loro peculiare aura fantastica. In fondo non c'è nulla di straordinario in un ente antico che si riunisce in una sala costruita all'interno di una collina. Ai vecchi tempi svolgeva funzioni di fortezza, e durante la rivolta giacobita subì un lungo assedio. Ma quelle quattro porte, ognuna delle quali si cela in una casa dall'aspetto innocente, danno un tocco romantico, non so se mi spiego».

«Quali case?» volle sapere Campion, che a quanto pareva aveva abbandonato ogni finzione.

«Tanto per cominciare c'è il pub». Hutch non sapeva se essere sgomento o estasiato di fronte alla scoperta di tanta ignoranza. «Il vecchio Nag's Head è costruito sull'ingresso principale. La porta la si vede nella sala sul retro, si tratta di una pregevole opera d'intaglio. Prende tutta una parete. È l'ingresso del cerimoniale, da cui passano i Signori nelle notti di riunione. E poi c'è la Casa del Cancello, dova abita il signor Peter Lett, il custode ereditario. Quella porta si apre dal suo salotto e non viene utilizzata spesso. La casa del custode è dall'altra parte della collina, in Haymarket Road. Le terza porta si trova all'interno della canonica, una sorta di galleria accanto alla chiesa. E la quarta è dietro la Casa del Cocchio, più in giù lungo la strada. Abita lì il signor Phillips, è lo stalliere ereditario. Appare tutto molto antiquato e insolito, a un primo impatto, ma naturalmente se ci hai fatto l'abitudine come noi non ci trovi niente di strano. È solo un'usanza, e basta».

Campion provò l'assurdo desiderio di sedersi sulla scala. Si chiese vagamente se tutta la storia antica suonasse così pittoresca quando la si ascoltava per la prima volta, e in tal caso se la maggioranza dei bambini vivesse in quel perpetuo stato di stupore.

«Allora noi siamo passati attraverso una quinta porta» mormorò.

«Siamo entrati dalla porta sul retro» disse Hutch con fermezza. «Non molte persone la conoscono e oserei dire che è relativamente recente – non ha più di settanta anni. I Signori come chiunque altro hanno bisogno di gente che faccia le pulizie e devono farsi consegnare la spesa. Immagino che a un certo punto abbiano comperato il negozio e ci abbiano piazzato un guardiano. È un'impresa all'antica. La gestisce da anni la stessa famiglia. Questa notte ho scelto di passare da qui perché mi pareva più sicuro. Non voglio essere costretto a fornire un mucchio di spiegazioni e sono certo che neanche lei lo voglia. Questo è l'ultimo gradino, sir. Ora alla sua destra».

Mentre parlava tirò fuori una torcia più grossa e Campion rimase stupefatto di fronte all'altezza della galleria nella quale si trovavano. Sembrava che il soffitto non ci fosse, ma che le pareti andassero su su su, all'infinito. Si udì un gradevole suono sordo di legno contro legno, il debole cigolio di un cardine che protestava, e poi arrivò un fiotto potente di aria fresca quando passarono nella stanza interna.

Hutch fece roteare attorno l'ampio fascio di luce e Campion arretrò. Il posto era enorme. Era simile a una chiesa, colossale. Ebbe l'impressione confusa di rivestimenti in legno nero, di metà inferiori di dipinti poderosi, di ritratti a figura piena e a grandezza superiore di quella d'uomo e, in alto sopra la testa, di un baldacchino di stendardi laceri, ancora vivaci e maestosi nonostante il passare dei secoli. Al centro della stanza c'era, un po' banalmente, un tavolo. Era un mobile massiccio, di quercia nera e lucida, e affondava confortevolmente in un tappeto che doveva essere stato grande poco meno di un campo da tennis, ma a parte questo era abbastanza normale, quasi ordinario. Attorno c'erano venticinque sedie, e a capotavola, davanti a una sedia più grande delle altre, c'erano una pila di documenti e una prosaica bottiglia d'acqua per l'oratore, con relativo bicchiere.

Il silenzio colpiva. Incombeva su di loro soffocante come un drappo funebre. Non si udivano un solo respiro, un solo scricchiolio di legno, non si vedevano correre sul pavimento di pietra spiritelli di polvere, nulla di nulla. Hutch sospirò forte. Era evidente che stava per fare un qualche annuncio e Campion si preparò a reggere l'ignoto che lo aspettava.

Le parole del poliziotto però lo colsero del tutto di sorpresa.

«Ebbene, signore». Sembrava un po' a corto di fiato.

«Eccoci qui. Ho rischiato il mio tesserino di poliziotto per portarla qui e spero che mi perdonerà se le chiedo per l'amor di Dio di fare il più in fretta possibile quel che deve fare, in modo da riuscire a essere fuori prima che sia chiaro. Non voglio pensare a cosa accadrebbe se ci scoprissero. Nessuno muoverebbe un dito a nostro favore. Ma questo lei lo sa anche meglio di me, credo».

8.

Campion non si mosse. L'attore che arriva al centro del palco nel bel mezzo della scena clou, e che sta lì inebetito mentre il silenzio attorno a lui si fa sempre più incalzante e lancinante, si deve sentire proprio come si sentì Campion in quel momento.

Il suo primo pensiero coerente fu tuttavia ancora più terrificante. Poiché evidentemente quell'entrata illegale l'aveva organizzata lui, e a quanto pareva per raggiungere i propri scopi aveva convinto un commissario di polizia a infrangere la legge che più sta a cuore alla Costituzione della Gran Bretagna, era chiaro che quel piano aveva un'importanza vitale e che lui, Campion, doveva godere di un'influenza fuori dal comune. Lì dentro avrebbe dovuto fare qualcosa, o più probabilmente scoprire qualcosa, e non c'era alcun modo di capire quali eccezionali questioni dipendessero da questo qualcosa. La mezzanotte era già passata da un pezzo. Era cominciata la mattina del quattordici. Il quindici, per quel che ne sapeva lui, era l'ora zero.

Capì di dover mettere le carte in tavola e affrontarne le conseguenze. Si girò verso Hutch, pronto a parlare, ma mentre le prime difficili parole gli si formavano in testa il commissario ricominciò.

«Non mi piace criticare» disse, e questo chiedere scusa rese cento volte più pungente il rimbrotto, date le circostanze, «e so che gli uomini nella sua posizione devono tenere la bocca chiusa, però, proprio come linea di condotta, non crede che le cose sarebbero state assai più semplici se il suo dipartimento avesse ritenuto opportuno fidarsi del commissario capo e di me, fornendoci qualche informazione in più? Adesso lo vede come siamo messi. Di fatto siamo bendati, no? Abbiamo ricevuto istruzioni di fornirle tutta l'assistenza che lei ci chiede, senza limiti, e noi lo faremo, ma ci semplificherebbe la vita capire almeno vagamente quali siano le sue intenzioni».

Fece una pausa, speranzoso, ma quando l'uomo di fronte a lui non rispose, riprese con passione.

«Pensi all'affare di questa sera, per esempio. Non per nulla sono in polizia da quasi trent'anni, sono certamente in grado di riconoscere una vittima di morte violenta, quando mi ci imbatto. Ma che debbo fare? C'è una scappatoia già pronta, e il medico è giovane. Se chiudo l'inchiesta il caso può essere archiviato senza problemi. Ma faccio bene? È nell'interesse del paese o non c'entra niente? Non lo so. Sto chiedendo a lei. Brancolo nel buio. Le ho dato ogni opportunità ma lei non mi ha fornito alcun indizio».

Campion si ricompose mentre il terreno gli cedeva sotto ai piedi. «Non glielo posso dire» rispose, impotente. «Non capisce? Non glielo posso dire, e basta».

Hutch si irrigidì. Era come un soldato sull'attenti. «Molto bene, signore» disse. «Sono nelle sue mani. Andiamo avanti».

Campion gli tolse la torcia dalle mani e avanzò verso il tavolo. Sembrava la cosa naturale da fare. Nell'avvicinarsi le dimensioni gigantesche si fecero più evidenti e il panico colse Campion mentre guardava al di là della vasta distesa di legno lucido. Era così vuoto, così completamente avaro di informazioni.

Guardò in direzione delle carte ordinatamente esposte davanti alla sedia presidenziale e vide il suo primo raggio di speranza. Non erano tutti i soliti fogli bianchi. In cima alla pila c'era una carta protocollo intestata *Agenda*. Anscombe aveva compiuto l'ultimo dovere per conto dei Signori.

Alla luce della torcia Campion lesse l'elenco dei punti all'ordine del giorno per la riunione. Cominciava in modo alquanto arcaico con *Preghiere a Dio Onnipotente* e proseguiva con i più ortodossi *Considerazioni Iniziali dei Savi Anziani, Verbali dell'Ultima Riunione* e *Corrispondenza*. Ma la terza voce era più insolita. Affermava semplicemente *Cerimonia della Balla di Paglia*, e proseguiva, come se una fosse stata controparte dell'altra: *Rapporto sul Nuovo Sistema Fognario per la Città Bassa, temporaneamente sospeso per la Guerra*. Seguiva il *Rapporto dell'Istituto* e la quinta voce registrata come *Consiglio straordinario: Dimissioni del Segretario John Robert Anscombe*.

Il sesto titolo catturò l'attenzione di Campion, che aggrottò la fronte nel leggere i caratteri in corsivo, chiari, tondi e privi di personalità.

Proposta di acquisto dal Governo Francese diceva sinteticamente. *Isola delle Spezie di Malaguama. 950.000.000 franchi.*

Questo progetto abbastanza sconcertante lo portò in fondo alla pagina, e Campion la girò con noncuranza, impreparato a leggere altri annunci, ma lì trovò a fissarlo, con la medesima grafia infantile, un'ulteriore considerazione per i Signori di Bridge.

Argomento Principale della Serata lesse, e sotto, all'interno di un grosso cerchio tracciato con poca cura e con l'inchiostro rosso, l'ossessionante numero *15*.

Al di sotto ancora c'erano altre due righe, che chiaramente si riferivano a una cerimonia tradizionale di chiusura: (1) *Il Giuramento* e (2) *Il Brindisi Sec. 5. Muoiano Tutti Coloro Che Ci Fanno del Male.* Ripiegò il foglio, lo rimise a posto, e arretrò. Gli tremavano le ginocchia. Era tutto lì, ne era certo, ce l'aveva in mano, eppure non riusciva a riconoscerlo. L'altra metà del talismano era appena fuori dalla sua portata nelle tenebre mostruose della mente.

Hutch rimase irrigidito al suo fianco. Campion percepì il disagio dell'uomo, schiacciato dal peso delle proprie responsabilità nella violazione di quella sacra fortezza.

Campion si guardò attorno nel buio.

«Immagino che ci siano altre sale».

«Questa è l'unica sala davvero abitabile, *sir*. Le altre sono semplici caverne. Portano dritte all'Abbeveratoio».

«All'Abbeveratoio?»

«Sì, signore. È il nome che la gente del posto dà alla grande caverna sulla baia dell'estuario. Corre parecchio più in basso rispetto alla collina, e ci passa davanti la vecchia strada del fiume. Un tempo era un posto fantastico per i picnic e le scampagnate, ma con l'alta marea l'acqua arriva fino all'ingresso, e ci sono stati talmente tanti casi di gente intrappolata là sotto che i Signori di Bridge hanno imposto un divieto d'accesso e bloccato l'entrata con delle inferriate. Un posto come quello diventa sporchissimo e malconcio se lo lasci aperto al pubblico».

«Immagino. Da qui si riesce ad arrivarci?»

«Non lo so, signore. Vede, a nessuno è permesso entrare qui dentro. Non credo sia possibile. Per quanto ne so si riesce ad arrivare a una specie di galleria che si affaccia sull'Abbeveratoio, ma poi secondo me da lì non è possibile calarsi. Da ragazzini eravamo soliti sfidarci a salire fino ai magazzini dei Signori, ma era una scalata impressionante, e ci voleva una corda. Non siamo mai andati molto lontano». «Capisco. Tuttavia mi piacerebbe proseguire ancora un po'. È possibile?»

«È possibile, *sir*». Hutch non aggiunse che a suo parere era però anche una pazzia, con il passare veloce e pericoloso dei minuti secondi.

Campion era di nuovo in balìa di un attacco di cocciutaggine, e incassò la testa tra le spalle.

«Dobbiamo rischiare» disse.

Hutch era un uomo d'esperienza e agì alla svelta, ma l'avventura non fu agevole perché il poliziotto al pari di Campion ignorava la geografia del luogo, e la cosa fondamentale per loro a quel punto era riuscire a uscire dalla Camera del Consiglio senza imbattersi inavvertitamente in una delle Quattro Porte di Bridge.

Trovarono la strada riflettendo sulla struttura della caverna in cui era stata ricavata la Camera e arrivarono inizialmente in una caldaia straordinariamente efficiente, con un camino costruito all'interno di un condotto di aerazione preistorico. Da lì passarono in un corridoio rivestito in modo rudimentale parecchio tempo addietro, e da qui una scala di ferro permise di loro di scendere nei magazzini dei Signori.

Queste caverne allungate erano inaspettatamente ben ventilate e confermarono i sospetti di Campion che la collina di Nag fosse in realtà una fortezza risalente, così sarebbe stato logico pensare, al Neolitico.

Una breve ispezione chiarì che ai Signori quello spazio serviva più che altro per tenerci il vino. La prima galleria conteneva file su file di bottiglie nere e polverose e nel guardarle sul volto teso del commissario comparve un sorriso.

«Devono aver fatto un gran bel lavoro per generazioni» disse. «Scommetto che qui dentro c'è una fortuna. In effetti ho sentito dire che posseggono vigneti in tutto il mondo».

Campion non fece commenti.

Alla fine della galleria l'ingresso nella caverna successiva era angusto e a un certo punto doveva essere stato sbarrato con delle assi. Hutch fece correre il raggio della torcia sui margini del legno strappato, ammucchiato con ordine sul pavimento irregolare.

«Non è stato tirato giù da molto» osservò. «Immagino che abbiano deciso di fare spazio ad altre bottiglie».

In effetti sembrava proprio che fosse andata così. Si faticava a crederlo, ma i sottili fasci delle due torce del commissario illuminarono pile su pile di piccole casse da imballaggio, ognuna delle quali era sigillata ed etichettata con il nome di un produttore e timbrata a fuoco con lo stesso geroglifico. Si trattava in prevalenza di vino bianco del Reno ed era chiaro che i Signori erano stati molto previdenti e avevano voluto evitare che eventuali turbolenze europee potessero interferire con la loro seria attività di bevitori.

Hutch ansimò. «Ce n'è un cargo, qui» disse, con tono palesemente scioccato. «Un cargo destinato ad andare a male. Ma che succede, *sir*?»

Campion si era bloccato a metà di un passo. Si era irrigidito e se ne stava lì immobile, con la testa rivolta verso l'alto.

«Ascolti» sussurrò.

Hutch si impietrì. Aveva spento la torcia e adesso entrambi gli uomini erano in attesa nel buio soffocante che riempiva il mondo attorno a loro come ovatta nera.

«Che cos'era, signore?» La domanda angosciosa del commissario era appena udibile.

«Un motore a benzina. Ascolti»

Il rumore pulsante arrivò alle loro orecchie, debolissimo e così attutito da essere più una sensazione che un suono. «È sotto di noi» disse in fretta Campion. «Andiamo».

«Signore...» Hutch era un brav'uomo e sapeva bene quale fosse il suo dovere, ma c'è un unico dipartimento di Stato che chiude un occhio sui suoi servitori se questi commettono errori. Hutch non vi apparteneva, e qui erano in gioco trent'anni di carriera impeccabile.

«Mi dia le torce. Lei resti dov'è». Balenò per la mente di Campion che era strano che lui desse ordini con tanta naturalezza e fosse così sicuro che sarebbero stati eseguiti senza discutere. Proseguì da solo, muovendosi come un'ombra ma molto velocemente, con una furtività e un passo fermo che tradivano una lunga pratica. Non vide la seconda scala di ferro finché non vi fu quasi sopra, e si fermò con il cuore in gola, scrutando l'abisso.

Il rumore pulsante era cessato, ma nell'aria fredda del sotterraneo c'era un leggero ma inconfondibile odore di gas di scarico. Scese lungo la scala per quello che gli parve un lungo tratto e si trovò in un passaggio non più largo delle braccia distese in fuori.

Qui il puzzo era più forte e Campion si mosse con grande cautela, puntando il fascio della piccola torcia sul terreno ai propri piedi. Una brusca svolta a destra lo prese alla sprovvista, bloccandolo di colpo. I gas di scarico a quel punto erano molto più densi, e mischiati a questi l'odore fresco e salino del mare.

Proseguì e all'improvviso sbucò in uno spazio vasto e aperto. L'aria puzzava come un garage e il suo piccolo raggio di luce si allungò di botto quando il sentiero terminò con lo spalancarsi di un buco. Si fermò, ansimante, e spense la torcia.

Non c'erano rumori, né segni di vita, nulla di nulla se non il puzzo di benzina. Campion esitò. Se lì c'erano delle persone, la sua presenza doveva essere già stata scoperta. Impugnò con la mano sinistra la torcia più grossa del commissario, e tenendola a distanza di braccio in modo che il raggio si alzasse per almeno un metro sopra di lui, dalla parte opposta, l'accese.

Quel che vide fu talmente inaspettato che per poco la torcia non gli sfuggì di mano. Era su una cengia stretta, sulla parete di roccia di una caverna che poteva solo essere quella di cui aveva parlato il commissario, chiamandola l'Abbeveratoio, perché in lontananza arrivava a uno stretto passaggio chiuso da un'inferriata. Di per sé la scoperta non era così stupefacente, ma il fatto straordinario era che direttamente sotto di lui, nascosta rispetto all'ingresso perché una paretina rocciosa sporgeva verso l'interno della grotta, c'era un'ampia rientranza o alcova, accogliente e segreta, che in quel momento ospitava a occhio e croce poco meno di trecento camion da tre tonnellate, di varie fogge ed età, ma chiaramente in ordine e pronti per mettersi in strada.

Campion vi puntò la torcia e il dito di luce si posò su cofani e cabine, su carrozzerie voluminose e ruote massicce. Il raggio passò su una fila in una direzione e tornò indietro sulla fila successiva, vacillò pericolosamente e poi ripartì.

Campion si costrinse a mettere fine all'ispezione, ma quell'unica visione fugace alla fine della fila gli era stata sufficiente. Aveva visto la faccia di un uomo accovacciato al riparo di un abitacolo. Nella luce viva la faccia era apparsa bianca, e familiare. Gli era balenata davanti agli occhi portando con sé un nome; un nome e una profonda sensazione di mancanza di entusiasmo, come qualcuno un giorno disse così efficacemente.

«Weaver Bea».

Lo ripeté tra i denti e a quel punto gli risuonò assurdo e improbabile eppure il tumulto che aveva nell'animo rimase, familiare e spiacevole.

Fu a quel punto che si rese conto pienamente della propria assoluta inefficienza. La strana determinazione che fino a quel momento aveva guidato le sue mosse si stava affievolendo e Campion cominciò ad avere una visione più normale della situazione in cui si era venuto a trovare, prese a dubitare di se stesso a ogni passo. In più le conseguenze fisiche di quanto aveva subito tornarono a farsi sentire. La testa gli faceva male da impazzire e non era certo che le gambe lo avrebbero retto.

Ritornò furtivamente indietro da dove era venuto, ma, per quanto tendesse l'orecchio, al momento in cui arrivò alla svolta a destra, dal grande garage nascosto non era ancora giunto alcun rumore.

Mentre risaliva la buia scala in ferro cercò di assimilare quel che aveva visto dal momento in cui era entrato nel ventre della collina. Era al tempo stesso allettante e allarmante. Aveva la sgradevole sensazione che il tutto potesse essere molto banale se visto con gli occhi limpidi di una persona normalmente informata dei fatti. Qualunque roccaforte locale risalente a epoche molto antiche potrebbe apparire fantastica agli occhi di chi non ne sa nulla. D'altra parte, però, ogni aspetto trascurato di quel posto avrebbe anche potuto possedere un'importanza fondamentale, che Campion avrebbe dovuto riconoscere all'istante. Il numero quindici sull'agenda, per esempio: quello doveva essere interessante. E l'uomo che aveva appena visto: se la sua presenza era normale, perché si era nascosto?

Continuò ad avanzare faticosamente e quando sentì a pochi passi di distanza il respiro pesante del commissario, Campion aveva già preso una decisione. Aveva un'unica via d'uscita per evitare di agire con una negligenza che avrebbe potuto avere conseguenze penali. Doveva mettersi subito in contatto con Oates. Naturalmente avrebbe dovuto farlo non appena ricevuta la lettera. Perché ho ignorato questa soluzione ovvia, si chiese, e all'improvviso si ricordò di Anscombe e della propria ingrata posizione in quella faccenda, che aveva focalizzato ogni attenzione sull'aspetto personale. Hutch aveva dato una spiegazione. Buon Dio, lui, Campion, era pazzo! Eccolo lì ad agitarsi nelle tenebre, vedendo mostri dove c'erano solo cespugli e ombre innocenti dove avrebbero potuto esserci trappole mortali, e le ore preziose non avevano smesso di passare veloci. Era un pazzo, molto probabilmente un pazzo pericoloso. Grazie a Dio stava recuperando a poco a poco l'intelligenza necessaria per riconoscere questo dato di fatto.

Il commissario era ansioso di avere notizie ma ancor più ansioso di cavarsi da quella posizione altamente compromettente. Hutch si precipitò a fare strada per tornare indietro e i due attraversarono la Camera del Consiglio come una coppia di volpi dirette alla tana.

«Camion?» disse attonito dopo che Campion ebbe risposto alla sua domanda. «Quanti?»

«Parecchi». Campion non riusciva a spiegarsi perché si sentisse costretto alla cautela.

Hutch scosse la testa. «Non ne so nulla» disse. «Immagino che sia opera del governo. Stanno conducendo un sacco di esperimenti con la benzina sintetica, dentro l'Istituto – o almeno gira voce. I Signori posseggono l'Istituto, e adesso che ci penso l'Abbeveratoio non sarebbe un posto malvagio per nasconderci un paio di autocarri. Improvvisamente le è venuta una gran fretta, signore. Non è che l'hanno vista, per caso?»

«No» disse Campion, con sincerità, «però adesso mi devo sbrigare».

Il commissario aprì bocca per fare una domanda ma l'esperienza maturata in tanti anni di servizio gli impedì di mostrarsi inopportuno. In più erano ormai vicini al magazzino sul retro del negozio.

Uscirono senza intoppi ma Hutch non fu contento di scoprire che era quasi l'alba. Fortunatamente c'era un po' di nebbia e i due si tuffarono nel vapore gelido con riconoscenza, come se si fosse trattata di una cortina di fumogeni sparati apposta per loro.

Mentre percorrevano la strada ampia del Nag's Pykle le casette basse ammiccarono attraverso la foschia e la città di Bridge apparve un po' meno fiabesca di quanto non lo fosse stata al chiaro di luna. Era antica e molto pittoresca, ma l'irrealtà, l'atmosfera decisamente fantastica della notte prima erano scomparse insieme alla luna.

Campion fu sollevato nel notare tutto ciò e nell'attribuire il cambiamento al ritorno della propria intelligenza. Si sentiva decisamente ammalato. Gli pulsavano le tempie, aveva male dappertutto. Tuttavia sapeva che cosa doveva fare. Amanda era la sua carta. Amanda doveva condurlo da Oates. Era strano che il semplice rievocare la presenza di Amanda fosse sufficiente a confortarlo, e a farlo sentire protetto. Immaginò di doversi liberare da questa cosa, se lei davvero aveva preso una decisione, eppure... era assurdo. Era tutto ridicolo. Non solo Amanda era sua: lei *era* lui. Amanda... oh, non aveva intenzione di pensare a questa cosa... Doveva andare da lei... arrivare da lei... arrivare... da... lei.

Hutch lo riacchiappò mentre stava per cadere, e mentre barcollavano entrambi sui ciottoli della strada Campion si rese conto di avere una riserva interiore di energia, come un'altra persona che nelle profondità del corpo allungava le mani giù, giù, giù e riportava in superficie le sue facoltà affondate. Era un'esperienza incredibile, come essere salvati dall'annegamento in un sogno.

La faccia del commissario, che gli era parsa enorme mentre lo guardava, tornò lentamente alle proporzioni normali e la voce, che si era allontanata fino a parere un richiamo distante, tornò a sintonizzarsi.

«Ha esagerato, *sir*, ecco cosa è successo. Siamo quasi arrivati alla stazione. Si sieda, ne ha bisogno. Non si può tirare avanti in eterno senza dormire o mangiare; nessuno riuscirebbe a resistere».

Il tono era lamentoso e gentilmente assillante. «Se si ammala, che cosa faremo?»

Hutch continuava a condurre il suo protetto con la solida efficienza frutto di anni di esperienza e nonostante le proteste incoerenti del compagno arrivarono alla stazione di polizia che si presentò inaspettatamente moderna in mezzo a quella scena Tudor.

Un sergente di polizia si fece loro incontro sulla soglia, e tra lui e il capo ci fu un conciliabolo a bassa voce.

«Adesso?» disse finalmente Hutch. «Capisco. Sì. Sì, certo. Passatecela subito. La prendiamo nella stanza degli interrogatori». Si rivolse ansiosamente a Campion. «C'è una telefonata personale per lei, *sir*» disse. «È dal Quartier Generale. Riesce a parlare? Si sente bene?»

Campion non si rese ben conto di aver attraversato la stazione. Tornò in sé quando ormai era seduto e stava fissando la nera cornetta del telefono malconcio.

«Sono Yeo, signor Campion» disse una voce dentro il suo orecchio. Era così fioca e piana che sarebbe potuta benissimo essere la voce della coscienza. «Yeo. Il capo è lì con lei?»

«Oates?» la voce di Campion era forte e preoccupata. Gli parve di aver gridato.

«Sì, signore. Non riusciamo a trovarlo. Ha lasciato l'ufficio nelle prime ore di ieri e da allora non lo abbiamo più sentito. È con lei?»

«No, non è qui».

Ci fu una lunga pausa. Sembrò dilatarsi per secoli e poi tornare a rattrappirsi nello spazio di un minuto. Campion ebbe il tempo di rendersi conto della luce che entrava dai finestroni e della vernice verde sulla parete in fondo alla stanza.

La voce lontana parlò di nuovo. «E allora, signore, adesso c'è solo lei. È l'unico che può fare qualcosa. Nessuno di noi quaggiù è in grado neppure di capirne la piena potenza. Non so se lei lo ritenga saggio, *sir*. Il capo era l'unico che avesse il controllo dei suoi agenti».

Campion non riuscì a rispondere e dopo una pausa la vocina riprese.

«Ha avuto... fortuna, *sir*?»

Campion chiuse gli occhi e li riaprì quando ancora una volta la riserva segreta che si trova all'interno di ogni corpo umano gli fu pompata nelle vene.

«Non ancora» disse chiaramente, «ma mancano ancora un'ora o due».

Poi cadde in avanti sul tavolo, con la testa tra le braccia.

9

Si svegliò con la mano tra le mani di Amanda. Provò un tale sollievo nel trovarla lì, viva, amichevole, e magnificamente intelligente, che per un attimo benedetto se ne rimase lì contento e spensierato. La guardò con occhi placidi e stupidi.

«Non stai bene» disse lei, e la sua voce limpida e fanciullesca era piena d'ansia. «Sono ore che cerco di ridestarti. Che cosa devo fare? Telefonare a Oates?»

Quelle parole funzionarono. Lo riportarono di colpo alla situazione attuale. Tutto quello che sapeva, tutto quello che aveva scoperto o vissuto dopo essersi risvegliato in quel letto d'ospedale, se lo rivide passare davanti agli occhi, come una pellicola infilata in un proiettore che viaggi a una velocità tripla del normale. L'effetto fu catastrofico. Gli tolse il fiato e lo lasciò in un bagno di sudore.

«No» disse, mettendosi faticosamente seduto, mentre la testa sembrò scivolare indietro, facendogli venire la nausea. «No, non si può. Non farlo. Mi alzo subito».

«D'accordo» accondiscese lei, e Campion la guardò con grande affetto. Era chiaramente preoccupata per lui, e in cuor suo pensava che Campion sarebbe dovuto rimanere a letto, ma lui era il capo e Amanda non aveva intenzione di discutere. Era così carina, poi, così giovane e profondamente ragionevole. Gli piacevano quegli occhi nocciola e sperò che lei lo baciasse. Il pensiero di averla probabilmente perduta per sempre era così catastrofico, così incredibile, che lo accantonò senza rifletterci, e le strinse ancora più forte la mano, come un bambino.

«Di quanto sono in ritardo?»

«Circa un'ora». Si liberò delicatamente. «Il giro di ispezione lo cominci alle dieci. Ti preparo la vasca da bagno e poi andrò giù a scroccare qualcosa per farti fare colazione. Hai venti minuti prima di uscire di casa».

«Giro di ispezione?» disse lui, dubbioso. «Come... ehm... come mi devo vestire?»

Aveva sperato in un indizio ma per una volta lei non fu d'aiuto.

«Oh, l'uniforme da Ammiraglio della Flotta dovrebbe andare bene, non sei d'accordo?»

La voce proveniente dall'altra stanza fu seguita dallo scroscio dell'acqua del bagno di Campion.

«Oppure potresti restare fedele al vecchio completo da pompiere, è ovvio. È vivace e allegro senza essere volgare. Però» aggiunse quando rientrò nella stanza, «che ne facciamo di queste cose? La servitù in questa casa mi pare abbia la tendenza a occuparsi del guardaroba degli ospiti. Non sarebbe bello entrare qui e trovarle distese per benino sul letto. Che ne dici, le porto di sotto e le infilo nella cassetta degli attrezzi dell'auto?»

«Sì, grazie. Sono nell'armadio» disse. «Amanda, sei di grande aiuto».

Lei non rispose sul momento, ma quando riemerse dall'armadio con le braccia cariche di capi cerati aveva le guance un po' rosse.

«Sono ancora il luogotenente» disse, guardandolo dritto in faccia. «Alzati e vai a controllare la vasca, se non vuoi allagare la casa. Abbiamo pochissimo tempo».

Pochissimo! Quando la porta gli si richiuse alle spalle, Campion si rese conto di quanto poco tempo ci fosse davvero e si maledisse per aver dormito. Riusciva a ricordare solo gli ultimi eventi della mattinata. Hutch lo aveva portato a casa in macchina, e lo aveva messo a letto con fare materno. Grazie al cielo non gli avevano somministrato alcol, alla stazione di polizia. Avrebbero potuto ammazzarlo, con la testa in quelle condizioni. Il sergente incaricato si era scusato, ricordò, e al suo posto aveva portato uno stimolante molto in voga al momento nei circoli ufficiali, il tè leggero e dolce. Galloni di tè. Il glucosio gli aveva probabilmente salvato la vita.

Disse «probabilmente» perché lo scendere dal letto si rivelò un'operazione assai difficile. Tuttavia il sonno gli aveva fatto bene. Come per miracolo gli era passato il terrore della propria disabilità. Ora lo esasperava, e basta. Non si rese conto che questo fenomeno era solo un ritorno della determinazione monolitica di qualche ora prima, e che si trattava di uno stato assai più pericoloso. Vedeva soltanto che c'era del lavoro da fare, e che avrebbe dovuto farlo da solo, e il tempo era sciaguratamente poco.

Quando scese barcollando le scale aveva ormai abbastanza chiaro il proprio piano di azione immediato. I Signori erano la sua carta migliore. Erano gli unici che potevano essere a conoscenza del segreto del quindici, visto che a quello avevano assegnato il ruolo principale della serata. Era necessario convincere Lee Aubrey a dirgli tutto quel che c'era da sapere sui Signori. Per il resto, poiché era evidente che avevano predisposto un programma per Campion quando lui era ancora lucido e presente a se stesso, l'unica cosa da fare era andare avanti e seguirlo.

Aubrey lo stava aspettando nel soggiorno marrone e giallo. Era in piedi accanto alla finestra, e stava guardando con occhi da attore tragico Amanda, seduta dietro l'argenteria. Il suo saluto fu grave e commiserante, come se sapesse che i suoi inferiori soffrivano di debolezze e lui potesse permettersi di essere tollerante e perfino invidioso.

Campion, osservandolo con i suoi occhi nuovi da bambino, vide quel che ad Amanda piaceva di lui e lo studiò come un generale che ispezioni le fortificazioni nemiche prima dell'inizio delle ostilità.

Fece colazione in fretta.

«Peccato che non possiamo portarti con noi». Aubrey si rivolse alla ragazza con un rammarico così sincero da apparire quasi osceno. «Ma temo sia proprio impossibile. Non siamo esattamente sposati con il governo, ma siamo decisamente sotto la sua protezione nel senso settecentesco del termine, e le istruzioni che ho ricevuto si applicano solo a Campion. È una follia, è chiaro, una follia. A volte mi chiedo se i tizi che impongono queste restrizioni non stiano esagerando con le regole. Mancano i cervelli, lo sapete. È questa la debolezza principale nel governo e in qualunque altra istituzione».

«Oh, non c'è problema» disse allegramente Amanda. «Non ho alcun desidero di vedere il vostro vecchio Istituto. Mi dà l'idea di una scuola provinciale di giochi di prestigio».

Lee esitò e solo dopo un attimo il sorriso affascinante gli si allargò sui lineamenti marcati e irregolari.

«Mi hai scioccato» disse con ingenuità disarmante. «Da queste parti divento molto campanilista. È inevitabile. Sentir definire provinciali i Signori mi provoca il brivido del sacrilegio».

«Hanno uno status quasi internazionale, almeno a livello finanziario, no?» Il pensiero di Campion stava correndo alle isole delle spezie e parlò incautamente.

Lee alzò la testa e gli lanciò uno di quei suoi sguardi straordinariamente intelligenti.

«Sono molto ricchi, certo» disse, un po' sostenuto.

«Sì, ecco, hai ragione. Un penny qui e uno là, con il passare degli anni il gruzzolo cresce». Campion si era sforzato di apparire ignorante, ma perfino lui si stupì per il grado di idiozia e insulsaggine che riuscì a esibire.

Lee sembrò sinceramente imbarazzato e lanciò uno sguardo di scuse ad Amanda.

«Quando sei pronto andiamo» disse, e in seguito, mentre lui e Campion attraversavano il prato, si assunse il compito di spiegargli gentilmente, scegliendo con cura le parole, come se stesse parlando a un bambino. «I Signori sono interessantissimi da un punto di vista storico» esordì, con un tono di rimprovero nella bella voce. «La famiglia che era a capo dell'iniziativa all'epoca della fondazione non è mai decaduta del tutto. I Lett non hanno mai prodotto uomini di spicco, però d'altro canto neppure uomini di infimo livello, e in ogni generazione c'è sempre stato un uomo d'affari di discreta intelligenza. Il tizio attuale, Peter Lett, è una persona semplice di solido buon senso, come lo erano stati suo zio, e suo nonno e prima ancora i bisnonni. Sono stati tutti religiosi, rispettabili e molto chiusi di mentalità, e ovviamente la strana e semisegreta struttura ereditaria della società è stata un baluardo formidabile. Finanziariamente i Signori hanno passato qualche periodo difficile, ma non sono mai andati vicini alla bancarotta. La loro attività di base è molto solida».

«Di che si tratta?»

Aubrey sembrò stupirsi. «Brevetti, ovviamente» disse.

«Brevetti?»

«Insomma» stava ridacchiando, «all'inizio naturalmente si trattava di monopoli. La regina Elisabetta offrì loro la prima grande opportunità. Uno dei bambini nella scuoletta per poveri che i Signori avevano fondato era il grande Ralph Godlee, inventore del telaio Godlee. I Signori ottennero dalla regina il monopolio sulla produzione dell'oggetto e il telaio Godlee rivoluzionò l'industria della tessitura della lana, da queste parti, facendo crescere la produttività del cinquecento percento circa e gettando le basi per la ricchezza della città. Il termine *abridged*, abbreviato, deriva proprio da Bridge. Avevano abbreviato il processo di produzione. Ma questo tu lo sai meglio di me».

Campion tossì. «Al momento ci sono lacune nella mia istruzione» ammise umilmente. «Racconta ancora. Lo trovo affascinante. Sono andati avanti così, vero? Prima fornendo un'istruzione e poi derubando l'inventore?»

Lee fece una smorfia imbarazzata e per un istante o due si vide chiaramente che stava pensando. Il suo pensiero era evidente, quasi pantomimico.

«Non è precisamente così» disse, alla fine. «Bisogna essere equanimi. Diciamo che invece di essere mecenati per le arti si sono sempre dedicati alla scienza e hanno avuto la fortuna di venirsene fuori con alcuni inventori di successo, che si sono arricchiti personalmente oltre ad aver contribuito al fondo collettivo. I Signori ebbero il loro periodo d'oro nell'era industriale vittoriana. Sono diventati così ricchi da relativamente poco tempo. A quell'epoca comprarono con grande oculatezza, erano sempre alla ricerca di proprietà oltremare, piantagioni di tè e così via. Al momento credo che l'Istituto ogni volta offra di più rispetto a un semplice finanziamento. Pensa alle comodità di cui gode qui l'inventore prescelto. Una volta che la sua idea è stata approvata, gli viene fornita gratis qualunque cosa di cui abbia bisogno. Gli fanno avere i brevetti e lui in cambio cede una percentuale. In questo periodo naturalmente siamo in gran fermento. Il processo Carter, per estrarre economicamente la benzina dal carbone, è destinato a essere una cosa di portata enorme, e abbiamo sul tappeto un paio di esplosivi simpatici e promettenti.

La bottiglia di whisky che non puoi riempire è un'altra delle nostre produzioni, una vera macchina da soldi». Campion lo ascoltò affascinato. Lo sapeva, questa storia l'aveva già sentita in passato, ne era certo, e vagamente gli tornava tutto in testa. Gli sembrava più che altro che stessero ripulendo e riportando alla luce una vecchia targa commemorativa. Sulle superfici vuote della sua mente ricomparivano sagome confuse di fatti. Se solo si fosse sentito un po' più saldo sulle gambe, se solo non gli fosse sembrato di camminare su nuvole di cotone idrofilo che cedevano a ogni passo!

«In linea di principio non approvo i Signori» stava dicendo Lee con tono pedante. «Non mi piace avere nel paese sacche di ricchezza come queste. Ma bisogna rendere giustizia a questa gente, e dire che la loro piccola istituzione fa un buon lavoro. La Cerimonia della Balla di Paglia per esempio è una simpatica idea arcaica. Tutta la pantomima della confraternita è legata alla collina di Nag, alla leggenda del cavallo, e i Signori per regola in occasione di ogni riunione semestrale sono tenuti a "mettere una balla di paglia nella stalla del cavallo"; ovvero a fare qualcosa a beneficio della città di Bridge. Ecco perché il luogo ha servizi di lusso, perché funzionano le fogne, gli acquedotti, l'illuminazione. In quest'area non abbiamo edifici degradati. Si spendono delle fortune per tenere bene il posto e le aliquote sono irrisorie. Eccoci. Vedi il soldato di guardia? Ecco il vantaggio di lavorare per il ministero della Guerra».

Erano arrivati sulla cresta di un'altura che si levava al di là dei pioppi, sulla strada privata che portava all'Istituto, un pugno di tetti circondati da un muraglione coperto di muschio. L'edificio originario era diventato un museo, ma attorno si affollavano altre case, officine, e laboratori, in rappresentanza di tutte le epoche architettoniche della Gran Bretagna. C'era la solita preponderanza di gotico vittoriano e una spruzzata generosa di bunker moderno. Un soldato con la baionetta innestata era di guardia davanti ai cancelli ornamentali in ferro battuto. Lee Aubrey nel passare sorrise all'uomo.

«È tutta una follia» mormorò. «C'è qualcosa di dolce e fanciullesco nel mondo moderno, non trovi? Altolà. Favorisci il contrassegno. Passa, amico. Ambarabà ciccì coccò c'è una spia sul comò. Spaventosamente puerile».

«Puerile forse, dolce mica tanto» disse distrattamente Campion. «Dove andiamo, adesso?»

«Mio caro amico, la decisione sta a te. Ho ricevuto istruzioni di mostrarti qualunque cosa tu voglia vedere. Scegli pure. Sulla sinistra abbiamo l'iracondo ma peraltro adorabile Carter, al lavoro con la sua squadra di galeotti. Saranno gentili perché io sono il direttore, ma non ospitali».

Aubrey si stava divertendo. Era esageratamente orgoglioso di quel posto e della sua favolosa organizzazione.

«Alla tua destra, in fondo, in quell'edificio deprimente che ricorda una cappella metodista, c'è il povero vecchio Burgess. Parlerà tutta la notte. In questo momento ha dei problemi con la mietitrice. Le ultime prove sono state decisamente un fiasco e forse la questione è seria. Davanti a te ci sono la biblioteca, l'ufficio, l'archivio, le sale di redazione. E laggiù, alla distanza che ci è consentita dallo spazio, c'è la stella del momento, il cocco del ministero della Guerra, il nostro giovane Butcher, che giocherella con le ultime varietà di fiamme dell'inferno condensate di Anderton. Devo tenerlo d'occhio e accertarmi che controlli le quantità. È incredibile, quella roba. Con mezzo cucchiaino da tè provochi un botto molto più forte di quello di un secchio di TNT. Ecco il perché della sentinella alla porta».

Si fermò, in attesa, e Campion non riusciva a decidersi. Era il proseguimento del sogno frustrante della notte prima. Per quel che riusciva a vedere gli stavano porgendo la cosa su un vassoio, eppure non riusciva a metterci le mani. «Non c'è che l'imbarazzo della scelta» disse a voce alta, e si affrettò ad aggiungere: «Cosa c'è in quella piccionaia?» L'edificio così poco gentilmente descritto aveva catturato il suo interesse perché lì davanti c'era una certa animazione. Davanti alla porta era parcheggiato un camion su cui si stavano caricando dei sacchi.

Lee aggrottò la fronte e l'uomo al suo fianco si rese conto dell'irritazione che lo aveva momentaneamente colto. Si trattava di un fatto fisico, come se il suo magnetismo personale fosse stato spento e poi riacceso.

«Hai fiuto tu, eh?» disse, mezzo ridendo. «Sei uno di quelli che spostano sempre la sedia che copre il buco nel tappeto e vanno dritti all'armadio dove è stata occultata la biancheria sporca. Io ti propongo di vedere le collezioni entusiasmanti dei salotti e tu punti subito l'unico brutto e squallido retrocucina dell'intero Istituto. È la nostra croce, la macchia sulla nostra dignità. Siamo stati costretti a ospitare cinquanta orribili dilettanti, cinquanta piccole lavoratrici, e tutto questo soltanto perché disponiamo di un mucchio di spazio. Ma tu pensa! In questo edificio sacro Richardson perfezionò la sua addizionatrice e adesso un mezzo centinaio di ragazzette quasi analfabete scrive indirizzi sulle buste per conto del ministero della Sanità. Come se in Inghilterra non ci fossero altri cinque milioni di posti che fungerebbero altrettanto bene alla bisogna. Sai, faccio portare il branco dentro e fuori, affidato a una donna poliziotto e a una guardia di fiducia fornita dai Corps of Commissioners. Vuoi venire a dare un'occhiata?»

«A dire la verità no» rispose Campion. A quel punto avevano raggiunto l'edificio, e attraverso i finestroni lunghi vide file di teste chine e pile di buste del Governo. Il lavoro sembrava noiosissimo, ma nella sua disposizione di spirito attuale infinitamente preferibile al suo, e Campion invidiò le ragazze.

Mentre aggiravano il camion una donna dai capelli bianchi e scompigliati uscì dal portone ad arco. Era vagamente familiare e alla fine Campion la riconobbe come una delle ospiti alla cena di Aubrey della sera prima. La donna si stupì nel vederli e si fece loro incontro con quell'umiltà un po' esitante e un po' impaziente che è più comune in donne assai più giovani.

«Ce la stiamo cavando molto bene, signor Aubrey» disse in tono supplichevole e arrossì.

Campion rimase sorpreso. Sebbene gli mancassero quattro dei cinque cilindri, era ancora in grado di riconoscere certi sintomi quando li vedeva, e quella donna non gli pareva il tipo. Moltissime donne che l'età dovrebbe rendere sagge a sufficienza finiscono per innamorarsi perdutamente di scapoli brillanti di mezza età, ma di solito non appartengono alla categoria di signore navigate e intelligenti come colei che Campion aveva davanti agli occhi. Si ricordò che l'ultima volta che l'aveva vista la donna era parsa molto interessata ad Amanda. Lanciò un'occhiata ad Aubrey e lo vide algido.

«Fantastico, signora Ericson» tagliò corto e proseguì, lasciando nell'aria un vago sapore di disgusto. «Volontariato patriottico» mormorò tra i denti a Campion, mentre svoltavano l'angolo. «Roba forte».

«Sembra una donna intelligente» disse Campion e Lee ci rifletté un attimo.

«Oh, lo è» concordò. «È la vedova di un tizio che deteneva una delle cariche minori, nei Signori, e in città gode di un certo potere. Una donna di ottime letture, simpatica, colta, ma emotivamente instabile, credo. E adesso questo è il regno di Butcher, che mi pare di capire sia il tuo principale interesse. Lo ammetto, Campion, sono ammirato di fronte alla tua grandiosa reticenza. È notevole».

L'osservazione finale fu fatta d'impulso, e sembrava sincera.

Campion non rispose e si augurò che il proprio silenzio potesse passare per modestia. Avvertiva un dolore sordo e pulsante in corrispondenza della nuca e aveva cominciato a chiedersi se gli occhi non lo stessero ingannando. Alla luce intensa del sole tutti i colori tendevano a mescolarsi e confondersi pericolosamente. Si ripigliò. Non c'era via d'uscita! Bisognava fare qualcosa e per quanto riusciva a capire, lui era l'unico che potesse farla. E sarebbe stato proprio il colmo se avesse fallito per colpa di una stupida e stramaledetta botta in testa!

Per arrivare alla torre squadrata di cemento sul confine della proprietà dell'Istituto si doveva camminare un bel po' e quando la raggiunsero l'ispezione non si rivelò illuminante. Butcher era un giovanotto allegro con la faccia da contadino e gli occhiali spessi come fondi di bottiglia. Nutriva un rispetto giovanile nei confronti di Aubrey, che chiaramente ammirava, e mostrò con piacere i laboratori e le officine.

«Questi cosetti sono il meglio del meglio» disse, tuffandosi in un armadietto grezzo in un angolo della stanza principale al piano terreno, che quando arrivarono era deserta e aperta. «Li conservo sui loro scaffali perché sono davvero fenomenali. Li chiamiamo Uova di Fenice. Non lo faccia cadere, per carità, amico mio. È abbastanza sicuro a meno che uno non tolga lo spinotto, è ovvio, però è meglio non farlo rimbalzare sul pavimento perché si tratta di un campione e non si sa mai».

Campion studiò l'uovo metallico che gli era stato ficcato in mano all'improvviso. Era appena più grande di un uovo di gallina e inaspettatamente leggero. Butcher ne stava coccolando un altro, che teneva con affetto nel cavo sotto il pollice.

«È importante riuscire a scagliarlo a una distanza decente» spiegò. «È piuttosto potente. L'esplosione è forte, riesce a scavare un cratere. È fantastico, davvero. Con uno di questi puoi tirar giù qualunque edificio. È la varietà Anderton di aria liquida, ma l'abbiamo perfezionata – o meglio ne abbiamo utilizzato ogni aspetto. Se colpissimo quel vecchio museo laggiù, una volta finita l'azione, ragazzi miei, non resterebbe niente! È un'arma raffinata, ecco cos'è».

Recuperò l'uovo dalle mani di Campion, giocherellò distrattamente con i due esemplari, e poi li rimise nei loro nidi. «Adesso stanno costruendo le macchine adatte» disse. «Nel seminterrato stanno preparando alcuni graziosi modellini aerei, e stiamo ancora lavorando sui detonatori. C'è qualcos'altro che vorreste vedere?»

«No, non voglio distoglierla dal suo lavoro. Mi ha già concesso quindici minuti».

L'espressione del giovanotto non cambiò e Campion gli strinse la mano e se ne andò. Stava vigilando su di lui il sesto senso, o meglio quel misterioso corpo-mente che così spesso sembra entrare in azione quando il normale cervello di una persona viene meno. La sua riservatezza e il tono noncurante fecero assai più colpo di quanto non ne avrebbe mai potuto fare qualunque manifestazione di apprezzamento e il giovane Butcher si ritirò nel proprio laboratorio sotterraneo chiedendosi se le Autorità davvero avessero in lui quella fiducia che il loro comportamento finora aveva fatto supporre.

Fu Campion a ricondurre Aubrey fuori all'aria aperta. Aveva ascoltato un mucchio di dettagli tecnici esposti da Butcher, che sarebbero stati importanti per un nemico, ma non erano così importanti per lui. Di quel che sapeva Butcher era già al corrente, presumibilmente, anche il ministero della Guerra, e quindi non erano affari di Campion. Lui doveva cercare un qualcosa di cui il ministero della Guerra era ancora all'oscuro. Quindici? Doveva sforzarsi di essere lucido e aggrapparsi a questo. Quindici: continuava a essere il suo unico indizio chiaro. Quindici, e le persone che sapevano che significato avesse. Evidentemente Butcher non rientrava tra queste, ma qualcun altro doveva esserci.

Quando alzò gli occhi e guardò lungo lo stretto sentiero in cemento che correva attraverso il prato come una linea tracciata con il gesso, vide l'uomo a cui stava pensando. Comparve così alla svelta che era difficile stabilire se fosse arrivato prima il pensiero o la visione. La sua rotondità vivace era riconoscibile anche a enorme distanza e l'uomo si fece loro incontro con andatura pimpante ma senza fretta.

10

«Quello è Pyne» disse Campion.

«Davvero?» La faccia di Aubrey si rabbuiò. «Cosa diavolo sta facendo quell'uomo, perché se ne va in giro qui dentro, tutto solo? Gli hanno consentito di entrare a cercarmi, immagino. Ma non dovevano, e lo sanno perfettamente. Li avrà persuasi con le sue chiacchiere. Ma sono proprio incredibili, questi tizi! Sono disposto a farmelo piacere, ma non deve comportarsi da scocciatore. Detesto vedermi costretto a ordinare a qualcuno di smammare».

«Ma chi è?»

«Pyne? Oh, un soggetto interessante. A modo suo possiede un'intelligenza notevole. Ma è probabilmente disonesto. Si comporta come un nemico». Lee era tornato del solito umore assertivo. I commenti erano privi di affettazione e parlava con la semplicità imparziale di un essere dichiaratamente superiore. «È sfollato, e ha riaperto quaggiù gli uffici. Si tratta di una piccola organizzazione divertente, e gli frutta bene. L'ha chiamata Surveys Limited. Immagino che tu ne abbia sentito parlare».

«Mi è vagamente familiare» disse Campion, non del tutto insincero. «Cosa fanno? Organizzano le vite per conto terzi?»

Lee rise. «Solo in parte» mormorò. «Sono un ufficio di consulenza. Se vuoi mettere in piedi una fabbrica o avviare un'impresa in una località ignota ti scovano tutte le informazioni riservate. Sono decisamente scrupolosi. A parte le solite cose, elencano perfino i dettagli più personali, ma fanno anche un lavoro molto scaltro sull'opinione pubblica e sulle stime delle ricchezze locali. In effetti con la massima riservatezza tastano il terreno fino alla profondità che vuoi. Pyne un giorno mi ha detto di avere diecimila agenti sparsi per l'Inghilterra. Questo probabilmente significa che nel corso della carriera deve aver impiegato circa la metà di quei diecimila. Immagino che siano compresi in questa cifra anche tutti coloro cui avrà dato cinque bigliettoni in cambio di un parere personale sulle condizioni locali, ma per la verità bisogna riconoscere che gli incarichi li ottiene. Lo trovi blandamente interessante?»

Campion annuì frettoloso. Non era nelle condizioni ideali per dedicarsi a un blando interesse e Pyne era ormai a pochi passi da loro.

Alla luce del giorno non sembrava poi così amabile e rilassato. All'inizio Campion fu incline ad addebitare questo cambiamento alle proprie compromesse doti di osservatore della notte prima, ma iniziò ad avere qualche dubbio non appena il nuovo venuto cominciò a parlare. Pyne era ancora cordiale, ma adesso si intuivano in lui anche un'ansia repressa e un pizzico di antagonismo. Li salutò senza preamboli.

«Qualche sviluppo?» chiese, non appena fu a tiro di voce.

«In quale direzione?» Campion fu sollevato nel constatare con quanta efficacia riuscisse a controllare la voce e la faccia.

«Be', rispetto alla notte scorsa. E su Anscombe». Pyne era agitato e i suoi occhi tondi erano furbi e inquisitori come quelli di un passero.

Lungo la spina dorsale di Campion corse un rivolo di paura. Si era completamente dimenticato dell'incidente. L'enormità di quella rimozione lo sconvolse. Anscombe e il modo inquietante in cui era morto gli erano proprio usciti di testa. Buon Dio! Se si era dimenticato quello, cos'altro poteva aver trascurato? Notò con sollievo che anche Lee appariva leggermente imbarazzato.

«Oh, santo cielo! La signorina Anscombe!» disse. «*Devo* andare a farle visita. È ancora presto, ma meno male che me l'ha ricordato. Una volta entrati dentro queste mura si passa in un altro mondo, sa. Non trovi anche tu, Campion? La mente si dedica a riflettere sulle idee e sul loro sviluppo tecnico. Povero vecchio Anscombe. Lo conoscevo abbastanza bene, ma qui e in questo momento è un pensiero distante».

Pyne si asciugò la fronte. «Lei è fortunato» disse seccamente. «Io invece ci ho pensato per tutta la notte. Quella morte mi puzza molto. Se la polizia è appagata, naturalmente sono affari loro, ma mi chiedo se si ritengano davvero a posto così».

Nell'ultima osservazione di Pyne era contenuta una domanda e Campion, che si ricordò appena in tempo che nessuno dei presenti era al corrente del suo incontro notturno con Hutch, la ignorò. Lee Aubrey fu meno cauto.

«Anscombe non era certo tipo da suicidarsi» disse didatticamente.

Pyne lanciò un'occhiata a Campion.

«Io pensavo a un omicidio» disse.

Lee tossì e proseguì lungo il sentiero. Era oltraggiato. Aveva le labbra serrate e un'espressione scioccata.

«Mio caro amico» protestò, con una nota di rimprovero così forte da suonare come una lavata di capo, «l'isteria a quest'ora del mattino è imperdonabile. E adesso che ci penso c'è un'altra cosa, Pyne. Lei non dovrebbe entrare qui dentro, a meno di non essere accompagnato personalmente da me. Lei non è autorizzato, ecco. Il governo britannico ha preso una posizione molto decisa, in proposito. Non voglio sapere come ha fatto a entrare, perché non desidero trovarmi costretto a presentare un reclamo contro quella povera bestia che c'è all'ingresso, ma per l'amor del cielo, eviti di riprovarci».

Campion non aveva mai sentito fare a un adulto una ramanzina del genere, Aubrey sembrava un preside. Pyne non diede alcun segno di aver sentito. Rimase lì tondo, roseo, e pericolosamente sospettoso.

«In questa zona c'è stata una caccia all'uomo nelle ultime dodici ore, come minimo» disse di lì a poco mentre camminavano. «Un tizio ricercato dalla polizia ieri sera è scappato dall'ospedale di St Jude a Coachingford. Ha rubato una vecchia auto, l'ha abbandonata nel fiumiciattolo che attraversa la strada bassa per Bridge, ed è scomparso. Lo stanno ancora cercando. Non vi pare sospetto?»

Lee scoppiò a ridere con malignità quasi femminea.

«Oh, andiamo» disse, «è un pensiero obbrobrioso. Un disgraziato sta scappando dalla polizia e quindi è naturalissimo supporre che la prima cosa che fa è intrufolarsi in un giardino e assassinare il vecchio Anscombe, che per coincidenza si trova lì. È infantile, Pyne. La sua storia non regge. Lei non sta bene, mio caro. Quella sua panciona debordante dev'essere sottosopra».

L'ometto grasso tirò in dentro di colpo la pancia, ma gli occhi non persero l'allarmante astuzia.

«Stavo pensando, Campion» attaccò, «lei deve essere arrivato da Coachingford più o meno a quell'ora. Non l'ha visto, per caso, il tizio ricercato?»

«No» disse Campion. Notò di aver parlato in tono pacifico.

Lee sospirò, esasperato. «Mio buon Pyne» disse, prendendo il braccio dell'altro con una familiarità annoiata che conteneva la vera essenza del senso di superiorità, «lei si sta rendendo ridicolo, se ne rende conto?»

«Non credo proprio di rendermi ridicolo, Aubrey».

«E allora mi creda sulla parola». Lee stava sorridendo in modo pericoloso. «Conosco personalmente Campion e le do la mia parola che (a) non ha offerto alcun passaggio a nessunissimo individuo sospetto in fuga, e (b) l'individuo sospetto non lo ha ricompensato facendo fuori il povero vecchio Anscombe nel cortile di casa sua. E non basta, la sua insinuazione è ridicola, assurda, folle, da pazzo. Lasci perdere, Pyne, e lasci che la polizia faccia il lavoro che le compete».

Pyne si lasciò trascinare fuori dai cancelli dell'Istituto e attraverso il prato, in direzione della casa. Se era offeso con Aubrey non lo diede a vedere.

«Non conosco bene il signor Campion. Se lei lo conosce, non ho altro da dire» commentò alla fine, in tono imperturbabile. «Ma ha letto la descrizione del tizio che la polizia sta cercando?»

«No, non l'ho letta. E non credo di tenerci particolarmente a farlo».

«Io l'ho trovata interessante». La placida ostinazione di Pyne era insopprimibile. «L'uomo cui stanno dando la caccia è sui trentacinque anni ed è alto un metro e ottantasette. Ha la carnagione pallida, i capelli biondi e lisci e le sue caratteristiche salienti sono un'estrema magrezza unita a grande forza». Fece una pausa e quando nessuno parlò disse con tono innocente: «L'ultima volta che è stato visto indossava una cerata da pompiere».

Lee gongolò di piacere. «E anche un elmetto in ottone?» chiese. «Ma che delizia. Pyne, mio povero amico, lei mi sta regalando un'enorme dose di piacere innocente.

Vada pure avanti; non la fermerei per tutto l'oro del mondo».

L'ometto grasso si rivolse a Campion. «Che ne pensa?» chiese.

A quanto pareva Campion stava prendendo sul serio la questione. Avevano raggiunto il crinale dell'altura e adesso stavano tornando senza fretta alla fila di pioppi. Aveva le mani in tasca e talmente serrate che le unghie gli si erano conficcate nei palmi. Il cuore gli batteva forte in petto e i pensieri consapevoli si agitavano caotici e inutili da una parte e dall'altra della cortina nera che gli divideva il cervello. Stava tentennando e questo fatto lo atterrì assai di più delle domande pericolose dell'ometto.

«Che nome assocerebbe a questa descrizione?» insisté Pyne.

Rimase in attesa di una risposta. Rimase in attesa di una risposta. Rimase in attesa di una risposta. Era passato un minuto, un minuto intero. Un minuto; forse anche un altro. Campion non riusciva a pensare. Buon Dio, non riusciva a pensare. Era orribile, era terrificante. Non riusciva a *pensare*. Era impotente, alla mercé di questo tremendo nanerottolo dagli occhi crudeli da uccello predatore.

Che nome? Che nome? Che *nome*?

«Praticamente tutti, direi» mormorò, senza rendersi conto di avere un tono più che altro annoiato. «John Smith, Albert Campion, Weaver Bea».

Ci fu un silenzio assoluto. Durò talmente a lungo che Campion riuscì a disimpantanarsi dal panico e a guardarsi attorno prima che qualcuno aprisse di nuovo bocca.

Lee Aubrey stava gironzolando con le spalle ingobbite sotto la giacca morbida e quasi attillata. Era chiaramente imbarazzato dalla piega personale presa dalla conversazione. Non aveva fatto caso al nome ridicolo pericolosamente sfuggito.

Ma con Pyne andò molto diversamente. Per la prima volta l'eccezionale compostezza dell'ometto andò in frantumi. Cambiò colore e gli occhi non erano più semplicemente sospettosi. Girò la testa e guardò l'altro in faccia. «Ho evidentemente commesso un errore cretino, signor Campion» disse. «Credo che lo spettacolo di ieri sera mi abbia un po' sconvolto. Io e lei dovremmo fare due chiacchiere, prima o poi. Perché non viene a farmi visita in ufficio? Credo che potrebbe interessarle. Potremmo mangiare un boccone insieme in città».

«È un'idea» si intromise Lee prima che Campion potesse rispondere. Parlò con il caloroso sollievo del padrone di casa cui pare di aver intravisto il modo di intrattenere l'ospite temporaneamente indesiderato. «L'impresa del nostro amico ti interesserà, Campion. Io la trovo affascinante. Pyne è un birbaccione divertentissimo, quando non fa il melodrammatico e quando non gioca all'investigatore».

Campion rimase in silenzio. Non si faceva illusioni sul conto di Pyne. L'uomo era sulla pista giusta e lo sapeva. Era all'angolo. Tardare ancora, lo sapeva, a questo punto sarebbe stata l'unica cosa davvero fatale, e dopo aver riconosciuto in lui l'uomo per il quale si stavano setacciando le campagne, la polizia della contea certamente gli avrebbe fatto perdere del tempo. Il quartier generale lo avrebbe difeso a spada tratta, ma comunque Campion inizialmente sarebbe stato costretto a fornire alcune spiegazioni e queste spiegazioni avrebbero fatto scoprire le condizioni in cui versava, a prescindere da qualunque altra scoperta della polizia. Quale altra scoperta? La domanda era troppo inquietante per poterci pensare e Campion arretrò spaventato.

Come era evidentemente solito fare nei momenti difficili si guardò attorno alla ricerca di Amanda. Con grande sollievo la vide girare l'angolo della casa. Non se ne stupì. Era la parte miracolosa di Amanda; sembrava materializzarsi sempre al momento giusto. Sembravano essere compagni di squadra in un gioco praticato da molto tempo, con anni di esperienza e collaborazione alle spalle. Lei li salutò e dopo aver borbottato uno «scusatemi» Campion affrettò il passo per andarle incontro. Amanda gli parlò a bassa voce. «Il commissario è qui. Vuole vederti da solo, a parte Lee, voglio dire. Non ha intenzione di entrare, e sta aspettando davanti alla porta laterale. Vuoi andare da lui?»

Se voleva! L'idea dell'allampanato Hutch nelle vesti di angelo salvatore, con la tunica, le ali e tutto quanto, in quel momento non gli apparve affatto incongrua.

«Oh, Dio ti benedica» disse con tale fervore che Amanda sgranò gli occhi marroni.

«Situazione difficile?» s'informò sussurrando.

«Non va benissimo» ammise Campion. «Resta con loro, ti spiace, tesoro? Non lasciare che Pyne si confidi con Aubrey».

Vide passare sulla faccia di lei un vago sbalordimento e ne fu perplesso finché non si rese conto che ad averla stupita era stata la tenerezza, sincera e grata. La rivelazione lo fece tornare bruscamente in sé e il senso improvviso di desolazione non fu alleviato dalla convinzione di esserselo meritato.

Campion entrò nel cortile e vide subito Hutch. Era in abiti borghesi, seduto sul predellino di una vecchia, grossa Buick, e il sole splendeva sui colori inaspettatamente vividi del suo completo di tweed. All'apparire di Campion si alzò subito in piedi e gli si fece incontro con passo tranquillo.

«Salve!» Il saluto di Campion fu insolitamente caloroso. Almeno quello era un alleato, per quanto alla cieca.

«Buon giorno». Una nota guardinga nella voce del poliziotto fece scattare un allarme che si riverberò in tutti i nervi del corpo di Campion. «Posso scambiare due parole con lei, signore?»

«Certo. Perché no? Mi dica pure». Campion si rese conto che stava parlando troppo, e che non riusciva a fermarsi. «Perché tanta agitazione?»

«Nessuna agitazione, signore». Hutch lo osservò incuriosito. «Vorrei solo che lei desse un'occhiata a questo, se non le dispiace. Di regola naturalmente non facciamo caso a queste cose, ma una serie di circostanze mi ha fatto ritenere opportuno portarle questo documento».

Campion guardò il foglio di carta che gli venne ficcato in mano. Riportava un breve messaggio battuto a macchina: *Caro commissario, quando il ministero dell'Interno le ha inviato istruzioni relative ad Albert Campion, per caso le ha fornito anche una fotografia? Tutto qui. Ci pensi bene.*

Niente firma né data. Campion lo lesse da cima a fondo due volte. Era Pyne, naturalmente; probabilmente scritto la sera prima, dopo che aveva fatto quella stupida gaffe, cadendo nella piccola trappola sugli Stati Uniti, e sull'essersi conosciuti laggiù.

La conclusione era ovvia. Pyne vedeva in lui qualcosa di losco e lo sospettava di essersi spacciato per Albert Campion. Era abbastanza giusto, abbastanza buffo. In ogni caso Campion era sicuro di riuscire a sistemare la cosa velocemente.

Ma ci sarebbe riuscito davvero? Il nuovo pericolo gli si prospettò davanti come una palude.

Restituì il foglio di carta con mano ferma, ma la testa gli doleva in modo intollerabile e aveva la fronte bagnata dal sudore.

«Allora?» chiese.

Hutch gli porse un altro foglio. Era un'informativa della polizia che elencava in dettaglio con la tipica prosa bruta le caratteristiche fisiche dell'uomo fuggito in divisa da pompiere dall'ospedale di St Jude a Coachingford.

Campion la lesse ad alta voce.

«Bene» disse. Il pulsare dentro la sua testa si era trasformato in staffilate di dolore insopportabilmente forti e la figura elegante del commissario sembrava tremolare come nei vapori del solleone.

Hutch lo guardò in faccia. Aveva occhi indagatori e ci mise un bel po' prima di decidersi a parlare.

«Non ho un mandato, ovviamente» disse alla fine, «quindi avrei un favore da chiederle. Posso salire nella sua stanza, *sir*, solo per soddisfare una mia curiosità personale. Io... insomma, signore se devo essere sincero quando l'ho messa a letto, la notte scorsa, ho notato che la stanza puzzava di cerata. Non riesco a levarmelo dalla testa».

Campion rise forte. Non fu un suono molto convincente, ma se non altro fu spontaneo.

«Perquisisca pure» disse. «Perquisisca pure l'intera casa. Ci penso io a sistemare le cose con Aubrey. Da quanto tempo è in polizia, Hutch?»

«Ventotto anni e due mesi, signore».

«Davvero?» La critica implicita, proveniente da un superiore, ebbe il suo effetto. Campion sentì, più che vedere, l'esitazione di Hutch. Rise di nuovo e questa volta con buonumore più evidente. «Vada, vada, così si tranquillizza» disse. «Se trova quell'uniforme me la porti, vorrei tanto vedermi travestito da pompiere. Se non dovesse essere in camera da letto allora cerchi nel resto della casa, e poi nel parco».

Hutch scrollò le spalle. Cominciava a sentirsi in imbarazzo. Fece un passo verso la porta d'ingresso laterale, cambiò idea e tornò indietro.

«Risponda solo a due mie domande, *sir*. Poi chiederò scusa».

Questo era più pericoloso. Campion mantenne un tono lieve. «Tutto quello che vuole, commissario».

«Come si chiama l'ispettore del dipartimento criminale che sta nella stanza numero 49 della Sede Centrale?»

«Yeo». Aveva tirato a indovinare ma senza esitazioni. Il nome gli era stato strappato letteralmente dal cervello mentre si costringeva a risentire la vocina al telefono della notte prima.

Hutch lo guardò strano. Non c'era modo di capire se l'avesse imbroccata o no.

«E la seconda domanda?» Campion optò per una condotta audace. Fermarsi, se lo sentiva, avrebbe potuto risultare fatale, e adesso non doveva lasciarsi fermare, a nessun costo.

Hutch si inumidì le labbra e abbassò la voce. «Qual è il suo numero di agente segreto, signore?»

Campion sorrise. Non aveva proprio idea, nemmeno uno straccio di idea.

«Al momento credo proprio che sia il quindici» disse, e rise.

Capì di aver fatto un errore marchiano. Vide la costernazione calare lentamente sulla faccia gradevole di Hutch mentre il commissario cominciava a cogliere l'enormità della situazione, perché questa comprendeva l'inscusabile inganno e l'incredibile indiscrezione di cui si era macchiato la notte prima portando in giro dentro la collina una persona non autorizzata. Campion vide la mossa successiva, imminente e ineludibile. Si vide in una cella, immobilizzato e impotente mentre passavano ore fatali. La sua mente tormentata si chiuse. Pareva che la cortina nera fosse diventata per un momento un'imposta aperta. Si mosse, tremolò, e poi si richiuse.

Campion colpì.

Il suo pugno aveva una scaltrezza che Campion non sapeva di possedere. Fu un colpo magnifico, da esperto, che partì dalla spalla sinistra e si caricò del peso dell'intero corpo.

Hutch, che ancora vacillava per lo shock nervoso, fu colto totalmente alla sprovvista. Andò giù come un tronco d'albero, sulla faccia ancora una sciocca espressione sbigottita.

Campion non lo guardò. Non se ne rese neppure conto. Da quell'istante si mosse come un automa. Salì sulla Buick, premette l'acceleratore che fungeva anche da accensione e si lasciò andare contro lo schienale.

La vettura s'impennò in aria e imboccò il vialetto a poco meno di cento all'ora. Ai cancelli Campion girò a sinistra come se sapesse perfettamente quel che stava facendo e guidò con straordinaria perizia e grande velocità attraverso la città, sotto la collina cupa, sopra il minuscolo ponte del mulino, e ancora avanti lungo tortuose strade di campagna, il tutto senza esitazioni, senza pensieri consapevoli. La sua mente era una distesa bianca e pacifica. In seguito non avrebbe ricordato nulla di quel viaggio. Viaggiò come un uccello migratore, guidato dall'istinto. Era al comando la parte di cervello che stava dietro al drappo nero e l'uomo cosciente era come in trance, come ipnotizzato. Si mostrò stranamente abile dall'inizio alla fine.

Entrò nella grande città industriale di Coachingford passando per la strada romana e non ebbe alcun problema lungo la circonvallazione. Uno o due poliziotti fecero il saluto alla macchina, vedendo il piccolo contrassegno nell'angolo del parabrezza. Guidò senza esitazioni in un dedalo di viuzze, si fermò ai semafori a tempo debito, e fu preciso nelle svolte complicate.

In una piazza caotica c'era un parcheggio all'aperto e Campion rallentò, s'infilò con l'auto in un posto, e scese. Non sentì neppure l'asfalto sotto i piedi, e non aspettò lo scontrino. Muovendosi con la determinazione assoluta che si trasforma in naturalezza e fa sì che un uomo diventi praticamente invisibile, attraversò la strada, svoltò in un vicolo e sbucò in una strada trafficata ma dall'aria povera, e proseguì finché non arrivò davanti a una botteguccia sudicia che aveva davanti una fila di locandine vuote e dentro la vetrina una squallida collezione di sigarette e caramelle polverose. Campion si guardò a destra e a sinistra e poi entrò. La fresca oscurità del negozio, con il suo caratteristico odore di inchiostro da stampa e tabacco, lo ridestò all'istante dalla sua condizione di sonnambulo. Si impietrì e cominciò a guardarsi attorno con occhi stupiti. Non aveva idea di dove fosse, né del come e perché fosse arrivato lì. Una faccia grigia lo guardò da dietro il banco e i due uomini rimasero lì a fissarsi reciprocamente, dubbiosi.

Il negoziante che era anziano, magro e inconcludente, sembrò stupito nel vedere il nuovo venuto, tanto quanto Campion lo fu nel vedere lui.

Dopo il primo shock dato dal ritorno del pensiero lucido, Campion cominciò ad avere paura. Non era un uomo abituato alla paura, in nessuna forma, e questa gli attanagliò lo stomaco e lo paralizzò con le sue dita fredde e lunghe.

Il negoziante si schiarì nervosamente la voce e girò attorno al bancone.

«Immagino che voglia parlare con il capo» disse. «Venga dentro».

Campion si fece avanti con gambe traballanti e l'altro sollevò uno sportello unto, per farlo passare. Il retrobottega era molto angusto e buio e i due pannelli di vetro smerigliato della porta che il vecchio gli indicò apparivano come due luminose vie di fuga. Campion quasi ci si buttò, precitandosi nella stanza interna, mentre il negoziante chiudeva silenziosamente la porta alle sue spalle. Era per molti versi una stanzetta orribile, tappezzata con spicchi di frutti grigi e decorata con il peggio del penultimo decennio del secolo prima. Lo spazio era quasi interamente occupato da un grosso tavolo, coperto prima con un drappo rosso e poi da parecchi strati di fogli di giornale.

Seduto al tavolo, in maniche di camicia e senza colletto, c'era un tizio davvero degno di nota. La faccia pallida e melanconica era appesa a un cranio calvo e lucido, e gli occhi, sottili e privi di espressione, erano cupi come polvere di carbone. Al momento era impegnato a pulire e oliare una pesante pistola d'ordinanza, che sembrava aver goduto di parecchi anni di amorevoli cure. Sollevò lo sguardo quando la porta si spalancò, ma non mosse la testa e non parlò. Campion non disse nulla. Si appoggiò con la schiena contro la porta. Gli pareva di avere nelle orecchie un rullo di tamburi e il battito del cuore sembrava andare a ritmo con l'intollerabile dolore pulsante dentro la testa.

L'uomo al tavolo respirò pesantemente attraverso il naso corto.

«E così è tornato, eh?» disse.

II

Campion non parlò. Le pareti della stanzetta gli si stavano richiudendo addosso. L'aria era troppo calda e troppo pesante per riuscire ad aprire i polmoni. La faccia dell'uomo seduto al tavolo si gonfiò spaventosamente, espandendosi a vista d'occhio, come un bianco d'uovo in una padella. Di lì a poco avrebbe riempito l'intero universo soffocandolo sotto il suo peso molliccio.

Le labbra di Campion si mossero in un ultimo disperato grido di protesta, ma dalla bocca non uscì alcun suono.

Al di là del copritavolo rosso l'uomo grasso lo guardò con nuovo interesse. All'improvviso mise da parte la pistola e si alzò in piedi con quella sorprendente agilità naturale che si trova solo nei vecchi combattenti.

Girò attorno al tavolo e scrutò la faccia del nuovo venuto.

«Eh» disse alla fine e la parola era un grugnito proveniente dal profondo della gola. «Venga qui».

Lo fece sedere e gli sistemò i gomiti sul tavolo, in modo che ci si potesse puntellare, mentre con le mani tozze gli esplorava lo scalpo.

«Ha preso una bella randellata, vero? Fa tanto male?»

La sua preoccupazione era genuina, dettata da spirito pratico. E l'uomo era anche molto gentile, senza essere assolutamente molle. Era come essere affidati alle mani di una gigantesca matrona romana, o forse di un'orsa amichevole.

«Risponda» ordinò, punzecchiando la nuca di Campion con una falange ben imbottita di carne.

Il ferito si ritrasse stancamente.

«Chi diavolo è lei?» mormorò con un interesse appena sufficiente a far capire che la domanda era sincera.

«Dio onnipotente!» L'esclamazione non suonò come una bestemmia ma come un appello diretto e pio alla Divinità. Il grassone si lasciò cadere su una sedia e afferrò le spalle di Campion. I suoi occhietti neri erano sgranati e la faccia imperlata di goccioline di sudore.

«Sta scherzando? Non è il momento di fare gli stupidi, porca l'oca».

Campion lasciò cadere la testa in avanti. Il dolore del movimento fu quasi il benvenuto perché si fece strada nel orribile senso di soffocamento e oppressione che gli stava mozzando il respiro.

«Non si ricorda più chi è?» La voce profonda e così vicina all'orecchio ebbe un tremito.

«Campion... C'è un'etichetta sulla fodera dei miei abiti».

«*Cribbio!*» Ci fu una breve pausa intanto che il più anziano dei due assimilava i fatti salienti. Poi prese lui il comando. «Forza» disse. «Sbottoni il colletto e si stenda. Non cerchi di usare la testa. Non va bene, deve stare fermo per un po'. È tutto a posto. Lei è a casa, qui. Non cominci a pensare. È tra amici. Capito? Tra amici. Adesso la metto sul divano con una coperta intanto che vádo a chiamare un *crocus*».*

«No». Campion riconobbe la parola senza rendersi conto che tra i suoi compatrioti meno di uno su dieci sarebbe stato capace di fare altrettanto. «Non chiami un

---

* Il dottor Crocus compare in *American Notes* di Charles Dickens. [*N.d.T.*]

dottore. Niente pubblici ufficiali. Non posso. Mi stanno dando tutti la caccia».

«Ma chi?»

«La polizia».

«I piedipiatti? Si sbaglia. Lei è stordito. Che ha combinato?»

«Ho fatto fuori un poliziotto. Due poliziotti. L'ultimo era il commisario del posto, una cara persona, non posso averlo ammazzato».

«Ammazzato? Ma di cosa stiamo parlando?» Nella domanda bellicosa c'era la paura atavica, coltivata per generazioni, nei confronti dell'unico crimine che non viene perdonato a nessuno, per quanti privilegi uno possa avere.

«Di me». Per Campion era un sollievo poter parlare liberamente. «A quanto pare ho ucciso il primo. Non ricordo nulla, però. Mi sono svegliato in ospedale».

«In *ospedale?*» Le palpebre pesanti dell'omone si abbassarono un poco. «C'era un tizio vestito da pompiere che è scappato dall'*ospedale*» disse.

«Sì. Ero io. Ma adesso ho aggredito un commissario di polizia. Non mi ricordo più niente da quel momento fino a quando sono entrato qui. Chi è lei?»

L'altro non rispose direttamente. Si alzò a fatica, come fosse invecchiato in pochi minuti.

«Venga, e si metta giù» disse. «Voglio darle un'occhiata. Cerco di rimetterla in sesto come posso, e poi parleremo. È necessario» aggiunse, in tono grave.

Campion si lasciò trascinare verso l'orrendo divano in finta pelle che occupava praticamente un intero lato della stanza, ma nel momento in cui la sua testa venne a contatto con la seduta umidiccia lottò per tirarsi di nuovo su.

«Non c'è tempo» disse senza accorgersi che stava biascicando. «Domani è il quindici. Dobbiamo andare avanti. Non c'è tempo».

«Avrà tutto il tempo che vuole e anche di più, se non sta zitto. Stia lì fermo intanto che io cerco di medicarla». Parlando il tizio calvo andò alla porta.

«Dico solo una parolina al nostro vecchio mister Allegrone qui fuori perché tenga gli occhi aperti nel caso ci scoprano. Non so se lei è stato pedinato mentre veniva qui, si è accorto di qualcosa? No, va bene, non mi deve dire niente. Non sa niente. Stia lì fermo e sdraiato. Ci penso io».

Nella stanzetta faceva caldo ed era buio nonostante l'ora del giorno e le porte finestre misere e sgangherate si aprivano su un cortile pieno di erbacce e in fondo c'era un muro spoglio. Campion chiuse gli occhi e si smarrì.

Tornò in sé, aprì gli occhi, e li sentì bruciare dolorosamente per via della luce artificiale. L'uomo grasso era in piedi su una sedia e stava cambiando il bulbo del lampadario sospeso sopra il tavolo. Era un accrocchio elaborato di pesi e pulegge decorati con inquietanti paralumi in vetro smerigliato rosa.

Lo sconosciuto scese con cautela dalla sedia, e frugando sotto il tavolo tirò fuori un arnese di carta nera, un cono che sistemò attorno e sopra il lampadario, in modo che rimanesse solo una pozza di luce sfolgorante al centro del tavolo, mentre il resto della stanza era relativamente al buio. Dopo aver provveduto a questo parziale oscuramento tornò a occuparsi del paziente.

«Bene» disse con sollievo mentre sollevava con il pollicione una palpebra pallida, «Non è poi così morto come sembrava. Non le darò alcolici perché potrebbero darle il colpo di grazia, però ho qui una broda che le farebbe bene bere. L'ho preparata con le mie mani, quindi so cosa c'è dentro».

Girò attorno al tavolo e si chinò su una grata dietro la quale era acceso un fuoco. Era tutto molto casalingo, sporchino e accogliente.

Campion era perplesso, ma non impaurito. Il grassone, chiunque fosse, era un amico. Tornò subito con una brocca fumante che appariva minacciosa ma in realtà non conteneva altro se non del buon vecchio brodo di manzo ristretto, preparato secondo i dettami di Mrs Beeton.* Campion scoprì con stupore di poterlo bere con gran gusto, invece di trovarlo nauseante, e la bevanda ebbe un effetto straordinario. Si sentì invadere dal calore e recuperò le forze, come se gli stessero pompando nuovo sangue nelle vene. Gli venne in mente di non aver fatto un solo pasto decente, ultimamente. Anche la testa ce l'aveva più sgombra; un miglioramento misericordioso. Gli eventi recenti gli si pararono davanti con stereoscopica chiarezza. La cortina era ancora lì, però, pesante e scura come sempre, e in agguato dietro quella tenda c'era la solita grande e tormentosa preoccupazione.

L'altro portò via la brocca e si aggrappò al bordo del tavolo. «Allora» disse, «io e lei dobbiamo parlare. Pensa di aver aggredito un pezzo grosso della polizia, giusto? Un commissario? Fino a che punto ne è sicuro?»

«Ne sono sicurissimo. Mi stava addosso e ho capito che avrei perso altro tempo e non ho visto altra via d'uscita così l'ho colpito e ho tagliato la corda. Poi non ricordo più nulla. Ma adesso non c'è tempo per parlare. Quanto ho dormito?»

«Come si chiamava il poliziotto?»

«Hutch. Commissario Hutch. Un tipo amabilissimo. Voleva il mio numero identificativo».

«E lei non lo sapeva».

«Ehm... no».

«Capisco». Sembrava più rassegnato che scioccato.

---

* Mrs Beeton, ovvero Isabella Mary Mayson (1836-65), divenne nota in tutto il mondo come autrice di libri di cucina. [N.d.T.]

«Bene, intanto non sono ancora arrivati qui, è già qualcosa. Il vecchio Allegrone fa buona guardia in negozio. Fortunatamente abbiamo tenuto ben nascosto questo covo. Non sarà facilissimo farla franca. Non ricorda proprio un accidente di quello che è successo prima di prendere la botta in testa?»

«No. Nulla. Ovvero, mi ricordo strane cose tipo i nomi delle persone, e poi quella cosa lì, naturalmente. Ricordo il quindici».

«Quindici?» Gli occhietti neri erano sospettosi. «Ne sa più di me. Non me l'aveva detta, questa cosa».

«Oh, mio Dio!» Campion girò la faccia verso il muro. Era tornato, quel maledetto incubo ricorrente. Gli pareva di essere imprigionato in un labirinto di pietra.

«Non si agiti, se non vuole andare giù un'altra volta». Il suo alleato tornò a essere ancora una volta infermiera. «Per l'amor del cielo, cerchi di conservare quel poco di buon senso che ha. Ai miei tempi le ho viste succedere più di una volta, queste cose, e so come vanno. Di ossa rotte non ne ha, e gli occhi reagiscono normalmente. È solo che ha dimenticato, tutto qui. Non è il caso di uscire di senno per questo. Allora, vediamo di capirci. Lei si sente come capita certe volte quando ci svegliamo al mattino in un letto che non è il nostro. Per un minuto è stato lucido, però non sa dove si trova né cosa è successo prima. È come un uomo che vive in quel minuto lì, giusto?»

Questa descrizione in un certo senso casereccia era così calzante che Campion si girò a guardare l'uomo che lo stava interrogando. La faccia pallida dello sconosciuto era molto seria, e gli occhi intelligenti.

Annuì. «Sì» disse, «mi sento precisamente così».

La reazione dell'uomo che faceva domande non fu del tutto consolante.

«So che si può andare avanti così per mesi e poi a poco a poco passa» disse tristemente, «e altre volte la memoria torna veloce come è andata. Dobbiamo metterci subito in contatto con Oates. Adesso lei non è in condizioni di fare nulla».

Campion spiegò le difficoltà che c'erano con Oates e l'ansia dello sconosciuto si fece acuta.

«Siamo nei guai» disse. «Siamo decisamente nei guai». Campion gemette. «Ma noi chi siamo, tra l'altro?» chiese. «E lei chi è?»

Lo sconosciuto grasso per un minuto non rispose. Aveva stampato in faccia uno strano mezzo sorriso non certo di divertimento. Ci volle un po' prima che Campion lo riconoscesse per quello che era. Quell'eccentrico sconosciuto era ferito nei sentimenti, e anche molto.

«Mi chiamo Lugg» disse, alla fine. «Sono stato un suo devotissimo servitore per diciassette anni». Seguì una pausa imbarazzata e poi si alzò e si stiracchiò. «Ma va bene» disse, magnanimamente, «lei non ne ha colpa. Avrei dovuto dirglielo subito, solo che speravo che se lo sarebbe ricordato. Ma ehi, ehi, che cos'è questo rumore?»

Le luci sfarfallarono e per tutta la casa echeggiò un rombo fortissimo e profondo. I due uomini trasalirono.

«Un tuono» decretò Lugg mentre sul vetro dietro le tende spesse si abbatteva un turbine di goccioloni. «Mi ha colto di sorpresa. Mi succede sempre, adesso. Oh insomma, che nevichi pure, se ne ha voglia. In ogni caso siamo già schiantati, un problema in più che cosa cambierebbe?»

«Ma quanto si è fatto tardi? Non posso perdere tempo». Campion nel dire così cercò di alzarsi in piedi. «Domani è il 15. Devo andare avanti. Dio sa come».

«Lei resta dov'è». Lugg aveva preso la pistola e ci stava giocando con noncuranza. «La sua testa mi pare andata quindi per una volta dovremo usare la mia, accidentaccio. Adesso mi stia a sentire, siamo in una gran brutta posizione. Io sono un assistente, non se lo dimentichi, quindi le dirò tutto quello che aveva ritenuto opportuno dirmi a proposito di questa pagliacciata, prima di prendere la botta in testa. Lei mi ascolterà e dobbiamo sperare entrambi che questo le faccia tornare un po' di memoria perché se non le torna siamo tutti e due nei pasticci».

Aveva ragione, era evidente. Campion aveva conservato lucidità a sufficienza per rendersene conto, anche se l'istinto lo stava mettendo freneticamente in guardia, dicendogli di non perdere tempo. La cosa che doveva sventare era enorme e catastrofica.

«Sventare». Ancora una volta fu una singola parola a intrappolare la sua attenzione. Ecco cos'era. Doveva sventare qualcosa. Qualcosa di tremendo.

Nel frattempo Lugg stava parlando e la sua voce gutturale suonò rassicurante e ragionevole mentre fuori brontolava la tempesta.

«Sono stato al suo fianco giorno e notte per diciassette anni eppure lei non si è fidato a raccontarmi tutto. Mi ha detto che era sotto giuramento» stava commentando. «Se lei lo avesse fatto, non saremmo in questo pasticcio, ma non gliene sto facendo una colpa. Non è nel mio stile. Non sono mai stato un tipo così, io. Sono qui da cinque giorni e questo è quanto, immagino. Le istruzioni che lei mi aveva dato da Londra era che me ne dovevo stare qui sotto copertura e ricevere tutti i messaggi. Il vecchio mister Allegrone là fuori in negozio doveva fare tutto il lavoro di prima linea e io non dovevo mostrare la mia faccia fino a nuovo ordine. Allegrone non è malaccio, peraltro. Questo posto l'ho scelto io personalmente. Ho conosciuto Allegrone anni fa quando faceva parte della gang dei Forty Angels su a Hoxton. Uno fedele fino in fondo. Adesso è di sentinella. Da quando è arrivato lei, signore, non si è vista nessuna faccia strana. Mi sa che li ha seminati del tutto, botta in testa o no. Ora mi stia a sentire. Da quando sono qui lei si è fatto vedere solo due volte. La prima volta è stata l'altro ieri. È entrato con un baule pieno di abiti e quella volta era vestito normale. Si è cambiato qui mettendosi certi stracci che nemmeno il mio vecchio padre se li sarebbe messi e se ne è andato via con uno zainetto da pescatore sottobraccio, come se fosse stato un vagabondo passato da un ricovero per malati a un altro, negli ultimi cinque anni. Non ricorda?»

«No, non ricordo. Mi dispiace, è sparito tutto».

«Non importa. Pazienza. Non si sforzi, o non tornerà più. Ascolti e basta. Magari a un certo punto dirò qualcosa che le farà ricordare tutto». Lugg era un tipo molto sincero e l'ansia repressa nei suoi occhi neri e opachi contraddisse le sue parole. «La seconda volta che l'ho vista lei è entrato qui dentro di straforo da queste porte finestre, ieri mattina verso le tre. Stavo dormendo dove ora è seduto lei e mi sono alzato e sono andato a prenderle qualcosa da mangiare. Le ho chiesto come andavano le cose, ma lei non si è scucito. Sembrava preoccupato e distante, come se fosse perplesso per come si stava mettendo la faccenda».

«Ma... ma stavo ancora bene?» Campion si mosse nel parlare. Era una delle esperienze più snervanti che potessero capitare.

«Oh, sì. La testa se l'è fregata dopo. Era sveglio come me. Sembrava solo disorientato, come se le cose stessero andando diversamente dal previsto. Alle undici di mattina circa è sgusciato fuori di nuovo, sempre con i vestiti vecchi, e lì ancora ci stava con la testa».

Non era un modo aggraziato di presentare la cosa, ma evidentemente Lugg era uno di quei britannici privi della tanto celebrata predisposizione nazionale per l'eufemismo.

«Ha lasciato il suo vecchio zainetto» disse. «Lo ha chiuso a chiave nel cassetto del tavolo, ma ne ha cavato fuori un paio di cose e se le è ficcate in tasca. Ieri più o meno all'ora del tè mister Allegrone è venuto qui con una storia sentita in negozio, in cui si diceva che lei era stato coinvolto in una rissa giù sul lungofiume. Un poliziotto è stato accoppato e due o tre uomini sono finiti in *ospedale*».

Fece una pausa speranzosa, ma Campion scosse la testa. Nonostante il brivido improvviso innescato dalla conferma dei propri peggiori timori, non riuscì a ricordare. Lugg respirò con forza e in fretta.

«Non importa» ripeté ma senza alcuna convinzione.

«Non importa. Le tornerà di colpo. Poi la giovane Amanda è venuta a prendere la valigia con i suoi abiti buoni, signore» proseguì, «e Allegrone le ha riferito qualcosa di quello che aveva sentito».

«Sì, lo so. È venuta in ospedale». Campion parlò distrattamente e non vide passare una scintilla di luce in quegli occhietti neri e opachi.

«Oh, l'ha vista, eh? E l'ha riconosciuta?» C'era della gelosia, appena una punta ma c'era e Campion la notò.

«Non per molto» disse. «Io... ecco... da vero stupido ho creduto che fosse mia moglie».

«E lo sarà nel giro di un paio di settimane, se lei non sarà impiccato, signore». L'orribile franchezza di Lugg era incontenibile. Diceva tutto quello che gli passava per la mente.

Un'ombra passò sulla faccia magra e impassibile di Campion. «Credo che il matrimonio sia saltato» tagliò corto. «Lei... lei non si è resa conto dell'accaduto. Non lo sa ancora e non sono particolarmente ansioso di metterla al corrente, quindi se le capitasse di vederla per l'amor di Dio non parli di questa cosa. Ha rotto il fidanzamento».

«Lo ha rotto *lei*?» Lugg era chiaramente incredulo. «Perché? Se la fa con un altro uomo?»

Campion fremette. La discussione era disgustosa, e anche, come Campion scoprì, intollerabile. (Ah, Amanda! Oh mio benedetto sorridente tesoro! Oh, assennata, acu-

ta, disinvolta, adorata creatura! Oh caro Dio Onnipotente, che ne sarà di me senza di lei?)

Lugg interpretò il suo silenzio come un assenso, perché
serrò le labbra e scosse il capo con rassegnato rimpianto.

«C'era da aspettarselo» commentò brutalmente. «È stata
colpa sua, signore, avrebbe dovuto farsi furbo. Corteggiare
una donna è come cucinare qualcosa. Arriva il momento che
la roba è cotta. E a quel punto se la sarebbe dovuta mangiare,
signore. Se non la mangia e la lascia lì a sobbollire, va a finire
che se la dimentica e quando se ne ricorda e va a cercarla
tutto il buono se ne è andato e a lei resta solo un pezzettino
di pelle. E pure la fanciulla si scoccia. Non le fa niente bene».

Lugg fece un pausa e lanciò un'occhiata all'altro. «Mi
scusi, capo» disse all'improvviso.

Campion non disse nulla. Fuori la tempesta stava infu-
riando e la pioggia sibilava e sputava contro i vetri come
una moltitudine di serpi.

«Sventare qualcosa di terribile». L'ordine gli apparve
all'improvviso in lettere di fuoco, strappandolo dal suo piccolo inferno personale. «Fai in fretta, fai in fretta. Pensa,
pensa. Ripigliati. Vai avanti».

«Dov'è lo zaino?» disse. «Tutta questa faccenda mi suona come priva di senso, ma diamo comunque un'occhiata.
Lì dentro potrebbe esserci qualcosa».

Lugg lo guardò con curiosità. «Non lo sa cosa c'è dentro?»

«No, chiaro che non lo so. E lei?»

«Un'occhiatina ce l'ho data. Sono umano, io. La serratura del cassetto la giri con una forcina piegata».

«Oh, d'accordo. Che c'è dentro?»

«Non ho toccato nulla, ovvio» disse, prendendo un pezzo di fil di ferro che teneva opportunamente sulla mensola. «Però mi sono fatto delle domande».

Si accovacciò e armeggiò con la serratura. Aprirla fu un
gioco da ragazzi, come aveva annunciato, ed estrasse un

cassetto ampio che conteneva uno zainetto da pescatore di discrete dimensioni. Campion ci infilò la mano. Sulla faccia gli si dipinse un'espressione di vacuo stupore, poi prese la borsa e ne scosse il contenuto sul tavolo. Gli si parò davanti agli occhi un mucchio scivoloso e lieve di vecchie banconote da una sterlina e da dieci scellini.

«Seicento e ottantaquattro sterline per l'esattezza» disse Lugg. «Le ho contate dopo che lei è andato via».

Campion prese una banconota e la sfregò tra le dita. Poi la sollevò controluce. La testa di Britannia e il tridente sbucarono fuori dalla filigrana. Nessuna delle banconote era nuova. Erano consunte in modo uniforme, cosa che faceva pensare a mesi di circolazione.

«Straordinario» disse, guardando con occhio vacuo la cesta. «Ne ho portate un po' via con me, mi ha detto?»

«Sì. Circa settanta bigliettoni. Non si è preso la briga di contarli... che cosa è stato?»

Tesero entrambi le orecchie. All'inizio pensarono che si trattasse semplicemente del temporale, ma un istante dopo si sentì un colpetto leggero fuori dalla porta esterna e il negoziante mise dentro la testa.

«Ai vostri posti» sussurrò. «Hanno circondato la casa. In borghese. Io mi faccio carico della prima linea».

Lugg ficcò le banconote con una manata dentro lo zaino, lo gettò dentro il cassetto, e rimise a posto il panno rosso. I movimenti furono veloci e fluidi come quelli di un prestigiatore. Mise in mano a Campion una pistola e ne estrasse un'altra da una fondina sul fianco. Toccò il braccio del malato e gli fece un cenno con la testa in direzione delle porte finestre, posandosi un dito sulle labbra. Campion fece sì con la testa, obbediente e si mosse silenziosamente entrando nel buio sul retro della stanza.

Il bussare delicato sui vetri suonò alle loro orecchie come la tromba del Giudizio Universale.

12

Furono dei colpi leggeri ma insistenti. Una chiamata vicina, confidenziale, che arrivò veloce attraverso il pianto della tempesta.

Attesero in silenzio e lasciarono che si ripresentasse, ancora discreta ma un poco più brusca, determinata, inesorabile. Lugg si lanciò un'occhiata alle spalle. Campion rimase decisamente nell'ombra, mentre il suo aiutante prese la pistola e avanzò verso la finestra con tutta la naturalezza di un padrone di casa innocente che si aspetti una visita della polizia.

Scostò cautamente le tende, come qualunque bravo cittadino, lasciando passare solo un minimo di luce. Per alcuni istanti restò a fissare il buio, in allerta come un cane davanti alla tana di un topo. Alla fine fece scattare il chiavistello e aprì di qualche centimetro una delle ante.

«Chi è?» chiese, sospettoso.

Nessuna risposta diretta, ma là fuori nella tempesta ci fu un altro movimento e Lugg si irrigidì, inclinando con angolo bizzarro la testa calva con la frangia laterale di capelli grigi.

Davanti a lui, sotto la pioggia battente, c'era un uomo in borghese, con l'impermeabile grigio e il cappello a tesa larga. Ma lo sconosciuto non lo stava guardando. Piuttosto scrutava il buio tutt'intorno, furtivo, e dalla mano pallida penzolava un fazzolettone bianco che sbatacchiava sotto il diluvio. Impossibile fraintenderne il significato.

Lugg arretrò lentamente nella stanza e il nuovo venuto lo seguì, reggendo innanzi a sé, ostentandolo, lo straccio bianco.

Si fermò vicino al tavolo e il paralume pesante infilato sopra al lampadario impedì a Campion di vedere l'uomo dal petto in su. Non appena la porta finestra si richiuse alle sue spalle l'uomo alzò le mani.

«Ho con me la pistola, prendetela» disse, deciso.

Lugg lo perquisì con rapidità ed efficienza, posando sul tavolo, ben in evidenza nel cerchio di luce, la pesante Webley dell'uomo. Poi, tenendo d'occhio il visitatore estrasse la sua stessa pistola e la posò accanto alla prima. Ci fu una lunga pausa, poi anche Campion allungò una mano nel buio e la sua arma andò ad aggiungersi alle altre due. Però ebbe cura di tenere la faccia fuori dal cono di luce, come aveva fatto il nuovo venuto.

Formarono un curioso gruppo di corpi senza testa, raccolto attorno a tre pistole, perché tutta la luce della stanza si focalizzava sulle armi e sulle tre paia di mani. Lugg e Campion mantennero il proprio vantaggio aspettando che fosse lo sconosciuto a fare la prima mossa.

«Ho un messaggio per l'uomo che si fa chiamare Campion» annunciò alla fine. «È lei, vero?»

«Non importa chi è di noi due» lo riprese bruscamente Lugg. «Fuori l'informazione. Di che si tratta?»

«*Lui* lo sa». Lo sconosciuto aveva un tono eloquente e con la mano indicò Campion. «Dipende da lui, tutto qui».

Questo era un impasse imprevisto. Le mani magre di Campion rimasero prive di espressione e i manoni sgraziati di Lugg non si mossero. Il silenzio persisté. La stanza era calda e quella quiete era di per sé minacciosa e fonte di disagio tra le urla della tempesta che infuriava fuori. A Lugg risultò intollerabile.

«I ragazzi là fuori si inzupperanno» osservò garbatamente.

«Sto aspettando».

«Cosa crede che stiamo facendo noi?»

«Deve solo decidersi. Lo sa». Il visitatore aveva cominciato a rivelare una certa personalità. Non era un omone e l'impermeabile gli pendeva addosso con pieghe che ne nascondevano il corpo, eppure riusciva a trasmettere una sensazione di forza nervosa stranamente unita a una salute malandata. La voce non era quella di un uomo rozzo, era una voce coltivata, però aveva un tono acuto e metallico e quando tossiva, cosa che faceva spesso, i polmoni rantolavano e gemevano pericolosamente. Eppure dentro la stanza si avvertiva la forza di quell'uomo. Senza dubbio sapeva il fatto suo ed era intenzionato a non perdere tempo.

Essendo la testa e le spalle nascoste, solo le mani fornivano qualche indicazione su di lui, e risultavano francamente repellenti, mani femminee, da debosciato, sporchissime.

Un sesto senso avvisò Campion di tenere la lingua a freno. Non che la figura visibile a metà e senza testa gli fosse realmente familiare, però lo era l'aura di malvagità assoluta che la accompagnava. Campion lasciò parlare Lugg, che sembrava preparato a gestire la faccenda.

«Sapere non è sempre dire» disse il grassone, riuscendo a infondere una notevole scaltrezza nell'osservazione. «Tocca a lei decidere, amico».

«*Lui* lo sa» ripeté il visitatore e una delle sue mani disgustose scivolò dentro l'impermeabile.

Gli altri due come un sol uomo ripresero le pistole posate sul tavolo. Aspettarono, con le armi spianate e le doppie canne che brillavano fioche nel cerchio di luce.

Il visitatore non vacillò né esitò. Continuò a fare tranquillamente quel che stava facendo. Sembrava avere una considerevole esperienza in fatto di pistole. La mano uscì dall'impermeabile stringendo qualcosa. Depose l'offerta sul panno rosso e tutti la guardarono. Era un mazzo di vecchie banconote tenute insieme con un elastico. «Due e cinquanta» disse, «e non facciamo domande». Lugg rise. Era l'espressione sincera di un uomo sorpreso e divertito, e assolutamente convincente. Il nuovo venuto rimase immobile. Campion sentiva che lo sconosciuto stava cercando di perforare l'ombra che avvolgeva entrambe le loro teste. Anche lui rimase immobile e non abbassò l'arma.

La mano sudicia si infilò ancora una volta sotto l'impermeabile fradicio e subito dopo un'altra mazzetta di banconote andò ad aggiungersi alla prima. Ancora una volta il silenzio si fece soffocante.

La scena fu molto lenta, decisamente sinistra, e ovviamente date le circostanze, assolutamente grottesca.

«Una miseria» bofonchiò Lugg e sul tavolo apparvero una terza mazzetta e infine una quarta.

«Non si va oltre» disse il tizio. «Prendere o lasciare. Fate come volete».

«E supponendo che l'affare sia fatto?» In una situazione impossibile Lugg stava mostrando una sagacia inaspettata agli occhi di Campion.

«Molla tutto e se ne va».

«Dove?»

«A Londra. All'inferno. Dove gli pare. Non facciamo i difficili, noi».

Lo stato di Campion rallentava moltissimo la sua capacità di pensare. Gli ci erano voluti alcuni minuti per rendersi conto che non stava trattando con la polizia, come aveva immaginato. Quell'uomo dall'altra parte del tavolo e con la faccia invisibile rappresentava un elemento nuovo in un guaio complicato e terrificante. Rappresentava l'elemento che fino a quel momento gli era sfuggito, facendolo impazzire. Doveva finalmente essere la materializzazione del nemico. Il cervello zoppicante di Campion sfruttò la scoperta e si sforzò di costruire più mattoni che poteva con quella pochissima argilla.

Lo sconosciuto apparteneva a una categoria ben definita. Era un criminale, un membro di quel grazie a Dio piccolo esercito di bulli professionisti che in epoche precedenti venivano chiamati graziosamente «soldati di ventura», ovvero mercenari disposti a commettere violenze per denaro. Campion evidentemente riconobbe in lui qualcosa di familiare, ma non si rese conto che il fatto era strano. Lo accettò senza pensarci, come una deduzione naturale basata su un'esperienza del passato, ora dimenticata. Proseguì nel ragionamento. Poiché l'uomo era quello che era, questo significava che aveva dei capi, un'organizzazione intelligente che aveva il buon senso di avvalersi dei servigi di professionisti. La domanda adesso era: che genere di organizzazione? Era chiaramente antisociale, ma quanto estesa? Pericolosa fino a che punto? Quanto forte? Di importanza internazionale?

La risposta a quest'ultima frase fu negativa. No, non era così. Importanza nazionale? Sì, ecco, quella sì. Di recente aveva sentito descrivere una cosa del genere, collegata a un'altra cosa, e l'insieme delle due aveva avuto su di lui un effetto straordinario. Fu un'esperienza strabiliante. Stava ricordando qualcosa non dal punto di vista mentale, ma emotivo. Gli si stava riavvicinando lo spettro di uno sconvolgimento emotivo. Era al tempo stesso terrificante ed esaltante. La faccenda, inoltre, era recente, recentissima. Gli stava tornando la rabbia e con essa anche dell'altro, qualcosa di nuovo e travolgente, una passione. Ecco cos'era. Qualcosa di più profondo dell'affetto, qualcosa di più primitivo e disturbante dell'amore per le donne.

Per un istante provò di nuovo – con l'impressione di averla già provata di recente – una sensazione bruciante, rabbiosa, tonificante, la sostanza della poesia e dell'immaginazione alata, la sorgente eterna della resistenza e dello sforzo sovrumano.

Ancora una volta gli sovvenne un fatto senza che lo avesse ricordato. All'improvviso seppe una cosa con la stessa chiarezza e la stessa certezza che essa avrebbe avuto al termine di un lungo processo mentale.

Campion apparteneva a una generazione post bellica, a quella generazione che era stata troppo giovane per una guerra e assai prematuramente troppo vecchia per quella successiva. Era stata la generazione che aveva raccattato i cocci dopo l'olocausto cui si erano abbandonati i più anziani, solo per vedere il suo mondo nuovo andare di nuovo in pezzi per mano dei fratelli minori. La sua era l'età che non aveva mai conosciuto illusioni, la generazione piena di humour macabro che fin dall'infanzia si era aspettata e aveva sperimentato gli aspetti più sgradevoli della vita. Eppure di recente, molto di recente ma chissà quando, così vicino nel tempo che ancora aleggiava il pizzicorino della sorpresa, era apparso qualcosa di nuovo sul suo orizzonte emotivo. Si trattava di qualcosa che fino a quel momento gli era mancato del tutto e che gli era stato portato in ritardo e come per miracolo. Lo vide per quello che era: una fede, una fede spirituale e romantica. Era sempre stata lì, naturalmente, camuffata da illusione respinta, e doveva essere rimasta lì a covare sotto le ceneri per anni come una fanciulla che giunge alla maturità nel sonno. Adesso era del tutto desta e riconoscibile; una passione profonda e amorevole per la sua patria, la sua terra, la sua benedetta Inghilterra, i suoi principi, la stirpe, la sua

Amanda e i futuri figli di Amanda. Questa era la forza che lo stava guidando, il fuoco che lo spingeva in avanti per superare il ripugnante ostacolo dell'innaturale debolezza di cui era vittima.

Lanciò un'occhiata all'uomo dalle mani sporche. Quel furfante, dunque, doveva essere un pelo del manto del nemico e a partire da quell'unico pelo Campion, come fanno gli zoologi, avrebbe dovuto ricostruire l'intera bestia. Santo cielo, contro quale organizzazione si era messo, e in quale macchinazione questa era impegnata, adesso?

Si tirò su, per trovarsi di faccia alla disperazione. Era impotente, annichilito. Sapeva troppo poco, anche di se stesso. Per esempio che razza di uomo doveva essere lui, Campion, se questo nemico che in tutta coscienza era abbastanza astuto, sembrava così certo di poterlo corrompere?

Gli venne in mente una risposta possibile per quest'ultima domanda. Era assurda eppure così probabile che si mise a ridere. Chinandosi improvvisamente in avanti, lasciò che la luce del lampadario gli cadesse sulla faccia.

Funzionò. L'ipotesi improbabile divenne evidente, dimostrando che Campion aveva ragione, senza ombra di dubbio. L'effetto sull'uomo fu immediato e sensazionale. Ingoiò di colpo una gran boccata d'aria e dai suoi malandati polmoni uscì un debole rantolo.

«Campion!» esalò con un filo di voce. «Campion. Lei è Campion».

Si tuffò in avanti per afferrare la pistola ma Lugg lo precedette calandogli l'arma sul polso sporco proteso sul tavolo. Fu un colpo spaventoso, capacissimo di aver spaccato l'osso, e il rumore fu uno di quegli schiocchi spietati che risultano inspiegabilmente scioccanti già di per sé.

L'uomo singhiozzò, un singhiozzo profondo, di gola, con dolore, e poi, prima che nessuno degli altri due potesse rendersi conto di quel che lo sconosciuto stava facendo, si girò e fuggì, lasciando sul tavolo la pistola e i soldi. Si slanciò verso la porta finestra e uscì nella tempesta, e le tende si gonfiarono alle sue spalle quando nella stanza entrò una raffica violenta di vento. Lugg rimase lì a bocca aperta. Poi andò a chiudere la porta finestra. Per un po' lanciò una sfilza di imprecazioni.

«Che cosa sapeva lei, di questa storia?» disse, alla fine. «Piccolo lurido bastardo! Mi ha fatto drizzare le antenne fin dal momento che l'ho visto. Per chi lavora, quello?»

Campion si sentì ridacchiare. I soldi e la pistola e il ridicolo errore erano tutte assurdità uscite da un incubo.

«Credo di saperlo» disse, riprendendosi. «Sono certo che solo una persona potesse giungere alla conclusione che io stessi impersonando me stesso. Chi era quell'uomo? Non sono riuscito a vederlo chiaramente in faccia».

«Non è stata una gran perdita». Lugg era ferocemente divertito. «Lo conosco e vorrei sapere a chi ha venduto la sua animuccia ipotecata, stavolta. Lo conosco benissimo. Era Weaver B.».

Scambiò l'espressione sconcertata di Campion per un'incapacità a ricordare e si precipitò a spiegare, di nuovo in preda all'ansia per le condizioni del più giovane compagno.

«Credo che ricorderà meglio il fratello» disse, incoraggiante. «Weaver T.A. Erano insieme nell'esercito, un tempo, e li distinguevano così, mettendo le iniziali in fondo. Lei se li ricorda. Adesso le dico per chi lavoravano entrambi l'ultima volta che ci siamo imbattuti in loro. Simister. Quel tizio che continuavamo a chiamare Ali Babà. Non le suona familiare? Weaver T. A. non era della stessa categoria di questo qui. Non aveva il cervello. Fu ucciso con una mitraglietta quando vennero i ragazzi di Denver. E in seguito il piccolo dolce B. si è dato alle auto. È un mago con i motori. Se c'è lui vuol dire che c'è in ballo qualcosa di grosso con le macchine. La aiuta a ricordare niente, questo?»

Campion pensò alla flotta di camion nel garage segreto dentro il corpo accovacciato del cavallo di Nag e annuì. Il suo cervello stava lavorando febbrilmente. C'entrava di nuovo Pyne, ovvio. Pyne era l'uomo convinto che lui fosse un furfante che spacciandosi per Albert Campion stava cercando di intromettersi in un'attività illecita. E Pyne, allora, che ruolo aveva? Perché quelle sue domande, come funzionava la sua «organizzazione divertente»? E quel suo ficcare il naso dentro l'Istituto?

Lanciò un'occhiata alla pila di banconote sul tavolo.

«In ogni caso non sono poveri» disse.

«No davvero». L'assenso convinto di Lugg giunse inaspettato. Era serissimo e i suoi occhietti neri erano spalancati al massimo. «Sono un gruppo potente» disse. «Hanno soldi da buttare via. Prima che venissimo noi quaggiù c'è stata una specie di distribuzione. Le prigioni del posto si sono riempite di ubriachi. Il nostro mister Allegrone ha detto di non avere mai visto niente del genere. Pensa che abbiano in mente qualcosa di colossale, qualcosa per cui avranno bisogno di un sacco di uomini, a giudicare dal modo in cui è stato sparso denaro a secchiate».

Raccolse i soldi dal tavolo e rimise a posto il panno.

«Sarebbe un peccato sprecarli» commentò virtuoso.

Il cassetto era appena stato chiuso quando alle loro spalle comparve il giornalaio. La sua faccia stupita fece capolino dalla porta interna.

«Hanno tagliato la corda» disse. «Ne è rimasto uno solo. È appoggiato con la schiena al muro, una o due case più in giù, lungo questa strada. Che è successo?»

«Niente che ti riguardi, ragazzo mio». Lugg stava facendo lo spiritoso. «Qualcuno è venuto per fare quello che si potrebbe definire un gesto stravagante, tutto qui».

«Non mi piace». Il loro ospite tendeva al piagnucoloso. «È pericoloso. Si aggirano per la città certi tipi strani. Ho visto "Lily" Pettican per strada, stamattina».

«Lily?» Lugg era chiaramente attonito. «Ma tu hai le allucinazioni da sbornia» disse.

«Se non era Lily allora era un suo fratello che guarda caso ha perso lo stesso occhio» insisté il vecchio. «Pensateci bene».

«Vattene». Lugg non si stava divertendo. I suoi occhietti erano atterriti.

«D'accordo, ma ho qualcosa per voi. Che dite a questi tipi?» Entrò nella stanza contorcendosi attraverso un'apertura strettissima e mostrò uno di quei libri mastri lunghi e stretti su cui i piccoli negozianti spesso annotano gli ordini. Era aperto sull'ultima pagina, e mister Allegrone indicò l'ultima riga, scritta con la sua grafia disordinatissima.

A.C., diceva. *Al White Hart, salottino riservato. Immediatamente. Venire pulito.*

Lugg e Campion lessero insieme e si scambiarono un'occhiata.

«Da dove diavolo viene questa roba?»

«Da una donna». Il giornalaio non sembrava particolarmente sorpreso. «È arrivata appena prima che io chiudessi il negozio. Stavo per serrare le porte dopo avervi riferito che i piedipiatti erano qua attorno. Sulla cinquantina, a occhio. Molto rispettabile, eh. Mai vista prima. È venuta al bancone e mi ha detto se le potevo procurare tutte le settimane i *Romanzi del Sorriso*. Ho detto di sì e ho tirato fuori il libro per prendere nota del nome. Quando ero pronto lei mi ha dettato quella roba, ecco. E dopo che l'ho scritta lei mi ha detto grazie, molto gentile e poi è andata via. A.C. sarebbe lei, no, capo? Albert Campion, è così che si chiama lei».

Lugg si girò verso il suo datore di lavoro. Era spiazzato.

«Ma quelli che erano qui» disse inebetito, «non sapevano che lei era A.C. Cribbio, capisce cosa significa? È qualcun altro. Non sono loro, proprio per niente. *Venire pulito?* Chi diavolo è?»

Il piccolo bottegaio guardò quella faccia agitata e scosse la testa. «Tutto quello che so ve l'ho detto, non c'è altro» attaccò. «Il White Hart è quel grande albergo in centro città. Laggiù non vi può succedere niente, poco ma sicuro. Non può essere nemmeno una messa alla prova. La gente conosce lei più di quanto lei conosca la gente».

«Lo può ben dire» disse Campion, con convinzione.

13

«Che cosa ha intenzione di fare?»

La domanda si insinuò nella terribile palude di pensieri ed emozioni confuse che occupava la mente tormentata di Campion e si aprì come come un grande buco, una voragine a forma di punto interrogativo.

Non rispose perché entrambi gli uomini lo stavano guardando fiduciosi e capì che da loro non avrebbe avuto alcun aiuto nel prendere la decisione. Il Capo era ancora lui; contavano su di lui.

Stava cercando di riportare un po' di ordine nelle forze in rotta quando un'altra domanda segreta lo colpì come una pistolettata. Ma quanto sto male? Quanto è grave in realtà questa maledetta lesione? Tirerò le cuoia, alla fine, e se è così, quanto tempo mi resta da vivere? Scacciò spazientito la domanda. L'avrebbe scoperto al momento buono, immaginò. Ma nel frattempo, che *fare*?

Qualcosa doveva essergli passato sotto il naso senza che lui ci facesse caso. Sentiva che la risposta era lì, la cercò a tentoni. Quando alla fine la trovò, questa gli fece un sogghigno con l'orribile smorfia strabica della follia assoluta. Era il quattordici del mese. E per di più era già sera. Quindi tutti i preparativi per la catastrofe, o qualunque fosse quella cosa che stava cercando disperatamente di evitare, lottando alla cieca, dovevano ormai essere stati fatti, e la cosa era ormai sul punto di accadere. Eppure Pyne, o il Nemico, chiunque fosse, aveva tentato di corromperlo perfino adesso, a ridosso dell'ora X. Questo significava che Campion poteva ancora essere pericoloso. Come? Cosa poteva fare, in quel momento? Cosa c'era da fare? Diede un'occhiata all'importante messaggio sul registro e poi all'uomo che ne aveva preso nota. Il negoziante era venuto avanti, e la faccia era illuminata. Non che in quegli occhi brillasse un'onestà cristallina. Niente affatto. Il tizio aveva un'aria equivoca e losca. Però appariva anche perplesso. Il messaggio chiaramente lo affascinava. Non aveva idea di cosa significasse o da chi fosse venuto. Avrebbe voluto saperlo. Anche lui aspettava impaziente.

«Ci vado» disse Campion.

«Vengo con lei». Lugg parlò e intanto scalciò via le pantofole. «Se andiamo insieme lei darà meno nell'occhio».

«Non credo». Campion parlò con franchezza. Se c'è una particolarità umana che non può essere occultata è il grasso. Un grassone lo noti a qualunque distanza. Lugg non poteva certo sperare di passare inosservato, da nessuna parte.

«C'è un piedipiatti qui in strada, non dimenticatelo» disse il negoziante.

«E come lo sai che è un piedipiatti?» Lugg era pacificamente sprezzante.

«Perché l'ho visto in faccia e lo conosco. È passato di qui una o due volte. Gli altri se ne sono andati. Lui no».

Era un'informazione importante. In base ai fatti che Campion conosceva con certezza, i poliziotti erano i soli ad avere un motivo preciso per volerlo catturare, ma se davvero l'avevano localizzato era molto strano che non venissero lì dentro a prenderlo. La spiegazione probabile era, naturalmente, che non lo avessero localizzato ma stessero tenendo d'occhio gli altri nel caso avessero cercato di contattarlo.

«Venga con me, le faccio fare un percorso alternativo per evitare l'agente» disse inaspettatamente il negoziante. «Io vado davanti, lei mi segue. La porto dritto al White Hart. Non è facile da trovare, se non conosci la città».

«E io resto qui?» chiese Lugg, incerto.

«Sì» disse il negoziante.

Lugg guardò Campion senza dire una parola. Era patetico e Campion lo avrebbe ammazzato volentieri. Che diritto aveva di essere così dipendente, di starsene lì come un bambino indifeso, fiducioso nell'intervento di un'intelligenza superiore? – intelligenza che, tra l'altro, Dio li aiutasse tutti quanti, non c'era più. La colpa era del Campion originario. Il nuovo Campion sentiva di avere la signorilità necessaria per riconoscerlo. Ebbe la visione di un giovanotto maledetto, di un essere superiore che doveva essere sempre stato allegramente tollerante, splendidamente sicuro di sé. Il nuovo Campion distolse lo sguardo con odio. Doveva essere stato un bel fesso e un somaro per circondarsi di un seguito di persone care, fedeli, patetiche e incapaci di un pensiero indipendente; leccapiedi buoni solo a prendere ordini.

«Le concedo un paio d'ore» disse Lugg, mandando in frantumi l'illusione. «Se a quel punto non è tornato verrò a salvare di nuovo la sua dannata vitaccia. Non sarà certo la prima volta. E non si dimentichi che adesso non ci sta proprio del tutto con la testa, tra l'altro».

Campion uscì con il proprietario del negozio. Lui e Lugg sembravano aver portato alla perfezione assoluta l'arte dell'elusione del controllo poliziesco. Campion aveva un impermeabile malconcio e un cappello con la visiera. Non era un travestimento vero e proprio ma piuttosto un segno di appartenenza a una non meglio identificata ma rispettabile professione. Non appena se lo mise in testa divenne semplicemente uno dei tanti tassisti, conducenti di autobus, autisti privati, autisti d'ambulanze, o ispettori del gas che in quel momento stavano correndo a casa per cambiarsi d'abito dopo il lavoro.

Il negoziante lo fece uscire dalla porta sul retro in un minuscolo cortile, e da quello lo fece passare in un altro cortile e poi in un altro ancora, tutti simmetrici e uniformi come la sezione di un polveroso contenitore di uova.

Sbucarono finalmente in una zona della città completamente diversa, un solido quartiere residenziale di case vittoriane decorate, con gli architravi sopra le porte e le finestre alte con dentro dei piccoli annunci.

Il negoziante camminava svelto, davanti. Con l'impermeabile sporco e la bombetta sgualcita sembrava fragile e insignificante come un pezzo di carta da pacchi fradicio e sbatacchiato dalla prepotenza del vento.

La tempesta era passata ma pioveva ancora. La luce era appena sufficiente per vedere dove mettere i piedi, ma il cammino non era agevole e i marciapiedi erano bagnati e appiccicosi come pezzi di caramella mou mezzi succhiati.

Campion non degnò di attenzione la città. La capacità di concentrazione che gli era rimasta gli si consumò tutta nello sforzo di non perdere la figuretta che aveva davanti. Le gambe erano pesanti e gli girava la testa.

Era così preso dallo sforzo fisico che non notò il portico arzigogolato del White Hart se non quando si ritrovò praticamente sotto la celebre insegna e così vicino all'entrata che fu costretto a girare bruscamente passando per la bussola buia ricavata tra le due porte. Camminava svelto e si trovò di colpo in una sala vivacemente illuminata e piena di gente, e quasi tutti si girarono a guardarlo con aria interrogativa.

Ogni città inglese vanta un albergo come il White Hart. È sempre una vecchia imponente locanda dove hanno passato la notte Charles Dickens o la regina Elisabetta e che il traffico motorizzato dei nostri tempi ha reso di nuovo alla moda. In questi edifici antichi le stanze sono raffazzonate, le travi a vista, i camini imponenti sono pieni di ceppi finti sotto i quali sono nascoste lampadine rosse, e sulle pareti dall'intonaco rustico finte intelaiature di finestre mostrano, attraverso i vetri a forma di losanga, scenografie dipinte di commedie musicali. La cucina di solito è di buon livello, il servizio pessimo, e l'atmosfera accogliente ed esclusiva come l'aula magna di una scuola nel giorno della consegna dei diplomi. In questa occasione praticamente tutti gli uomini presenti in sala erano vestiti di color kaki. Campion che non ricordava di aver visto niente di simile in precedenza, era frastornatissimo. Fortunatamente il suo sbigottimento si accompagnava bene ai suoi vestiti non del tutto consoni e così nessuna delle persone riunite a piccoli gruppi attorno ai tavolini lo degnò di una seconda occhiata. Un giovanotto in fase di crescita con una marsina di gran lunga troppo striminzita per lui si fece avanti di gran carriera, ansioso di instradarlo verso il bar dietro l'angolo. Campion lo guardò smarrito e disse la prima cosa che gli venne in mente.

«Devo parlare con una persona che mi aspetta in una saletta riservata. Mi è stato detto di venire qui».

Il ragazzo lo guardò sospettoso e poi sgusciò in un ufficetto mezzo nascosto da un intrico di trafori in legno di quercia assai più adatti allo jubé per il quale erano stati originariamente intagliati. Ne uscì insieme al proprietario, un uomo anziano e azzimato dagli abiti di taglio militare e dagli occhi annoiati.

«Sì?» disse costui.

«Mi chiamo Albert Campion».

«Davvero?» Il suo stupore era genuino e il terrore colse l'uomo appena entrato. Che stupidaggine aveva fatto? Un vero squilibrato, ecco cos'era! Un idiota ignorante! Entrambe le fazioni della società erano ansiose di bere il suo sangue, non c'era tempo da perdere, il disastro era alle porte, e lui era andato a spifferare il proprio nome al primo sconosciuto che gli si era avvicinato con aria interrogativa. Era talmente frastornato che fece poco caso al proprietario finché non si rese conto che quello si era avvicinato ai piedi dello scalone e adesso stava aspettando che Campion lo seguisse.

Salirono in silenzio al piano superiore e si fermarono davanti a una porta sbilenca dai bei pannelli Tudor. Il proprietario bussò e chinò la testa in ascolto. Campion non sentì nulla ma di lì a un attimo l'altro parve soddisfatto perché spalancò la porta e annunciò «Il signor Albert Campion» come fosse stato un valletto.

Campion entrò. Era una stanza ampia ma male illuminata, con il soffitto basso, il pavimento irregolare, i mobili antichi e un vero fuoco a carbone. All'inizio pensò di essere solo e i suoi timori tornarono ad assalirlo, pieni di rimprovero. Si voltò con l'idea di provare ad aprire la porta ma vide che non solo non era chiusa a chiave, era appena accostata. Mentre si muoveva qualcuno tossì dall'altra parte della sala.

Era un suono femmineo e Campion si girò di scatto appena in tempo per vedere una figuretta emergere dalle ombre di una poltrona con le ali che a lui era parsa vuota. Davanti a lui c'era una vecchia, piccola signora.

Campion era stupefatto. Il donnino gli si fece nervosamente incontro, con un sorriso un po' artefatto, e due pomelli rossi d'imbarazzo sulle guance sbiadite. Porse la mano ma timidamente, come se temesse di potere apparire sfrontata.

«È così imbarazzante» mormorò. «Non mi pare che ci siamo mai incontrati, vero?» La voce le morì in gola e lui si rese conto con disagio che l'anziana signora era disturbata dall'impermeabile e dal berretto con la visiera che Campion reggeva in mano. La situazione era socialmente grottesca. E singolare, sotto ogni punto di vista. Si strinsero la mano e rimasero a guardarsi. La donna doveva avere passato i settant'anni, era fragile. I capelli grigi e fini erano contegnosamente spartiti, e indossava un abito scuro di seta ornato di pizzi.

«Non è esattamente come me l'ero immaginata, sa?» disse nervosamente. «Mi perdoni, non intendevo. Sono felicissima di fare la sua conoscenza. Si accomodi, prego. Non trova che faccia un gran freddo?»

Era decisamente imbarazzata, e molto seccata con se stessa perché lo stava dando a vedere. All'improvviso si asciugò gli occhi. «È stata un tale choc, tutta questa faccenda» disse, con voce rotta, «però è imperdonabile quel che sto facendo. Veramente sciocco da parte mia. Non avrei mai dovuto venire».

«Oddio!» disse Campion. Aveva l'impressione di aver parlato piano, ma con orrore sentì tornare chiara, brusca e innaturalmente forte dalle pareti in ombra l'eco della propria voce. Una porta interna che prima non aveva notato si aprì di colpo e, come in diretta risposta alla preghiera, Amanda comparve sulla soglia.

Un'allucinazione! L'orrenda possibilità gli balenò per il capo e scacciò con il terrore ogni altra considerazione. Amanda sembrava così bella e in forma e giovane e viva. Il vestito marrone s'intonava agli occhi e la testa l'aveva sulle spalle. Era adorabile, gentile, amichevole, una cosa bella e giusta in uno spaventoso mondo irreale. Ecco cos'era; Amanda era un'oasi. No, chiaramente, era un miraggio! Una di quelle che hai prima di crepare di sete nel deserto e prima che gli avvoltoi vengano a beccarti le ossa impedendoti la bruttura del marcire.

«Bellissima» disse, e non aveva mai pronunciato questa parola così candidamente dopo quella prima volta che l'aveva detta sporgendosi dal passeggino per guardare l'acqua del mare. Le belle sopracciglia di Amanda formarono due archi sulla fronte. «Ho sentito la tua voce» disse. «Mi dispiace molto non essere stata qui al tuo arrivo. Vi siete già presentati, tu e la signorina Anscombe?»

Una gran porzione del mondo si rimise in orizzontale al comando di quella voce tranquilla, e tutto il delizioso armamentario del vivere, come le buone maniere e le presentazioni e i biglietti da visita lasciati sul vassoio e il cedere il posto sull'autobus cominciarono a ronzare in modo rassicurante sullo sfondo della scena.

La vecchia signora parve apprezzarlo quanto lui. Alzò la testa e sorrise. «Mia cara, mi sto comportando in modo molto sciocco» disse. «Non mi ero resa conto di essere così scossa. Devi chiedere al signor Campion di perdonarmi».

«Credo che anche lui sia un poco scosso». Nel tono di Amanda c'era un ammonimento, oltre che un desiderio di scusare, e la giovane esaminò con interesse la figura desolata con l'impermeabile striminzito. «Ho fatto venire miss Anscombe perché deve dirti un paio di cose, Albert» proseguì. «Molto gentilmente era venuta a trovarmi e...»

«Sono andata da lei perché mi è parsa tanto ragionevole e compassionevole» la interruppe la vecchia signora. «Sentivo di dovermi rivolgere a qualcuno e naturalmente in un momento del genere la polizia ci fa orrore. Preferisco parlare con una donna, ovviamente».

«Ovviamente» disse Campion con grande serietà, e ancora una volta Amanda lo guardò come se fosse stato un demente. Si sforzò di comprendere la situazione, ma non c'era niente da fare. La memoria lo aveva abbandonato. Sospirò. «Perché?» fu la domanda disastrosa.

«Insomma, è naturale, Albert». Amanda acchiappò al volo con entrambe le mani il mattone che stava cadendo e lottò valorosamente. «La morte di suo fratello l'ha sconvolta e addolorata e lei non se l'è sentita di parlare con il primo che capita».

Suo fratello. Signorina Anscombe. Naturalmente! Non aveva fatto caso al nome. Doveva essere la sorella del morto ammazzato, quella di cui aveva continuato a parlare Lee Aubrey. Gli venne in mente che potesse essere stato Aubrey a mandare lì Amanda e l'idea lo irritò oltremodo. La vecchia signora infilò il fazzoletto nella cintura e si sporse in avanti con determinazione.

«Signor Campion» disse, «sono una donna decisa e per tutta la vita non ho esitato di fronte a nulla quando si è trattato di fare ciò che ritenevo giusto».

Sarebbe stato un esordio impressionante anche nel migliore dei momenti e a Campion, che non stava passando uno dei momenti migliori, suonò come la confessione di un imminente suicidio. Annuì.

«Sì?» disse.

«Insomma, ecco perché sono venuta qui oggi, per parlare del povero Robert. Non sapremo mai come è morto. Per certi aspetti era una persona assai debole e se si fosse tolto la vita io ne sarei stata addoloratissima e ferita, ma non mi sarei stupita».

Campion non si lasciò impressionare. Sapeva come era morto Anscombe, un'informazione che sarebbe stata sufficiente a far venire una crisi isterica alla vecchia. Solo quando intercettò lo sguardo di Amanda che lo stava osservando serissima, Campion capì quel che stava cercando di dirgli l'anziana donna. Certamente Anscombe sapeva! Anscombe poteva dargli la soluzione. L'aveva detto anche Oates. Si rivolse alla vecchia con tanto impeto da stupirla.

«Suo fratello aveva paura di qualcosa?» chiese.

Lei si adombrò e Campion avvertì su di sé lo sguardo duro di quegli occhi azzurri, con le palpebre glabre e le borse rugose.

«Aveva qualcosa sulla coscienza» disse. «Ho sempre pensato che prima o poi si sarebbe confidato con me ma non l'ha mai fatto. Ho un codice molto rigido» aggiunse ingenuamente.

«Racconti ad Albert dei soldi» si intromise Amanda. Soldi? Ancora soldi? Era un motivo ricorrente. Campion si spaventò. L'inglese Tory non sottovaluta mai la potenza del denaro come arma. È un'arma che gli appartiene, e quando se la vede usare contro si sente tradito, oltre che in ansia.

La signorina Anscombe si schiarì la voce. Essendosi imbarcata in un compito sgradevolissimo era determinata a ricavarne fino all'ultimo grammo di virtù.

«Non mi aveva mai detto di essere in difficoltà finanziarie, ma di recente la cosa era diventata evidente» iniziò. «Mi ero resa conto che non ce la faceva e fino a un certo punto l'ho aiutato. Era quasi fuori di sé per la preoccupazione, naturalmente, perché in città abbiamo una certa posizione e dobbiamo esserne all'altezza e mio fratello era un uomo consapevole dell'importanza dei doveri nei confronti della comunità. E doveva occuparsi del segretariato. Una responsabilità sacra, signor Campion».

«Lo immagino».

«La nostra famiglia ne è convinta da sette generazioni» disse, sostenuta. «Se lei non capisce che cosa debba aver significato per lui dare le dimissioni da quell'incarico, difficilmente potrà apprezzare qualunque cosa io mi stia accingendo a dire».

«Capisce, capisce» si affrettò a dire Amanda. «È solo che è stanchissimo, e anche lui è preoccupato. Albert, santi numi, levati quell'orrido impermeabile».

Lui le obbedì e si rese conto, mentre la signorina Anscombe lo guardava, di avere l'abito sgualcito e la camicia sporca. Ma in nome di Dio, che importanza aveva? La vecchia lo esasperava con quelle sue ridicole formalità nel mezzo del maelstrom. Perché non tagliava corto con quelle ciance e non veniva al sodo? Di cosa era stato al corrente Anscombe? Non si rendeva conto che non c'era tempo da perdere? L'avrebbe volentieri scrollata per strapparle i fatti ed era lì lì per dirglielo quando la donna parlò di nuovo.

«Quando mio fratello ridiventò di colpo relativamente ricco rimasi stupefatta» disse. «Capii che c'era qualcosa che non andava. Signor Campion, noi apparteniamo a una classe che non si arricchisce all'improvviso, se non per un'eredità. Per un po' mio fratello sembrò quasi felice, ma poi sopravvenne un grande cambiamento, a poco a poco. La coscienza gli stava dando il tormento».

Campion la fissò. Nonostante la preoccupazione avvertì la tragedia e l'urgenza di quella storia. Vide il mondo della donna con dolorosa chiarezza, nei dettagli. Vide un vecchio sussiegoso e di mentalità ristretta aggrappato ai suoi privilegi ereditari mentre attorno infuria una tormenta di azioni in caduta libera, di prezzi in rialzo, di tasse spietate, di voci che girano per la città, di cenni allusivi, di abiti vecchi, di fornitori in attesa, e di piccole economie sciocche che non servono a nulla.

«Che cosa aveva fatto?» disse Campion, con negli occhi un riflesso del timore reverenziale che c'era nello sguardo della vecchia.

«Non ne sono del tutto certa». Adesso che aveva Campion in mano la donna era meno ostile. Erano diventati compagni d'investigazione, pettegoli con licenza. «Per molto tempo non sono riuscita neppure a ragionarci sopra, ma adesso che è morto mi sento in dovere di dire tutto quello che so. Signor Campion, temo che il povero Robert avesse venduto l'onore e l'integrità. Penso che avesse sfruttato la posizione di segretario dei Signori per consentire un qualche contrabbando nelle grotte sotto la collina di Nag. E in seguito credo che abbia cambiato idea e stesse cercando di espiare il peccato commesso. Se si è trattato di un incidente è stata la mano di Dio, ma se si è ucciso, o è stato ucciso, non me ne stupirei affatto. Ho vissuto più di una guerra e non ho potuto non rendermi conto che al mondo ci sono uomini violenti».

Campion sentì contrarsi i muscoli agli angoli della mandibola. Questa era una cosa vera. Una rivelazione. Finalmente una vera rivelazione, se solo avesse avuto il cervello per assimilarla.

«Che cosa contrabbandavano?» chiese.

«Non lo so. Sto solo tirando a indovinare» si affrettò a ricordargli. «Ma un certo signor Feiberg è venuto una o due volte a casa nostra per parlare con mio fratello. È successo nella primavera del '39, quando Robert aveva disperatamente bisogno di soldi. Dopo che quel Feiberg se ne fu andato Robert aveva cominciato a parlare della collina e del contrabbando che ci facevano nel diciassettesimo secolo. Poi aveva smesso subito, naturalmente, ma io non l'ho mai dimenticato. Il signor Feiberg è venuto altre due volte, in seguito, ma poi è scoppiata la guerra. L'ho subito ricordato, ovviamente, perché era un forestiero e cittadino di un paese nemico, e mio fratello a quel punto ha detto: "Non lo rivedremo più"».

«A quel punto suo fratello aveva già messo le mani sui soldi?»

«Sì» disse la signorina Anscombe, «li aveva già presi ma dopo sono cominciati i rimorsi di coscienza».

«Molto dopo?»

«No». Fece una pausa. Tutto il suo atteggiamento denotava incertezza. Aspettò che Campion si mostrasse esasperato e poi, con un sorriso di scuse, se ne uscì con l'unica osservazione al mondo in grado di ridargli vigore e di riaccendergli nel cuore una fiammella di speranza.

«Non le devo mentire» disse. «Credo che la sua coscienza abbia dormito finché non ha sentito parlare del quindici».

«Quindici?» La voce di Campion si spezzò e gli uscì come un sussurro.

La donna ignorò l'interruzione.

«Dev'essere stato allora che ha capito di aver commesso un terribile errore. Penso che dopo abbia fatto tutto il possibile. Ha deciso di dimettersi dalla carica di segretario. Ha ritirato i soldi che aveva in banca, fino all'ultimo centesimo, e li aveva con sé ieri, li stava portando a casa, quando voi gli avete dato un passaggio. E questa mattina il direttore della sua banca è venuto a farmi visita e mi ha rivelato in via confidenziale che Robert aveva dato istruzioni di convertire tutti i suoi titoli in denaro contante, e di farglielo avere».

«Ma questo è incredibile!» Amanda parlò prima di vedere la trappola, e avendola vista proseguì risolutamente. «Insomma, così non pare un suicidio. Mi fa pensare che avesse intenzione di sparire».

«Sì». La signorina Anscombe non se la prese. Era evidente che non nutriva grande stima nei confronti del fratello. «Sembra di sì, vero? A meno che non intendesse restituire tutti quei soldi a qualcuno. Non lo sapremo mai e preferisco essere indulgente».

Campion non la stava ascoltando. Le orecchie gli pizzicavano ancora per lo choc di aver udito quella singola parola, la più elusiva, la più allettante, la nota tonica e il simbolo di quell'enigma spaccacervello.

«Domani è il quindici» disse ottusamente.

«Non mi riferivo alla data». La vecchia signora lo disse con convinzione assoluta. «Non so esattamente a che cosa si riferisca il quindici, ma non è un giorno del mese». «Come lo sa?» Non le credeva ancora. La tensione era ancora lì, gli tormentava ogni nervo, dicendogli di sbrigarsi. «Per via del diario». Aveva avuto in mano tutto il tempo un quadernetto e Campion non lo aveva notato. Ora glielo avrebbe strappato, ma non bisognava metterle fretta. «Robert era un tipo assolutamente non metodico» osservò con esasperante riflessività. «All'inizio ho pensato che il quaderno fosse vuoto ma poi ho trovato solo queste due annotazioni. Ecco la prima, di poco più di un mese fa. Guardi anche lei. Sembra quasi che il poverino abbia comprato il diario solo per scriverci qualcosa di melodrammatico. Tipico da parte sua».

Campion prese il diario e lo lesse anche Amanda sporgendosi oltre la sua spalla.

Venerdì 7, lessero. *Appena sentito della Nota Quindici. Visto tutto. Che cosa ho fatto?*

La pagine successive erano vuote, ma poi arrivarono allo spazio assegnato al giorno precedente la morte del possessore del diario.

Fatto, aveva scritto. *Fatto, finalmente. Coscienza più pulita. Dato le dimissioni. Deve seguire espiazione. Devo parlare con Harry Bull?*

Sulla pagina successiva, erano state scribacchiate due parole, in lettere grosse e occupando i tre giorni in cui era suddivisa. *Nota Quindici*.

Campion si sedette. La sequenza si era spezzata. Si sentì svuotato, esausto. Se il quindici non era una data allora non c'era fretta. Rimase a fissare la pagina, le tre date stampate risaltavano in rilievo. Il sedici? Il diciassette? Il diciotto? Quale? Nessuna delle tre o tutte e tre?

Il peso insopportabile dell'ansia tornò a farsi sentire peggio di prima. La missione di Weaver B. divenne più razionale e quindi più grave. Il quindici di per sé restava un mistero. *Nota Quindici* poteva significare qualunque cosa. La signorina Anscombe si alzò.

«Dov'è Annie?» chiese, guardando Amanda.

«Nella stanza qui accanto, e la sta aspettando. È sicura che sia in grado di riportarla a casa sana e salva?»

«Mia cara, fa' che non ti senta dire una cosa del genere». L'anziana dama rise. «Annie era la mia cameriera personale. Ora credo sia la mia guardia del corpo. Le ha fatto avere il messaggio in modo sicuro, vero, signor Campion?»

«Eh? Oh, sì, decisamente. Brillante. Era la sua cameriera?» Campion stava parlando senza riflettere e raggruppò impaziente i pensieri sparsi. «Credo che lo abbia considerato un metodo di approccio piuttosto poco convenzionale» si scusò.

La signorina Anscombe diede un colpetto affettuoso alla mano di Amanda.

«Niente affatto» disse, inaspettatamente. «Questi sono tempi non convenzionali. Non siamo ciechi. Non va bene essere convenzionali in un mondo che ti sta crollando attorno. Quando le strade diventano un macello è l'ora di tirare su le gonne. Arrivederci. Non so se sono stata di aiuto, ma almeno mi sono sgravata la coscienza senza andare a spifferare alla polizia gli errori del povero infelice Robert».

«Aspetti». Campion si stava ancora aggrappando al diario. «Chi è Henry Bull?»

Le donne lo guardarono. La signorina Anscombe sembrò interdetta.

«Sir Henry è un conservatore e un membro della famiglia Tey» disse. Al momento è il Signore Anziano di Bridge e Lord Junior del Tesoro».

«Non essere sciocco; lo sai benissimo» disse Amanda. «E oltretutto lo abbiamo anche incontrato al matrimonio di tua sorella, non ricordi?»

14

Amanda rientrò nella stanza dopo aver accompagnato fuori la signorina Anscombe e la sua cameriera. Si chiuse con attenzione la porta alle spalle.

«Ma dico, si può sapere che ti prende?» chiese.

Lui la guardò con occhi colpevoli e si alzò per sottrarsi a quell'indagine severa.

«Sto bene. Quando il vento soffia da sud so distinguere un falco da un airone».

La citazione sbucò, priva di contesto, da chissà quale misterioso ripostiglio del cervello, cosicché gli parve di aver sentito quelle parole per la prima volta in vita sua. Adesso non gli dicevano nulla e lo lasciarono notevolmente disorientato.

«Va bene» disse Amanda. «Il travestimento è stato un errore» aggiunse, prendendo il cappello con la visiera. «Ti avevo detto di venire pulito. È una vecchia abituata a modo suo. Pensavo che questo ti avrebbe messo sull'avviso».

«Ora capisco. Mi dispiace. Non mi era venuto in mente di prendere le parole alla lettera. Sai, non mi ero reso conto che il messaggio veniva da te».

«Non ti eri...?» La ragazza si girò di scatto e lo guardò. Campion non capì la sua espressione. Era attonita, ma anche vagamente e oscuramente ferita. «Ma è da anni e anni che tra noi usiamo un linguaggio del genere» disse, alla fine.

«Oh, sì» ammise inorridito dopo aver visto la trappola in cui era finito. «Sì, lo so. Ma me l'ero dimenticato». Immaginava che lei si sarebbe arrabbiata. Qualunque donna si sarebbe arrabbiata. Era contento di averlo detto. Quegli occhi giovani e intelligenti lo atterrivano. Sentiva il bisogno di averla accanto con un'urgenza intollerabile che non era da lui.

Campion non era certo il tipo d'uomo che in vita sua doveva aver avuto bisogno del sostegno morale di un altro essere umano, e con quell'ansia orribile e malata. Una volta che lei avesse saputo la verità gli sarebbe rimasta accanto con la generosità entusiasta che era il suo tratto principale. Sarebbe stata molto gentile, molto dispiaciuta. Pietà, lurida umiliante debilitante pietà! Compassione nauseante! L'anima di Campion ebbe i conati di vomito: sarebbe stato il sommo esempio, la vera essenza della seconda scelta.

La determinazione di poc'anzi, di trattenerla a qualunque costo, svanì impaurita di fronte al prezzo da pagare. Costringerla alla fedeltà sarebbe stato ammissibile e perfino piacevole, ma rubacchiarla, prostrarsi per averla, ricorrere ai metodi più repulsivi, no, questo sarebbe stato troppo. Non era ancora arrivato a quel punto.

Le lanciò un'occhiata, dall'altra parte della stanza. Era seduta sul bracciolo di una poltrona, mostrava la metà degli anni che aveva. La gonna corta metteva in mostra le ginocchia e le braccia sottili erano conserte sul petto. Gli sorrise.

«Stai combinando qualcosa e non me lo vuoi far sapere» disse. «D'accordo. Non fare pasticci».

«Non sto facendo pasticci». La protesta suonò puerile e Campion avrebbe potuto dare una sberla ad Amanda. Non sarebbe sembrato affatto fuori luogo. Quando parlavano tra loro sembravano sempre due bambini in un'aula di

scuola. Era evidente che si conoscevano molto bene da
tanto tempo.

«Mi dispiace» disse Amanda. «Secondo me stai facendo
pasticci. Mi era sembrato che la signorina Anscombe
potesse esserti utile. Lo era?»

«Sì, molto. Spero che adesso tenga la bocca chiusa. Te
l'ha suggerito Aubrey di portarla qui, vero?»

Campion la stava osservando molto attentamente e gli
parve di vederla cambiare colore.

«No» disse. «Si dà il caso che non sia andata così.
Casomai l'ho tenuta lontana da Lee».

«Capisco. Adesso torni da lui?»

«Se pensi che io debba farlo».

«Cara la mia fanciulla, questi sono fatti tuoi». Campion
sperò che quello non fosse un bisticcio.

Per la sua costernazione Amanda si alzò e andò da lui.

«Stammi a sentire, Albert» disse con insolita serietà,
«non ti sto chiedendo spiegazioni, naturalmente. Valgono
i nostri soliti accordi. Sai perfettamente quello che stai facendo e io sto solo cercando di rendermi utile, però al
momento forse sono un po' lenta. Non sono troppo in
forma. In verità ho subito un lieve choc. Te ne parlerò più
tardi, quando mi sentirò meglio. Ma al momento mi sta
rendendo un po' chiusa e lenta di comprendonio e non
capisco assolutamente che cosa tu stia combinando. Non
so cosa cercare. Non so neppure se ho fatto la cosa giusta
a proposito di Hutch».

Hutch? Santi numi, naturalmente! Il commissario.
Campion si augurò che il sudore che gli stava imperlando
la faccia non fosse visibile. L'incubo lo stava tormentando
oltre misura. Era già abbastanza brutto vedersi cancellare
il ricordo della vita vissuta fino a quel momento, ci mancava solo questa nuova propensione a dimenticare gli atti
di violenza in cui si trovava coinvolto. Prima l'assassinio

di Anscombe e adesso l'aggressione di Campion ai danni dello sfortunato commissario.

«Che cosa hai fatto?» si informò con ansia.

«Insomma, tanto per cominciare l'ho convinto che tu eri tu. Ho dovuto faticare un po' ma alla fine sono riuscita a farglielo mettere in testa a tutti quanti. Poi» tossì delicatamente, «ho detto che non avevi mai esitato ad agire in mondo non convenzionale se la gravità e l'urgenza della missione lo richiedevano».

«E come l'hanno presa?»

«Non troppo bene» ammise Amanda. «Non puoi biasimarli, Albert. È stato un gesto piuttosto drastico e arrogante, no? Non da te, perfino» aggiunse dopo una pausa. «Al momento non sembri neanche tu. E tra l'altro scoprirai che la polizia ti sta cercando. Non sono del tutto soddisfatti e, tanto per cominciare, Hutch rivuole la sua auto».

Campion trattenne il fiato. Riusciva a malapena a ricordare che doveva esserci stata un'auto, ma non aveva proprio idea di quel che era successo alla macchina, o a lui medesimo, tra il momento in cui aveva messo al tappeto il commissario e quello in cui era entrato nel negozio.

Era orribile. Inevitabilmente Amanda lo avrebbe scoperto, era questione di poco. La sua fiducia era strappacuore, tra l'altro. Avrebbe tanto voluto che lei non lo trattasse con la fede cieca di una sorellina sciocca che si arrampica sull'olmo per seguire il fratello.

«Sapevi dove trovarmi, lo sapevi anche tu» fece notare Campion. «Com'è possibile?»

Ancora quello sguardo di stupore e offesa.

«Era il nostro accordo, no?» Amanda non nominò più l'auto e lui ipotizzò che anche la propria reticenza facesse parte del loro accordo. Evidentemente lei era il suo luogotenente. Gli porgeva ogni informazione di cui entrava in possesso, ma il piano di azione lo stabiliva lui.

«Devo parlare con Henry Bull» disse.

«S-sì». L'esitazione di Amanda esitazione fu infinitesimale, ma lo fece imbestialire.

«Che altro posso fare?» chiese. «Stanislaus è scomparso e qualcuno deve pur spiegare questo maledetto quindici». Lei irrigidì la schiena, sgranando gli occhi. «Ma credevo che tu lo sapessi. Pensavo che ti avessero dato tutte le informazioni riservatissime e che tu e Oates vi teneste stretto l'osso, perché nessuno vuole rischiare fughe di notizie. Non mi ero resa conto che eri all'oscuro di tutto. Non mi stupisce che tu abbia i nervi a fior di pelle».

Campion guardò Amanda, in piedi davanti a lui. La faccia tirata e bruna era priva di espressione.

«Mi trovi nervoso?»

Amanda rise. Era sinceramente divertita e la faccia a forma di cuore era vivace e assennata e adorabile.

«Ti trovo melodrammatico, mascalzone» disse. «Che c'è?» Le prese la mano facendole dondolare il braccio. L'aveva visto fare a qualcun altro. A Lee Aubrey. Sì, giusto; era stato quel Lee. Lo aveva fatto appoggiandosi con la schiena contro lo stipite della porta, guardando Amanda dall'alto della sua statura.

«Non sono capace di guardarti con grandi occhi da mucca stitica» disse Campion all'improvviso. La sua abiezione aveva messo insieme le parole e quelle gli erano uscite dalla bocca prima che potesse censurarle.

Amanda tirò via la mano. Poi lo colpì sulle orecchie.

Fu un gesto, più che un colpo, molto leggero e molto rapido. Adesso non stava sorridendo, e non c'era animazione su quel viso. I bei lineamenti formavano un'impronta, uno stampo di qualità, e lei era distante da lui come se fosse morta.

Campion si lasciò cadere ai suoi piedi, guardandola disperato. In quel momento ogni considerazione sul trattenersi sarebbe apparsa del tutto assurda. Amanda era parte di lui e l'aveva persa. Se Amanda se ne fosse andata sarebbe andato anche lui, in pezzi. Si sentì crollare senza speranza e vergognosamente davanti agli occhi di lei. Il bussare alla porta interna venne da un altro mondo. Si girarono entrambi a guardare il movimento della maniglia. Lugg entrò in punta di piedi, rimbalzando un po' come un palloncino in caduta.

«Attenzione» disse. «Sono arrivati».

«Chi?» Era stata Amanda a parlare. Sembrava perfettamente normale e a proprio agio.

«I piedipiatti sono al piano di sotto. L'ispettore è in sala e ha messo due uomini sulla porta. Il proprietario non vuole chiasso qui dentro, grazie, e l'ispettore lo sta accontentando». Il grassone dominava la stanza e i suoi occhietti erano luminosi ed eccitati sotto la visiera del berrettuccio. «Nemmeno le porte sul retro sono tranquille» proseguì. «Il Lily l'ho visto io con i miei occhi, qui di sotto, per non parlare di Nervy Williams e uno o due altri. Avete uno sciame di vespe alle calcagna, accidenti. Chiunque penserebbe di essere alle corse».

«Come hanno fatto a scoprire che ero qui?» disse Campion.

Lugg scrollò le spalle. «Mi faccia un'altra domanda. La polizia ha seguito la giovane Amanda, direi, e l'altra banda di fiorellini deve avere un informatore nella polizia. Mi sono limitato a venire qui con calma per vedere che tutto fosse a posto e mi sono trovato in mezzo a questa roba. La polizia di qui non mi conosce, quindi sono passato dalla sala, ho bevuto qualcosa al bar e sono salito di nascosto per la prima scala che ho trovato non appena ne ho avuta l'occasione. Al momento al piano di sopra non c'è nessuno. Sapete che vi dico, c'è una passerella sopra i tetti, se volete, ma io ci penserei due volte visto come sta di testa, signore».

Campion lanciò un'occhiata ad Amanda e mostrò a Lugg il palmo della mano. Fu un gesto assolutamente spontaneo ma miracolosamente l'uomo lo capì per tempo. «Ha mal di testa» disse alla ragazza. «Però sta a lui decidere».

Amanda si rivolse a Campion. «Che cosa hai intenzione di fare?»

Era naturale ed educata, come se Lugg non avesse interrotto nulla di più importante di un tè delle cinque. Il suo atteggiamento era imperturbabile e Campion capì che lei doveva essere sempre stata così.

«Devo parlare con Bull» disse. «Tu tornerai a Bridge, vero? Lugg può aspettare dal giornalaio. Io provo a passare dai tetti. Devo andare avanti. È urgentissimo, capisco. Se il quindici non è una data, l'ora X di questa storia può arrivare da un momento all'altro. Devo fermarla. Qualunque cosa sia devo fermarla».

Si accorse che stava parlando con veemenza insolita perché gli altri due lo guardarono di sottecchi e quando terminò ci fu una pausa imbarazzata.

«Allora è meglio se ci prova subito» disse Lugg, molto pratico. «Non vogliamo che i piedipiatti salgano quassù, vero?»

«Benissimo». Campion non aveva assolutamente idea di quali fossero le proprie intenzioni né se fosse in grado di sostenere un qualunque sforzo fisico senza crollare. Sapeva solo che era la mossa successiva, tutto qua.

Il programma gli si stendeva davanti come un ordine sigillato e a spingerlo a seguirlo c'era solo l'ansia furibonda che premeva dietro la cortina scura che divideva in due il suo cervello.

Lugg andò alla porta interna e l'aprì.

«Aspetti un istante, mi accerto che ci sia via libera» disse senza girarsi. Campion annuì e lanciò un'occhiata ad Amanda. Lei lo stava guardando e quando intercettò lo sguardo di Campion sorrise con generosità franca e improvvisa, e occhi danzanti.

«Buona fortuna» disse. «Ce la farai. Come va la testa?» «Bene».

«Davvero? Oh allora a posto. Scommetto che sapresti andare all'inferno e tornare. *Sotto il ponte ci stan tre bombe, passa il lupo e non le rompe*».

Era parte di una poesiola in rima, evidentemente, e dall'espressione di Amanda capì che lei si aspettava che Campion completasse i versi mancanti. Si trattava senza dubbio di qualche scherzo che avevano condiviso fin dall'infanzia, qualcosa di così familiare che avrebbe dovuto tornargli sulla lingua senza nemmeno bisogno di pensare. Il cervello gli rimase ostinatamente vuoto. Non riusciva a ricordare di aver mai sentito quella filastrocca melodrammatica. Amanda attendeva fiduciosa, e tutta la sua meravigliosa innata affettuosità era pronta a tornare da lui. Poteva ignorarla e ferirla, oppure spiegare.

In quel momento vide la propria scelta chiaramente, come se gli fosse stata presentata in forma illustrata, come una di quelle vecchie immagini moraleggianti del sentiero di primule fiancheggiato da una parte da locali dove correvano fiumi di alcol, e dall'altra da un sentiero ripido tra gli abissi. Sarebbe stato così facile spiegare, così piacevole. Lugg era lì pronto a sostenerlo e anche lei era smaniosa, il perdono e la comprensione e l'intelligenza erano in ogni briciola del suo giovane corpo. Si sarebbe potuto buttare fuori Aubrey dalla vita di Amanda, sarebbe stato facile come dare un calcio a un riccio trovato per strada. Sarebbe stata così dispiaciuta, così tremendamente e coscienziosamente dispiaciuta...

Campion rise. «Ho dimenticato la mia battuta. Potrò sempre mettermi in contatto con te a Bridge, giusto?» disse.

L'ultima cosa che vide di lei fu il sorriso che si spegneva negli occhi.

15

«Eccoci. Si comincia scendendo diritti e poi tocca muoversi a zigzag. Riesce a vedere qualcosa?»

Il sussurro di Lugg arrivò a folate attraverso il corridoio stretto all'ultimo piano della vecchia locanda. Il cul-de-sac buio in cui stavano a capo chino per evitare di sbattere contro il soffitto basso, era caldo e soffocante e aveva un vago odore di polvere e vecchia carta da parati. Fuori dalla finestrella a battenti la notte era quasi del tutto nera, ma le piastrelle bagnate mostravano qua e là il riflesso delle stelle distanti.

«Non mi piace che lei se ne vada in questo modo, viste le condizioni della sua testa» sussurrò il grassone, «ma non vedo cos'altro si potrebbe fare. E poi lei si arrampica come un maledetto gatto, no?»

Campion se lo augurò di cuore, altrimenti il progetto sarebbe stato un suicidio.

Lugg gli toccò il braccio. «Ho portato questo» disse, ficcandogli un pacco in mano. «È una parte del denaro che c'era nel cassetto. Non fa mai male avere con sé un po' di contanti. E poi c'è questa piccola torcia. Fa una luce che non è più grande di una capocchia di spillo. La schermi con la mano e nessuno la vedrà. Ora mi ascolti, quando arriva a terra vada in direzione della strada principale e poi giù dalla discesa. Una volta in fondo vedrà un arco sulla sua destra. È una specie di vicolo. Lo imbocchi e salga i gradini che si troverà di fronte, e lì vedrà subito la stazione ferroviaria. Le potrebbe succedere di dover aspettare un po' il treno per Londra, ma ce ne deve essere uno per la posta perfino di questi tempi. Io resterò dove sono finché lei non mi farà avere notizie».

Si interruppe di botto. Qualcuno si stava muovendo vicinissimo a loro. Passi pesanti risuonarono sulle vecchie assi e la manica di qualcuno strusciò contro pannelli di legno che avrebbero potuto essere direttamente dietro di loro. Lugg aprì la finestra.

«Adesso vada» sussurrò. «Questi vecchi posti o hanno pareti spesse più di due metri, o uno straterello di tela tra due fogli di carta da parati. Si abbottoni quell'impermeabile fin sul collo. Peccato che abbia lasciato giù il cappello con la visiera ma non possiamo farci nulla. Pronto?»

Campion sgusciò attraverso la stretta apertura e si spenzolò pericolosamente sopra il vuoto sottostante.

Constatò con sollievo che i muscoli gli obbedivano miracolosamente. Li percepiva come un grande cesto avvolgente intrecciato sopra le ossa. La scoperta lo tranquillizzò enormemente e poi lo eccitò. Da quando aveva lasciato Amanda sola con la sua mezza poesiola che lui non era stato in grado di completare, si era impossessata di Campion un'incoscienza diversa da qualunque sensazione ricordasse di aver provato. Si sentiva così amaramente libero e così solo che perfino la notte pareva aver assunto una qualità nuova. Il buio era diventato un elemento, come l'acqua o l'aria, insidioso ma stimolante. Il vento umido e debole era tonificante e i capogiri erano scomparsi, lasciandolo ipersensibile, come se tutti i nervi del corpo fossero stati scoperti.

La faccia pallida di Lugg incombeva appena sopra di lui.

«Non dimentichi» sussurrò. «La polizia davanti e i signorotti sul retro. Buona fortuna».

Campion si lasciò cadere. Atterrò molto lievemente sulle dita dei piedi e delle mani. Santo cielo, si arrampicava come un gatto! Rimase attonito di fronte alla propria abilità ma si affrettò a scacciare lo stupore per timore che potesse annientare l'efficienza data dall'istinto. La piccola torcia si rivelò preziosissima. Proiettava solo un puntino di luce, invisibile dalla strada sottostante.

Risalì con attenzione i coppi inclinati, si fermò un secondo a cavalcioni di un timpano, e poi scivolò silenziosamente dall'altra parte. Avanzò con la massima cautela, sdraiandosi completamente sul ripido pendio e tastando con i piedi.

Era appeso lì, e incredibilmente riusciva a tenersi con un minimo sforzo, quando sentì delle voci. Erano due, maschili, e sembravano proprio sotto di lui. Rimase immobile, schiacciandosi contro il nero dei coppi, che lo protese.

Anche i due uomini erano molto silenziosi. Non si distinguevano le parole, ma il mormorio era furtivo e segreto. Di lì a poco uno dei due sputò e rise forte dopo un sussurro dell'altro. Smise subito, ma il suono non era stato piacevole. Campion non era certo di averlo riconosciuto, ma l'istinto lo ammonì che avrebbe dovuto farlo. Intuì di essere sul retro dell'edificio, probabilmente affacciato su una specie di cortile chiuso a metà.

Rimase appeso per un tempo considerevole, e a poco poco lo sforzo sulle braccia si fece sempre più intollerabile.

I due uomini finalmente si mossero e Campion sentì allontanarsi nel buio i loro passi leggeri. Vide sparire lentamente nell'oscurità il brillio di una sigaretta accesa. A un certo punto si fermò, e parve che i due si fossero bloccati. Campion sentì di essere sul punto di mollare la presa e di schiantarsi sull'acciottolato, ma il momento passò, gli uomini si allontanarono e ben presto tornò un silenzio assoluto.

Alla fine Campion si lasciò scivolare sulla grondaia e avanzò pericolosamente seguendola finché non arrivò a un timpano e fu costretto ad arrampicarsi di nuovo. Questa volta fu più fortunato. Dall'altra parte della montagna di coppi arrivò tranquillamente su un bel tetto perfettamente piatto. Apparteneva a una vecchia rimessa per carrozze, forse ristrutturata come garage, ed era di poco arretrata rispetto a una stradina laterale. I suoi occhi si stavano gradualmente abituando all'oscurità e qui, con una distesa di cielo relativamente ampia, quasi quasi ci vedeva.

Non c'era traffico nella strada sottostante, ma più avanti sulla destra sentiva il rumore di qualche rara automobile, quando il conducente cambiava marcia. Dovevano esser lì la strada principale e la discesa di cui aveva parlato Lugg.

Attraversò silenziosamente i piombi del tetto e si fermò con le mani sul parapetto basso. Sotto di lui era buio pesto, ma riuscì a vedere il baluginare di un marciapiede bagnato dall'altra parte della stradina che aveva davanti. Non si muoveva nulla, non si sentivano suoni, niente passi sulle lastre di pietra.

Si sporse oltre il davanzale di cemento e accese la torcia. Il raggio era così minuscolo che praticamente non illuminava affatto.

La spense subito. Aveva visto quello che voleva. Che fosse un garage o una rimessa per carrozze o qualunque altra cosa, le porte alte fino al tetto erano socchiuse.

A pancia sotto, con le gambe agganciate al parapetto, si sporse e aprì di più una delle porte. Era inaspettatamente ben bilanciata e si mosse così agevolmente che per poco Campion non si ribaltò. La lasciò ondeggiare e tornare indietro finché non si fermò di traverso all'angolo creato dall'edificio sul quale si trovava e il muro spoglio della casa successiva. Aspettò.

Lontano, in direzione della strada principale una ragazza rise da sciocca, come se qualcuno le avesse fatto il solletico e poi gridò qualcosa che Campion non riuscì a capire, ma qui, vicino a lui nel vicoletto, non c'era nulla, solo il silenzio e i baci morbidi e bagnati del vento carico di pioggia. Si calò sulla porta e cominciò a scendere con destrezza aggrappandosi ai vecchi pioli per i finimenti. Non fece alcun rumore e quando toccò le pietre del selciato fu così delicato, che sembrava fosse sceso lungo scale coperte da una passatoia.

Si era appena tirato su quando la porta si mosse. Si aprì all'indietro con forza non appena l'uomo che vi si era acquattato dietro vide l'occasione e la colse al volo. Campion si scansò con una rapidità istintiva che non aveva nulla a che fare con il pensiero conscio. Fu sempre l'istinto a suggerirgli di allungare il piede nello stesso istante in cui colpì alla cieca nel buio. Toccò della stoffa e sotto di questa una spalla dura, ma l'uomo cadde per lo sgambetto del piede proteso e il manganello gli rotolò nel canaletto di scolo.

Campion corse via e ancora una volta rimase scioccato dalla propria scioltezza di movimenti, e dalla gioia che questa gli provocava. L'instabilità delle ore precedenti era svanita sotto la pressione spaventosa di questa nuova eccitazione. Il malessere aveva ceduto il passo a una fase di assoluta irresponsabilità, ovviamente abbinata alla *idée fixe* che non lo aveva mai abbandonato. Fisicamente era allenatissimo. Si muoveva come un levriero, con facilità, con grazia, e con tanta leggerezza che i passi sull'asfalto si sentivano appena.

La strada principale era buia e vuota, ma quando si avviò sulla discesa il baccano esplose alle sue spalle. Dalle strade laterali giunse l'eco di grida e di passi pesanti, cui seguirono altri suoni provenienti da davanti all'albergo. Accelerò, il terreno in discesa gli volava via da sotto i piedi. Qualcuno soffiò in un fischietto della polizia. Campion si acquattò nel passaggio ad arco, appena in tempo. Si aprì come una gigantesca bocca al suo fianco, e lui ci scivolò dentro. La strada si stava svegliando alle sue spalle. Sentiva urli e girando leggermente la testa vide un balenio di torce. L'oscuramento bellico giocava a suo favore. Il suo arcano talento nel muoversi al buio, e soprattutto la velocità sovrumana, con un pizzico di fortuna lo avrebbero salvato. Si tenne rasente al muro, trovò i gradini in pietra, ed emerse proprio di fronte alla stazione ferroviaria che era dall'altra parte della strada. Era l'unico edificio cittadino non completamente buio e trovò l'ingresso senza difficoltà. Con notevole presenza di spirito si levò l'impermeabile strappato e sporco e se lo piegò sul braccio mentre entrava. Sentì un treno arrivare sbuffando in stazione ma le orecchie erano ancora tese per cogliere eventuali suoni minacciosi alle spalle. L'avrebbero trovato, era ovvio. Era un posto talmente scontato, la stazione. La polizia, che non faceva mai l'errore di trascurare l'ovvio, l'avrebbe certamente cercato lì, se non lo avessero fatto gli altri.

Il bigliettaio però gli fece passare di mente qualunque altra considerazione.

«L'ultimo treno è in partenza» disse, sbattendo sul ripiano d'ottone il biglietto e il resto.

Campion li afferrò e corse via. Il controllore in cima alle scale non perse tempo a obliterargli il biglietto.

«Espresso in partenza. Andiamo. Andiamo» gridò servizievole, trascinando l'altro attraverso i cancelli. «Ce la dovrebbe fare. Corra, signore».

Il treno, un grosso centopiedi scuro con gli occhi morti, si stava già muovendo lungo la banchina, acquistando ve-

locità a ogni sbuffo di vapore. Campion partì all'insegui-
mento e fece appena in tempo a saltare sul predellino
dell'ultima carrozza.

Ignorando le grida di avvertimento alle sue spalle,
aprì la porta dell'ultimo scompartimento, e, investito
da una folata di odore di cuoio e di chiuso, si infilò in
uno scompartimento di prima classe per fumatori. Si
era appena richiuso la porta alle spalle, ringraziando il
cielo che non ci fosse un corridoio, e si era tuffato, pro-
vando un gran sollievo, in un angolo sotto una delle
lucine azzurre da lettura, quando il treno si arrestò con
un sobbalzo.

Lo avevano preso. Fu questo il suo primo pensiero. La
polizia lo aveva seguito e aveva fermato il treno. Era in
trappola, era spacciato come se gli avessero già posato le
mani sulle spalle. Avrebbero camminato lungo i binari per
prenderlo? Se era così, forse avrebbe avuto una possibilità,
se la porta in fondo allo scompartimento non fosse stata
chiusa. Naturalmente lo era. Guardando fuori dall'altro
finestrino fece la snervante scoperta che il vagone non
aveva ancora lasciato del tutto la lunga banchina. E non
c'era tempo per fare nulla. Gli stavano piombando addosso
con piedi veloci e voci potenti. Lottò con la porta. Almeno
poteva provare a darsela a gambe. L'oscurità giocava a suo
favore. Tuttavia il resto sembrava tutto a sfavore. Il mec-
canismo di apertura si inceppò e lui ci mise un momento a
sbloccarlo.

Quel ritardo fu la sua sconfitta. Quando la porta pesante si spalancò una figura frettolosa gli si gettò addosso e
quando riuscì a darle un'occhiata il braccio, che aveva
alzato, gli ricadde lungo il fianco.

«È tutto a posto, tutto a posto. Sto bene. Molto gentile
da parte vostra. Buona notte». Il nuovo venuto parlò voltando la testa per rivolgersi a qualcuno nel buio.

«Buona notte, signore. Non ci ha disturbato affatto. Buona notte» rispose con deferenza una voce ufficiale, e il fischietto della guardia risuonò lungo il binario.

Il treno partì con un sobbalzo che fece vacillare entrambi e Campion si ritirò nel proprio angolo. Un altro viaggiatore in ritardo; tutto qui. Si stava rendendo ridicolo. Non c'era nulla da temere. Era ancora libero. Si appoggiò allo schienale e chiuse gli occhi. Aveva un gran freddo, si sentiva umidiccio e il cuore gli pulsava dolorosamente su un fianco.

Il compagno di viaggio si era seduto nell'angolo opposto al suo e stava soffiando piano nella semioscurità. Era basso e anzianotto e sembrava del tutto preso dall'incidente di poco mancato.

Campion lo scacciò dalla mente. C'erano già tante cose cui pensare. Non erano saltate fuori armi da fuoco. Voleva dire che qualcuno, a capo della parte dei cattivi, aveva emanato ordini rigorosi. In Inghilterra l'uso di armi da fuoco immancabilmente suscita un vivo interesse da parte della polizia. Funziona come una formula magica. Un solo sparo comporta quaranta poliziotti, indagini infinite, perquisizioni di una casa dopo l'altra, e più agitazione di quanta non ne possa generare una folla di tifosi di calcio dopo un'azione fallosa. Qualcuno era determinato a mantenere la pace e la quiete per non disturbare certe attività. La munifica offerta di Weaver B. lo dimostrava altrettanto bene, naturalmente, ma valeva la pena di notarlo.

Campion sprofondò ulteriormente nelle imbottiture soffici e antiquate e considerò le proprie possibilità. Il treno era un espresso. Questo significava che sarebbe stato al sicuro fino all'arrivo a Londra. Lì naturalmente avrebbe trovato ad attenderlo la polizia metropolitana, se l'ispettore capo della contea sapeva il fatto suo, il che pareva altamente probabile. Bene, l'avrebbe affrontato al momento giusto. Nel frattempo se non altro poteva tirare il fiato e pensare, ammesso che il cervello gli funzionasse.

Con la truce determinazione della necessità si accinse a farlo funzionare. Riconsiderò con molta attenzione tutte le prove concrete prodotte nelle ultime trenta ore. Erano tutte cose inaspettate e la maggior parte di loro non pareva avere alcun legame. E dietro tutto questo c'era questa urgenza disperata, questo istinto potente che gli metteva fretta. Se solo fosse stato a conoscenza degli elementi essenziali. Stava cercando di comporre un puzzle senza sapere che genere di immagine si sarebbe formata. Alcuni pezzi però si incastravano. Pyne e la sua Surveys Limited. I furfanti professionisti e il modo in cui era stato ucciso Anscombe. Tre elementi a formare un angolo.

Poi c'era stata la descrizione, dolorosamente vivida, che la signora Anscombe aveva fatto delle ultime settimane di vita del fratello. Era stata molto chiara con quella storia dello straniero, dei contrabbandi sospetti nel ventre della collina, e l'ipotesi che Anscombe avesse deciso di espiare in qualche modo.

Questa descrizione doveva incastrarsi da qualche parte, anche se al momento Campion non aveva idea di dove.

Poi c'erano i Signori, la flotta di camion, l'improvvisa decisione di Anscombe di ritirare tutto quello che aveva in banca trasformandolo in contanti. E i soldi che Campion aveva portato a Lugg, e gli altri offerti da Weaver B., il pacco di soldi che Anscombe si era dimenticato di prendere quando era sceso dalla macchina. Quindici. Nota Quindici. Il fatto che non fosse una data.

Gli girava la testa e Campion si chinò in avanti posando la fronte sulle mani e i gomiti sulle ginocchia. Le ruote del treno brontolavano e vibravano sotto di lui, con un effetto pacificatorio. Era comunque una pausa, un momento di pace e sicurezza in una corsa mozzafiato attraverso strade da incubo, inseguito dalla polizia e dai cattivi. Si sentì quasi tranquillo, quasi a suo agio.

Il suo compagno di scompartimento si mosse. Campion lo vedeva appena nella nebbiolina azzurrognola che aleggiava come il raggio polveroso di un riflettore. Quando il più giovane alzò la testa, lo sconosciuto parlò, rivelando una voce anziana e profonda, vagamente sospettosa come spesso sono le voci di questo tipo.

«La sua faccia non mi è nuova» disse in tono accusatorio. «Dove ci siamo incontrati? Lei non è Albert Campion?»

16

A Campion si raggelò il sangue. Buon Dio! Aveva alle calcagna il mondo intero. *Sì, certo che ce lo aveva.* Il ricordo fu una doccia fredda e lo choc lo ricondusse alla realtà. Certo che gli stavano dando la caccia tutti. Non aveva forse ucciso un poliziotto e non ne aveva aggredito un altro? Non stavano setacciando le campagne nella speranza di trovarlo? Si ritirò nella penombra.

«No» disse con voce roca. «Non mi chiamo Campion. Non credo ci siamo mai incontrati».

«Ah, no? Forse no». La voce suonò parzialmente soddisfatta ma il suo proprietario non si rilassò. Attraverso la nebbiolina azzurra della lampada da lettura Campion studiò attentamente questo nuovo potenziale nemico. Era un omettino lindo, una macchietta. Il cappotto scuro era elegante e sobrio, e costoso, ma il cappello gli stava esageratamente grande e i capelli bianchi al di sotto erano scompigliati. Al momento stava fissando Campion senza battere ciglio e con occhi inaspettatamente astuti.

Aveva accanto una valigetta da attaché e sulle ginocchia un bastone da passeggio. Sembrava molto inglese, molto tradizionale e convenzionale.

Naturalmente era possibilissimo che si fossero incontrati nei lontani giorni della lucidità, trentasei ore prima.

Campion cominciò a pensare a un nome da poter fornire nel caso gli venisse chiesto di punto in bianco. Fortunatamente vide appena in tempo il rischio insito nella scelta. Immaginiamoci se avesse pescato dai grossi armadi bui della mente un nome famoso. L'unico che gli venisse in mente in quel momento era Dick Turpin. Aveva la forte sensazione che sarebbe stato meglio non usarlo, però aveva un suono vagamente attraente.

La domanda non arrivò, ma lo sguardo dello sconosciuto restò fisso su Campion. Rimase lì a trafiggerlo, paralizzandolo con la sua sicurezza, la sua insistenza, per quella che a Campion parve poco meno di un'ora. Si mosse a disagio, rincantucciandosi più che poteva nell'oscurità odorosa di cuoio nel tentativo di sfuggire a quegli occhi, ma fu tutto inutile. Si era già quasi perso d'animo quando si rese conto che l'uomo in realtà, pur guardandolo, non lo stava osservando, ma contemplava chissà quale pensiero ignoto.

La scoperta fu un sollievo, ma in ogni caso non fu facile riuscire a pensare ad altro con quegli occhi intelligenti e brillanti che lo fissavano nella fioca luce azzurrina. Alla fine Campion fu costretto a parlare, per pura autodifesa. Desiderava apparire naturale e provò tra sé molti possibili esordi, ma alla fine riuscì a essere goffo.

«Qualcosa la preoccupa?» chiese sfacciatamente, affrettandosi ad aggiungere, quando il brillare di quegli occhi svanì, sostituito dallo stupore: «Insomma... è un periodo molto difficile, non trova?»

L'altro raddrizzò la schiena. Era visibilmente confuso dall'assoluta mancanza di cerimonie. Campion si sarebbe preso a calci da solo. Povero vecchio. Era solo un uomo d'affari di provincia, che stava rimuginando sui guai quotidiani. Non aveva nulla di sinistro, nulla di cui avere paura. La sua storia come il suo carattere erano certamente scritti su quella faccia. Sembrava stanco, distrutto dal lavoro, oppresso dalle responsabilità del suo incarico di dirigente di chissà quale azienda. Era probabilmente one-stissimo nei rapporti d'affari, e anche astuto, in un senso circoscritto, benestante eppure afflitto da problemi. In effetti era la personificazione del grande pubblico inglese. «Sì» disse alla fine, avendo deciso di perdonare l'intrusio-ne. «Non sono tempi facili, no? Penso che dobbiamo accet-tare l'idea che siano pericolosi, maledettamente pericolosi». Era strano come riuscisse a trasmettere tanta costernazio-ne pur dicendo poco e nulla. Campion si chiese se la sua atti-vità non fosse stata duramente colpita. Immaginò fosse qual-cosa che aveva a che fare con la lana. Una bella azienda anti-ca, tramandata da parecchie generazioni, probabilmente. I pensieri correvano febbrili. Voleva che l'uomo parlas-se, blaterasse di faccende banali, rassicurandolo; di qua-lunque cosa, il tempo, lo sport, i servizi di difesa contro i bombardamenti, qualunque cosa purché restasse com'era, un essere umano normale e comprensibile e non un paio di silenziosi occhi fissi nell'ombra.

«Che cosa la preoccupa di più?» chiese Campion, sapen-do che la domanda era infantile ma segnata dal panico che l'interlocutore gli sfuggisse di nuovo.

L'uomo trasalì. «Il tradimento» disse.

Campion si chiese se avesse sentito bene, se la parola era stata davvero quella. Era una risposta così inaspettata, così melodrammatica. Lo straniero lo stava guardando di nuovo, e nei suoi occhi brillava la luce azzurra.

«Nel suo lavoro si imbatte in tradimenti?» s'informò Campion.

«Sì». L'ammissione sembrò strappata con le tenaglie.

«Sì, dopo cinquant'anni. Tradimenti su vasta scala, ovunque io guardi. A volte mi chiedo se gli occhi non mi stiano ingannando, ma no, il tradimento esiste e bisogna affrontare la cosa».

Rimase in silenzio e Campion cominciò a provare simpatia per lui. Sembrava un vecchio così tenace, seduto lì con le mani tozze strette sul bastone da passeggio posato sulle ginocchia.

Ci fu una lunga pausa e poi quegli occhi astuti tornarono a posarsi sul più giovane.

«Avrei giurato che lei fosse Albert Campion» disse. «Dev'essere perché stasera ho sentito parlare di lui». Tornò. Tutta l'apprensione provata da Campion nelle ultime ore tornò con gli interessi. Riuscì a fatica a non perdere la testa, e costrinse la mente a rallentare. Era troppo pericoloso fare domande. Il vecchio era troppo furbo. E oltretutto lo aveva riconosciuto. Naturalmente non ne era proprio certo. Un'incertezza che forse poteva salvarlo. L'unica speranza era sviare la conversazione su un altro argomento, distraendolo.

Campion si lambiccò freneticamente il cervello alla ricerca di un'imbeccata plausibile. Quali discorsi sarebbero potuti interessare a un mercante di lana, se di lana si occupava quell'uomo? Discorsi sulle pecore, magari. No, era assurdo. Stava perdendo completamente il contatto con la realtà. Era una follia. Oddio, che cosa poteva dire, adesso?

Il vecchio si lasciò andare contro lo schienale e accavallò le gambette.

«Abbiamo sempre combattuto le nostre guerre con il denaro» commentò. «Mi chiedo se ci salverà anche adesso».

Denaro! Naturalmente. Campion avrebbe avuto voglia di ridere forte. Perché non ci aveva pensato prima?

Tutti erano interessati al denaro. Era un argomento universale.

«Non so» disse cautamente. «Non deve essere confuso con la ricchezza, naturalmente».

«No» disse sbrigativo il vecchio, «no, nella situazione attuale, per come stanno le cose, è comunque un fattore molto importante».

Continuò a parlare sull'aspetto della battaglia che evidentemente gli stava a cuore. Sembrava abbastanza sensato, ma Campion non fece alcuno sforzo per seguirlo. Sentiva la voce e questo gli bastava. Lo placava e rassicurava, e aveva un po' di tempo per pensare. Di lì a breve il treno sarebbe arrivato in stazione. Sarebbe stato un momento difficile. Quasi certamente la polizia era lì ad aspettarlo. Difficile che se lo lasciassero sfuggire, anche se stavano cercando un uomo solo e con un pizzico di fortuna magari disponevano solo di una descrizione trasmessa telefonicamente. Se solo ce ne fosse stato il tempo Campion si sarebbe lasciato prendere e avrebbe rischiato il processo. Nelle sue condizioni attuali non potevano certo impiccarlo e quasi qualunque altra cosa sarebbe stata preferibile a questa caccia infinita. Tuttavia la questione non si poneva. Aveva un lavoro da svolgere e lo doveva fare, a qualunque costo.

Gli venne in mente Amanda, ma la scacciò con forza dai pensieri.

«Il pericolo indicibile dell'inflazione forzata» proseguì monotona la voce dall'altra parte dello scompartimento. «La perdita di fede nell'essenziale solidità del paese».

Campion sorrise al compagno di viaggio, e annuì senza ascoltare. Com'era rassicurante nella sua banalità. Un benedetto tocco di terra solida e familiare in questo nuovo mondo di sabbie mobili e oscuramenti. La cosa intelligente da fare era restargli alle costole, ovvio. Per certi aspetti sarebbe stato pericoloso, ma in questo modo si sarebbe evitato che lo sconosciuto andasse a confidare i propri dubbi al primo poliziotto trovato in stazione.

Campion lanciò un'occhiata all'uomo, e vide che aveva appena finito di parlare e, con decisione, si stava alzando in piedi.

Che storia è questa? Campion raggelò. Stai a a vedere che si scopre che è un ispettore capo con molta anzianità. Che è un arresto dell'ultimo minuto. A Campion parve di ricordare di aver sentito parlare di una cosa del genere, molto tempo prima. La faccia doveva averlo tradito perché il vecchio lo stava osservando incuriosito.

«Stiamo entrando in stazione» disse. «Non sente che il treno rallenta?»

«Ma certo». Una crisi era finita ma ne era sopraggiunta un'altra. «Ma certo» ripeté Campion. «Non me n'ero accorto. La stavo ascoltando con grande interesse».

«Davvero? Questo mi gratifica assai». Il vecchio stava aprendo la porta del vagone e ridacchiava. «Sono lieto di sentirglielo dire. Ah, grazie». E poi rivolgendosi a qualcuno che era sulla banchina. «Che succede?»

Ci fu un borbottio che Campion non riuscì a decifrare e poi il suo compagno di viaggio si lanciò un'occhiata alle spalle.

«Ho paura che ci sia un problema» disse. «La polizia sta cercando qualcuno che è sul treno».

«Oh, davvero?» Adesso che era giunto il momento Campion era tornato a essere se stesso. La faccia magra prese un'espressione impenetrabile e la voce uscì disinvolta. «Cosa vogliono da noi?»

Ancora una volta dal funzionario nascosto nel buio venne un mormorio. Il vecchio annuì brevemente.

«Bene» disse. «Molto sensato. Hanno sbarrato la banchina principale» proseguì, rivolgendosi a Campion. «Quest'ultima carrozza è appena fuori dalla barriera. Questo tizio ci propone di dare a lui i nostri biglietti e noi raggiungiamo la strada lungo la passerella pedonale. Avrà bisogno di un taxi, vero?»

«Sì, grazie».

«D'accordo. Allora qui le nostre strade si separano. Buona giornata. Grazie per la chiacchierata. Temo che sia stata un po' vana».

«Buon giorno, signore» disse Campion, e lo seguì nel grigiore del buio.

Era incredibile. Non ebbe il tempo di rendersi conto di avercela fatta. Era come una di quelle corse pazze in ottovolante, ai baracconi. Davanti alla vettura si para un muro. È sempre più vicino, più vicino, e quando lo schianto è imminente, quando l'impatto e il fracasso sono quasi realtà, l'ottovolante cambia direzione con una curva da voltastomaco, si gira l'angolo e il folle viaggio prosegue.

Percorse a fatica la banchina, che era disseminata di carrelli, bidoni per il trasporto del latte, e sacchi della posta. Sulla sua destra, al di là del posto di blocco della polizia, c'era la solita confusione degli arrivi. Gli investigatori stavano certamente aspettando più avanti, al cancello del controllo dei biglietti. Nel frattempo la sua fuga era stata assurdamente facile. Nessuno aveva fatto caso a lui. Il funzionario delle ferrovie faceva strada al vecchio, e Campion li seguì entrambi. Tutto qui.

Gli sembrò di aver capito con esattezza com'erano andate le cose. Il suo compagno di viaggio era evidentemente un passeggero abituale di quel treno. Probabilmente lo prendeva ogni giorno da dieci anni a questa parte, o anche più. I dipendenti delle ferrovie imparano a conoscere tipi come quelli, e quando si trovano davanti a uno che elargisce mance generose sono pronti a farsi in quattro. Il vecchio doveva essere abituato a viaggiare sull'ultima carrozza e senza dubbio quello era il suo facchino abituale, che lo stava aspettando.

Sbucarono in una strada stretta sul lato della stazione riservato alle merci. L'auto del vecchio era lì, e nel salire a bordo l'uomo salutò Campion con un cenno del capo. Dal buio emerse un taxi.

«Dove andiamo, signore?»

«Al Tesoro» disse Campion, e salì a bordo.

La vettura si mise subito in moto. Non c'erano stati interrogatori, niente ritardi, niente attese ai cancelli della stazione. Faticava a crederci. L'aveva sfangata con facilità, liscio come l'olio, neanche fosse stato un fantasma. Era stata un'esperienza rinfrancante e Campion cominciò a sentirsi irrazionalmente compiaciuto. Gli dei erano dalla sua parte. Guardò fuori dal finestrino e vide il profilo freddo e grigio di vecchi edifici mal tenuti, sacchi di sabbia e cartelli stradali verniciati. Le strade erano praticamente deserte.

Gli venne un pensiero improvviso e bussò sul finestrino. Il taxi accostò lungo il marciapiede e il tassista si girò per guardare attraverso il vetro del divisorio.

«Sì, signore?»

«Che ore sono?«

«Le cinque meno un quarto, signore. Minuto più minuto meno».

«Del mattino?»

«Cribbio! Lo spero. Altrimenti vuol dire che sono tornato indietro nel tempo grazie a Einstein da quando i pub hanno chiuso ieri sera».

Campion ignorò la spiritosaggine. Stava pensando. Anche se era a metà strada del rettilineo che porta a Colney Hatch aveva buonsenso a sufficienza per rendersi conto che nessun ministro del governo può essere contattabile in ufficio quando ancora non sono le cinque del mattino.

«Mi porti in un albergo, piuttosto» disse.

Il tassista, che era di umore nero, scrollò ripetutamente le spalle. «Come vuole, signore. Ha in mente qualche posto particolare?»

«No, va bene qualunque posto, basta che sia aperto. Voglio farmi la barba e fare colazione».

Il tassista fece un gran sorriso. Era un cockney anzianotto, con occhietti piccoli e sfavillanti e la faccia magra da roditore tipica della sua razza.

«Bene» disse, «dato che al momento non sta pagando la tassa sul reddito, se la portassi al Ritz andrebbe bene?»

«Non ho bagaglio».

«Perdinci!» disse il tassista. «Allora la porto a casa e le do io una bella ripulita. Mi scusi signore, è l'effetto dell'aria del mattino su uno stomaco vuoto. Che gliene pare di questo posto qua? Ci siamo davanti, il che gioca a suo favore».

Campion osservò la facciata tetra, oltre il marciapiede. Un portiere in maniche di camicia stava spazzando i gradini e in quel momento un poliziotto gli si avvicinò con passo lento per parlargli.

«No». Campion parlò con veemenza, più di quanto non avrebbe voluto. «Qualcosa... qualcosa di più centrale».

«Va bene, *sir*». Il cockney lo stava guardando con grande curiosità. «Mi sarebbe d'aiuto se lei mi desse un'idea. Non le viene in mente un posto dove le piacerebbe andare?»

«Il Cecil andrà benissimo». Fu il primo nome che gli venne in mente e non si rivelò una scelta fortunata.

«Signore, ma lei è per caso Rip Van Winkle junior? Il Cecil è stato demolito un po' di tempo fa. Doveva essere chiuso da vent'anni».

«Oh, insomma, mi porti dove le pare. Ovunque, basta che ci sia un sacco di gente».

Il poliziotto aveva finito di parlare con il portiere e stava guardando verso di loro. Il tassista fece un cenno d'intesa al passeggero e sulla faccia gli passò un'espressione indicibilmente astuta.

«Lei vuole un bell'albergo ferroviario, ecco cosa» disse. «Lasci fare a me».

Partì a velocità sostenuta e alla fine depositò Campion presso un grande terminal in Wyld Street, dietro Charing

Cross. «Qui starà bello comodo e al sicuro» disse, mentre si svestiva per cercare il resto di una banconota da una sterlina. «Roba cosmopolita. Si mescolerà alla folla, ecco cosa». E fece l'occhiolino nel prendere la mancia. Il suggerimento era inequivocabile. Campion vide ripartire il taxi e il vecchio panico tornò. Si era tradito con il suo atteggiamento nei confronti del poliziotto. Chiaro che era andata così! Quei maledetti londinesi erano troppo intelligenti. Avevano la vista troppo acuta. E un'esperienza sconfinata, conoscevano la natura umana. Probabilmente in quel momento il tizio stava filando verso la stazione di polizia più vicina per farsi dare una lista dei ricercati. Doveva escludere quell'albergo, e cercarne un altro. Ma non era il caso di prendere un altro taxi.

Si allontanò a piedi e attraversò Trafalgar Square, tagliando dietro la National Gallery per infilarsi nelle stradine strette. Si stava facendo rapidamente chiaro e la metropoli vecchia, trasandata e cordiale stava cominciando ad alzarsi e a stiracchiarsi come un mendicante dopo una notte passata sulla panchina di un parco.

Trovò una grande sala da tè, finalmente, entrò e fece colazione. Il cibo lo rinfrancò decisamente. Rimase stupito nello scoprire quanto ne avesse avuto bisogno e quanto fosse diventato più intelligente dopo aver mangiato. Cominciò a vedere alcune cose con dolorosa chiarezza. Se voleva ricevere aiuto da sir Henry Bull doveva chiederlo immediatamente, prima che al distinto gentiluomo giungessero notizie da Bridge. Era chiaro. La cosa da fare era mettersi subito in contatto con lui, a casa sua. Se Bull si fosse mostrato preoccupato quanto lo era stato Oates allora gli si sarebbe dovuto raccontare tutto e le conseguenze personali per Campion sarebbero state inevitabili. Adesso era fondamentale mettersi in contatto con qualcuno fornito di vera autorità prima che la polizia bloccasse tutto arrestandolo e facendo imboccare alla legge il suo corso solenne.

Nella cabina telefonica all'ingresso c'era un elenco, ma il nome di sir Bull non compariva, il che non lo sorprese visto che chi occupa cariche pubbliche spesso non ci tiene a comunicare il proprio numero di casa. Campion cominciò a sentirsi di nuovo in condizione di svantaggio. Londra lo confondeva. La città aveva su di lui lo stesso effetto che aveva Amanda agli inizi. Lo sapeva assai bene. Londra gli sorrideva e lo confortava. Ma la faccia della città era al di là delle sue facoltà di ricordare, in quel momento. Alcune strade gli erano interamente e meravigliosamente familiari, ma per restavano prive di nome, non facevano scattare associazioni. L'unico modo per poter andare in giro era usare il taxi. Gli autisti sapevano la strada, se non la sapeva lui.

Era frastornante e ci volle un bel po' di tempo, ma alla fine Campion ottenne ciò che voleva. Accettò la propria disabilità e si accinse a circumnavigarla con la pazienza ostinata che lo contraddistingueva. Un taxi lo portò alla biblioteca pubblica più vicina, dove consultò uno sgualcito *Who's Who*. Eccolo lì, l'uomo. *BULL, onorevole Henry Pattison, nominato cavaliere nel 1911, parlamentare membro onorario delle Università di Oxford, St. Andrews, Leeds. Signore Anziano di Bridge.*

Signore Anziano di Bridge. La parole, scritte in caratteri minuscoli, lo fissarono dalla pagina, ingrandendosi davanti agli occhi di Campion. Ma che stupido! Che cretino, che deficiente, che idiota al cubo! Ma certo. La signorina Anscombe gli aveva detto che sapeva già che i Signori tenevano le proprie riunioni il quattordici del mese. L'uomo che cercava doveva trovarsi proprio nella città dalla quale era fuggito. Probabilmente proprio in quel momento era al calduccio sotto le coperte del più comodo dei letti in casa del signor Peter Lett.

Fu travolto dalla disperazione. Era oppresso, ottenebrato, tormentato dal suo orribile deficit. Gli dei se lo stavano facendo saltellare sulle immense ginocchia, un minuto lo salvavano e quello successivo la lasciavano sprofondare nell'abisso.

L'occhio corse in fondo al paragrafo, ignorando la notevole lista di meriti della sua carriera. Ed ecco l'indirizzo, 52 Pytchley Square, W. Lo guardò dubbioso. Date le circostanze non sembrava valere la pena di andarci.

Alla fine decise di provarci, perché non gli vennero in mente alternative.

Campion raggiunse la piazza in taxi, che lasciò andare non appena avvistò i platani, e proseguì a piedi. Le alte case apparivano stranamente virginali e indifese senza le loro decorazioni in ferro. All'inizio non capì che cosa mancasse, ma quando gli venne in mente e si rese conto di quale fosse il motivo di tale nudità, sentì tornare in pieno la rabbia, la voglia di combattere, accompagnata dall'ormai familiare sensazione di disastro imminente e del poco tempo da perdere. Le inferriate di Londra, le sue piccole segrete difese private, erano state strappate via per nutrire i grandi cannoni.

Ma che cos'altro la minacciava? Che cos'era questo pericolo che si avvicinava rapido e che stava cercando di sventare disperatamente e con tanta fatica?

Vide la casa all'altro angolo. Era molto in ordine, e sobria, con un numero tirato a lustro sul portoncino color prugna e pudiche tende di pizzo alle finestre.

Si stava dirigendo da quella parte quando vide i due uomini. Uno di loro si alzò dal bordo della cassetta portasabbia sulla quale era seduto sotto un albero della piazza, e si fece avanti senza fretta.

Polizia. Era ovvio. Tutte le case delle autorità pubbliche avevano poliziotti di guardia, in quel periodo. Come aveva potuto dimenticarlo?

Campion si chiese se la sua descrizione fosse già arrivata nelle mani di tutti gli agenti in borghese d'Inghilterra. Avrebbe voluto dare meno nell'occhio ed essere meno malconcio dopo l'arrampicata sui tetti. L'uomo stava venendo direttamente verso di lui. Lo avrebbero fermato e interrogato. Adesso lo vedeva chiaramente in faccia, e vide che, accidenti a lui, stava sorridendo impacciato. Era un «poliziotto buono», no? Che cosa avrebbe dovuto fare? Darsela a gambe per ritrovarsi tutta Londra alle calcagna?

A fermarlo furono il breve saluto e l'evidente imbarazzo dell'uomo. «Sergente Cook, signore» disse lo sconosciuto, con il sorriso storto sulla bocca. «Immagino che lei si sia dimenticato di me. Ci sono notizie del capo, signore?»

La genuinità di quell'ansia fu più forte di qualunque altra cosa. Possedeva una forza sufficiente a suscitare una scintilla, una reazione nella mente imprigionata di Campion. «Oates?» chiese. «No, non l'ho visto».

L'uomo scrollò espressivamente le spalle. «Non mi piace» disse. «Non mi piace affatto».

Rimasero lì per un attimo, in silenzio, e poi Campion alzò lo sguardo sul numero 52.

«Voglio parlare con sir Henry Bull» disse lentamente, fidandosi poco della propria voce. «Può occuparsene lei?»

Il sergente Cook gli lanciò un'occhiata attonita e Campion capì di aver commesso un errore. Ovviamente la mossa giusta sarebbe stata quella di andare dritto al portone e fornire il proprio nome, alla solita maniera. Si accinse a cancellare le tracce.

«Vorrei scambiare due parole con lui in privato. Non è necessario che io spieghi, vero?» disse.

Ritenne di essere sembrato un po' misterioso, ma il sergente pur lanciandogli un'occhiata penetrante gli rispose, e Campion ne fu sollevato.

«Capisco, signore. C'è una porta laterale laggiù sulla sinistra. Conduce nel cortile sul retro. Aspetta lì?»

Campion lo seguì ed entrò dal cancello laterale. Stava aspettando nel vicoletto interno quando finalmente l'uomo ricomparve. Tornò senza fare rumore passando attraverso l'alto cancello a grata del cortile, e gli fece un cenno di richiamo. «Okay» disse con una certa soddisfazione. «Venga da questa parte, signore. È stato pedinato, signore?»

«Penso proprio di sì. Grazie. Io... ecco... non me ne dimenticherò, sergente».

«Va bene, signore. Da questa parte».

Attraversarono una calda saletta da pranzo per la servitù, dove un paio di cameriere li guardarono con occhi indagatori, risalirono una scala sul retro, passarono per una sala interna dal pavimento in lastre di pietra, e finalmente arrivarono a una porta rivestita di bianco.

«Sta facendo colazione» sussurrò il sergente, «ma è solo. Lady Bull lo ha appena lasciato». Bussò e ascoltò. «Ecco, *sir*» aggiunse e aprì la porta.

Campion entrò in una stanza piccola e luminosa, splendente di fiori e piacevolmente odorosa di caffè. Nel bovindo era apparecchiata una tavola da colazione e lì era seduto un uomo in vestaglia, con la schiena alla porta. Si girò al suono della maniglia e sorrise affabilmente al visitatore.

«Salve, ragazzo mio» disse. «Immaginavo che sarebbe arrivato».

Campion non disse nulla. Il mondo stava roteando pericolosamente e a Campion si aggricciò lo scalpo.

Era il vecchio incontrato sul treno per Londra.

17

Gli occhi che avevano brillato in modo così sconcertante nella luce azzurrognola della lampada da lettura, al tavolo della colazione erano altrettanto astuti e penetranti in modo imbarazzante. Campion li fissò impotente. Era il disastro. La sconfitta definitiva.

Era stato colto così di sorpresa che non si azzardò neppure a parlare. La faccia magra e tirata era adesso priva di espressione.

Il vecchio gli indicò una sedia dall'altra parte del tavolo. «Si accomodi» disse. «Prenda un po' di caffè. Non mi guardi in quel modo. So di essere stato molto ottuso».

Campion sbatté le palpebre. Cominciava a sentirsi indifferente alle sorprese. Si sedette obbedendo all'invito, ma non osò aprire bocca.

Sir Henry Bull si schiarì la gola. Sembrava molto a disagio.

«Ha avuto un'esperienza molto snervante, non lo metto in dubbio» disse. «Finché non siamo arrivati al terminal questa mattina non avevo idea dell'eccezionalità della situazione. Mi deve perdonare, ragazzo mio. È difficile insegnare giochetti nuovi a un cane anziano e io ammetto senza problemi che mi è molto difficile abituarmi a questo... questo mondo d'oltreponte nel quale a quanto pare ci troviamo a vivere».

Campion non ci capì quasi nulla e rinunciò all'idea di salvarsi. Il suo sbigottimento traspariva dalla faccia. Sir Henry lo equivocò e rise brevemente per l'imbarazzo. «Anche la parola appartiene a un'altra era» disse amaramente. «D'oltreponte. Al di là del ponte. Oltre il ponte di Waterloo, fino al Victoria e al Surrey, i teatri del melodramma. Li chiamavamo *tinozze di sangue*, quei teatri dove rappresentavano robaccia violenta. E questo è il mondo in cui viviamo oggi. Melodrammatico. Non riesco a tenere il passo, a entrare in sintonia come forse dovrei. Soldati nemici travestiti da suore, che calano dal cielo con il paracadute, armati di mitragliatrici e biciclette pieghevoli. Società segrete armate. Microfoni nelle pareti dei vagoni ferroviari – per me resta roba da giornalini per ragazzi. Non riesco a forzare la mia mente a restare in guardia contro gli innumerevoli trucchi. Spero di non aver fatto danni. La polizia avrà certamente preso il suo uomo».

Campion riacchiappò le facoltà mentali disperse e affrontò la situazione. «Microfoni nelle pareti dei vagoni ferroviari?» Era possibile che il vecchio davvero credesse...? Evidentemente lo credeva. Una volta convintosi che il mondo fosse impazzito, era chiaramente preparato a vedere follia ovunque.

La domanda rimase senza risposta e l'uomo la ripeté.

«L'hanno preso, quel tizio?»

«No» disse Campion. «No. Non che abbia importanza».

«Lei ne è convinto? Sono sollevato nel sentirglielo dire». Sir Henry si era girato sulla sedia. Pareva un vecchio molto stanco e molto ansioso. «Ho riflettuto su tutto quanto è successo e mi rendo conto di non aver detto nulla di importante. Fortunatamente il mio addestramento mi ha impedito di essere davvero indiscreto. Però mi rendo conto di averla messa, temo, in una posizione molto difficile. Sa, quando hanno fermato il treno per me a Coachingford e ho trovato lei nella mia carrozza riservata ho subito pensato che volesse parlare con me in privato. Non mi è mai passato per la testa che lei fosse lì per proteggermi e che qualcuno avrebbe potuto sentirci o vederci. A essere sincero non avevo proprio capito il suo atteggiamento, anche se avrebbe dovuto mettermi in guardia. Poi quando siamo arrivati e la gente in stazione mi ha detto che stavano perquisendo il treno, in un lampo ho capito tutto. L'attività della Quinta Colonna è incredibile. Non lo hanno preso, dice?»

«Non ancora».

«Lo prenderanno». Sir Henry parlò con soddisfazione. «Sono gente fantastica. Probabilmente in questo momento sono sulle sue tracce».

«Più che probabilmente» disse Campion con aria assente. Anche adesso che i fatti gli venivano porti su un piatto d'argento faticava ad assimilarli, ma si costrinse ad accettarli senza fare domande. Le cose da fare erano tante e il tempo poco.

Nel frattempo, sir Henry era così poco abituato a commettere errori che stava ancora offrendo spiegazioni a propria difesa.

«Di solito dopo una riunione dei Signori mi trattengo per la notte» disse, «ma per me era tassativo essere di ritorno qui presto, quindi Peter Lett ha telefonato al capostazione e mi ha prenotato una carrozza riservata. Poi però abbiamo avuto un ritardo e, vedendo il treno che si metteva in moto, ho camminato lungo il binario. Lo hanno fermato per aspettarmi ma non c'è stato tempo per le spiegazioni. Non avevo idea che lei fosse in quello scompartimento, finché non l'ho vista. L'ho riconosciuta subito, ovviamente, e poi come le dico non ho colto il significato della situazione. Avevo sentito dire da altri Signori che lei era in città e ho pensato semplicemente che volesse parlare con me. Capisce come è andata, vero?»

«Capisco» disse Campion. «Perfettamente» aggiunse dopo una pausa. Era evidente che i Signori non avevano saputo dell'aggressione ad Hutch e che finora l'uomo seduto davanti a lui non era stato informato dell'episodio all'ospedale di St Jude. «Volevo proprio vederla» si affrettò a dire. «Volevo parlarle di Anscombe».

«Anscombe?» Sir Henry aggrottò la fronte. «Poveraccio» disse. «Naturalmente l'ho saputo non appena sono arrivato. Cosa voleva sapere?»

«Perché Anscombe è morto chiedendosi se dovesse o non dovesse venire da lei? Perché ha convertito in contanti tutti i beni che possedeva e poi ha dibattuto dentro di sé il fatto di chiedere di vedere lei?»

«È andata così?» Sir Henry era stupito ma non confuso. «Non era un uomo molto intelligente. Naturalmente lo conoscevo da anni. Non era decisamente all'altezza delle responsabilità che aveva. È questo il punto debole degli incarichi ereditari. Il vecchio Anscombe avrebbe dovuto fare il segretario di una squadra di cricket, o il responsabile amministrativo di una parrocchia, magari. Ho sempre saputo che il guaio erano le sue finanze personali. In teoria non avrebbe dovuto avere alcun problema, ma il padre aveva fatto il furbo con il segretariato. Quel reddito era stato immediatamente ipotecato e ai figli era rimasto ben poco. E Anscombe era perfino più improvvido del padre. Che resti tra noi, lo abbiamo finanziato più e più volte, ma alla fine siamo stati costretti a mettere un freno. E così ha finito per convertire in contanti il poco che aveva, giusto? Che cosa aveva intenzione di fare? Di fuggire dai creditori locali?»

Campion scosse la testa. «Mi pare che la sorella si sia fatta un'opinione alquanto diversa» disse. «Ipotizza che avesse in mente qualche gesto. Ha parlato di una sorta di espiazione, così l'ha definita».

«Un gesto nei miei confronti? Davvero? E a che pro?» Abbastanza stranamente, l'ipotesi non sembrava essere stata giudicata da sir Henry del tutto campata in aria. «Vedo che lei non capisce» disse. «Il segretariato dei Signori non è poi una carica così importante, a dispetto del nome altisonante. Il segretario è – come dire? – il maggiordomo del club e l'impiegato factotum per la gestione interna. Ha una funzione relativamente moderna. Il suo compito principale è occuparsi degli immobili. Non mi sconvolgerebbe sapere che Anscombe avesse combinato qualcosa di strano. Era un uomo decisamente stolto, uno di quei tipi teatrali e isterici. Avete scoperto qualche suo misfatto? Aveva rubacchiato qualche sterlina dai fondi per le piccole spese?»

«No, non credo. La signorina Anscombe si è chiesta se non avesse chiuso un occhio su un certo contrabbando nelle caverne dentro la collina».

«Davvero? Mi pare incredibile. Sarebbe stato un sacrilegio. No, non credo che sia andata così. Credo di sapere quale sia l'origine di questa storia. Ho sentito qualcosa in proposito. Ne parlava Lett. Credo che poco tempo prima della guerra sia stato effettivamente portato nelle caverne della collina un grande quantitativo di vino. Rappresentava una somma di denaro dovutaci per la vendita della nostra parte di un vigneto del Reno. Il denaro non sarebbe potuto uscire dalla Germania quindi abbiamo ricevuto un corrispettivo in vino. Non conosco i fatti nel dettaglio. Glieli potrebbe raccontare il nostro tesoriere. Della sistemazione del vino probabilmente si sarà occupato Anscombe. Erano queste le cose che doveva seguire. Non aveva nulla a che fare con la funzione principale della Società».

«Che sarebbe?»

«Il benessere del nostro paese, giovanotto». Era una risposta stranamente nobile e del tutto sincera.

Ancora una volta Campion fu colto da una simpatia improvvisa per quel vecchio guardingo dall'atteggiamento caparbio e con quella vena di patriottismo spontaneo che ogni tanto traspariva in lui.

«La nostra attività principale è l'Istituto» aggiunse più precisamente sir Henry. «Quel posto è un grande bene nazionale».

«Nazionale?»

Il vecchio sorrise con un accenno di rimprovero.

«I Signori di Bridge sono la nazione» disse, senza rendersi affatto conto di suonare ingenuo. «Insomma, incarnano tipicamente il meglio. C'è altro?»

«Sì». O adesso o mai più e il terreno era molto infido. «Mi parli della Nota Quindici».

Una volta uscita di bocca la domanda Campion fu colto dai timori più profondi nel vedere lo sbigottimento crescere in quegli occhi intelligenti.

«Nota Quindici?» L'uomo non era a proprio agio. Sembrava perplesso e leggermente allarmato. «Non so cosa potrei dirle che lei già non sappia» disse alla fine. «Domani lo saprà anche il mondo intero, o almeno me lo auguro di tutto cuore. Per quanto riguarda i dettagli della divulgazione, mi risulta che lei sia stato uno dei pochi informati fin dalle prime fasi. Che cosa vuole sapere da me? I dettagli finanziari del prestito? Domani sera li spiegherà alla radio il cancelliere dello scacchiere».

«Ma perché il prestito è stato chiamato Nota Quindici?» azzardò.

«Ah, capisco la sua difficoltà. Questo in effetti generava confusione». Sir Henry parve sollevato. «Non si chiamava così. Il Prestito della Difesa aveva un nome suo, Vittoria Cinquanta. Il nome di Nota Quindici è stato usato semplicemente per coprire il piano della presentazione. Si è ritenuto più saggio mantenere l'anonimato perché si

trattava di una novità e la segretezza ne era parte inte-
grante, così si è usato come nome di copertura il numero che il prestito aveva sull'agenda della riunione di
Gabinetto nel corso della quale è stato approvato. Tuttavia
queste non sono cose di mia competenza. Se vuole avere
dei dettagli la posso mettere in contatto con altri».
«No, non voglio dettagli». Campion parlò con disperazione. «Voglio conoscere esattamente la sua importanza.
Insomma» si affrettò ad aggiungere, vedendo balenare lo
sconcerto negli occhi del vecchio, «in relazione a ogni
aspetto della situazione presente. È cresciuta o calata?»
«Mio caro ragazzo» su quella vecchia faccia adesso c'era
solo serietà, «il suo successo è imperativo. Vorrei non aver
mai usato queste parole in precedenza. Sono stantie e ina-
deguate. Non dobbiamo incontrare alcun intoppo nella
raccolta del denaro. In questo momento stiamo proc.eden-
do sull'orlo di un tale baratro che non oso guardar giù, e
sì che non sono un vigliacco quando ci sono di mezzo i
soldi. Adoperi il buon senso. Se non fosse questione di
vita o di morte ci imbarcheremmo mai in un progetto
gigantesco e drastico come questo, che in pratica significa
che stiamo mettendo l'Impero Britannico al livello di un'a-
zienda, con un invito personale a ogni contribuente, cui
chiediamo di investire tutto ciò che possiede? I moduli che
usciranno stasera sono, parlando in termini pratici, degli
opuscoli pubblicitari. Non c'è altro modo per definirli.
Stiamo camminando sull'acqua. A impedirci di affondare
c'è solo la fede dell'uomo della strada».

Campion sedeva immobile. Stava arrivando. Dietro la
cortina stesa nel suo cervello come un arazzo stava cercando di farsi vedere qualcosa di terribilmente importante. Riusciva a sentire l'emozione che le apparteneva. Era
paura.

«Nulla deve andare storto» disse stupidamente.

Sir Henry Bull spinse indietro la sedia. Apparve come una figura dinamica, con i capelli bianchi arruffati e la lunga vestaglia fluente. «Ho appena detto di non essere mai indiscreto» disse. «Non lo sono. Me lo impediscono sia l'addestramento che ho ricevuto, sia la mia natura. Ma non sono fatto di legno. Mi stia a sentire, Campion, la gente mormora. Badi, si sono sentiti solo dei sussurri o poco più, ma sono arrivati da dove proprio non ce li aspettavamo, e sono così terribili che non oso nemmeno pensarci. Uno dei miei informatori ha nominato lei come l'unico pienamente a conoscenza dell'entità del pericolo. Non ho intenzione di chiederle informazioni, quindi si può cavare dalla faccia quell'espressione vacua. Non posso e non voglio credere che nella storia che ho sentito ci sia qualcosa di vero, ma se c'è, se c'è, Campion, allora... significa che torneranno i Secoli Bui».

Ci fu silenzio per un attimo e poi il vecchio si sporse sul tavolo e guardò dritto negli occhi il visitatore.

«Credo di poterle dire quello che adesso lei esita a chiedere» disse. «È vero che in questo momento la Gran Bretagna dipende quasi interamente dalla fiducia in se stessa e dalla propria stabilità interna. Se questa potesse essere distrutta all'improvviso, con un unico, singolo colpo, ci sarebbero confusione, spossatezza, e alla fine la rovina. A questo punto particolare della storia tutto dipende dalla fede della Gran Bretagna. L'Europa è stata conquistata. Il Nuovo Mondo non è ancora pronto. E così se questa cosa dovesse accadere tornerebbero i Secoli Bui seguiti all'arrivo di Attila, e la civiltà di domani sarebbe mille anni lontana. *Potrebbe* succedere; questa è la lezione di questa generazione. La barbarie può ancora trionfare. La Bestia non è morta. Non si è neppure addormentata. Per tutti quegli anni è rimasta lì a guardare con occhi privi di palpebre. Per un uomo della mia età è la scoperta più orribile che si possa fare. È questo che voleva sapere, non è vero?»

Il più giovane non rispose e il padrone di casa, con un tremito nelle labbra allarmante perché quella non era una faccia usa alla debolezza, chiese improvvisamente: «Quanto è grave la situazione?» Campion sentì freddo. Aveva le dita insensibili e un brivido nelle reni. Di fronte alla domanda di quegli occhi ansiosi svanì la determinazione a vuotare il sacco, confessando la propria disabilità, qualora sir Henry si fosse mostrato allarmato quanto lo era parso Oates.

Era la solita storia. Tutti si rivolgevano a lui alla ricerca di rassicurazioni. Non osò confessare l'orrido vuoto che aveva in testa. In qualche modo doveva continuare a lottare, cieco e mezzo obnubilato come era. Non sarebbero arrivati aiuti esterni. Era praticamente solo.

«Non lo so» disse lentamente. «Non lo so. Questi opuscoli, o qualunque cosa siano, per la Nota Quindici; escono stasera, giusto?»

«Sì. Non riesco a capire perché non lei non ci fosse arrivato. Non è stato possibile mantenere completamente segreta la faccenda. È stato necessario preparare un certo numero di comitati importanti, compresi i Signori di Bridge che si faranno carico di grosse porzioni del prestito. Ieri sera ne ho parlato io stesso ai Signori. Poi si sono dovuti allertare gli uffici postali, che probabilmente si troveranno ad affrontare un'enorme mole di lavoro, e le autorità tributarie locali hanno dovuto far circolare la cosa. Quindi un numero altissimo di persone qualcosina la sa. Saranno contattati solo i contribuenti, naturalmente, ma si tratta di mezzo paese. Non deve fallire, Campion. Non deve accadere nulla che possa farlo fallire oppure...» Scosse la testa. «Non voglio prendere in considerazione questa eventualità» disse.

Campion annuì. Stava pensando velocemente. Si stavano completando altre zone del puzzle, anche se il quadro nel complesso era ancora oscuro. Nel frattempo la grande parte ancora mancante stava assumendo una forma incredibile. Si chiese come fosse possibile persuadere sir Henry a essere un po' più preciso. Non sarebbe stato facile. Il vecchio era molto sveglio e già parecchie volte si era mostrato stupito di fronte a piccole manifestazioni di ignoranza.

Campion era convinto di conoscere l'uomo. Era un realista, uno che credeva nei fatti. Un giocatore d'azzardo, forse, ma solo in apparenza, e questo significava che una volta scoperta la condizione mentale del visitatore non avrebbe mai corso il rischio. Campion si vedeva già ricacciato in ospedale e nessuno avrebbe preso per buona e nemmeno in considerazione neppure una parola di quel che avrebbe potuto dire, fintanto che i medici non lo avessero dichiarato lucido. L'urgenza della situazione non avrebbe fatto differenza per sir Henry. La disabilità di Campion sarebbe semplicemente finita nella colonna dei debiti.

Fu interrotto dall'arrivo del segretario, che entrò scusandosi e mormorò per un po' nell'orecchio di sir Henry, con tono deferente.

«Davvero?» Il vecchio era sorpreso. «Dov'è? In casa?»

«Nello studio, sir Henry».

«Oh, capisco. Sì, insomma, dovrò concedergli un paio di minuti. Può avvertirlo che sono oberato di lavoro, che lui disponga di informazioni vitali o no. Scendo tra poco».

Quando il segretario uscì sir Henry si rivolse a Campion.

«Temo di dover vedere quel tizio» disse. «È un soggetto strano, mezzo genio, mezzo svitato, e a modo suo uno degli uomini più influenti del paese. Un momento rende servigi inestimabili, un istante dopo sta cercando di mettere in piedi un piano folle per dominare il paese. Il problema è che non sai mai cosa sta combinando finché non lo hai visto. È uno che trasuda mistero e disastri, dice Cuthbertson. Non se ne vada. Non ho ancora finito con lei. Non ci metterò più di cinque minuti».

Uscì. La serratura a scatto non si richiuse perfettamente e la porta si riaprì di qualche centimetro alle spalle di sir Henry, così che Campion riuscì a sentire la sua voce mentre entrava nella stanza dall'altra parte dell'atrio.

«Salve, Aubrey. Ragazzo mio, che cos'è questa storia del terribile avvertimento che mi deve dare?»

Aubrey. La mano di Campion si chiuse sul pomolo della porta. Aubrey. La signorina Anscombe. L'aggressione a Hutch. C'era una linea completa, lì. Aubrey era andato a parlare con la signorina Anscombe. Lei doveva avergli fatto un resoconto del colloquio con Campion e Amanda. Aubrey doveva sentirsi di gran lunga superiore rispetto all'idea di rivolgersi direttamente alla polizia. Sarebbe stato proprio da lui tentare di prendere il toro per le corna, andando ad avvertire il suo rispettabile capo che c'era un pazzo a piede libero.

Non c'era scelta, doveva fuggire un'altra volta. Era l'unica strada, e questa volta *era* vitale farcela.

Uscì nell'atrio e percorse a ritroso la strada dell'andata. Le cameriere lo guardarono quando se lo videro passare silenziosamente davanti, ma lui le salutò con un cenno del capo e continuò a camminare con la stessa granitica risolutezza che nelle ore precedenti era stata la sua salvezza.

Uscì senza fare rumore da un cancello laterale, lanciò un'occhiata tagliente al poliziotto dall'altra parte della strada, e tenendosi rasente al muro in modo da non essere visto dalle finestre della casa che aveva appena lasciato, attraversò la piazza sul lato.

Tremava per l'agitazione repressa. I fatti in cui si era imbattuto nelle ultime trentasei ore ardevano luminosi nella sua testa. Nota Quindici, che rappresentava il prestito di guerra più imponente della storia, in quel momento di grande e vibrante emergenza, sarebbe stato presentato personalmente e privatamente a ciascun contribuente, tramite le poste. Quello era il fulcro. Il fatto numero uno. E tutto attorno giravano gli altri fatti, come navicelle di una giostra. Li ripassò mentalmente. Le casse di vino nei magazzini dei Signori. La storia di un contrabbando con l'estero prima della guerra. L'assassinio di Anscombe appena prima che «espiasse», evidentemente per mano di professionisti del crimine, probabilmente assoldati da Pyne. La flotta di camion nella pancia della collina. Il piccolo esercito di furfanti ben pagati riuniti sotto l'insegna della Surveys Limited di Pyne. Le attività dentro l'Istituto. Ma c'era qualcosa che non riusciva a ricordare. Che cos'era? Qualcosa che aveva visto con i suoi occhi, e dimenticato. Il tentativo del Nemico di comprarlo quando lo avevano creduto un imbroglione come loro, e la loro conseguente decisione di ucciderlo o catturarlo quando avevano scoperto chi era in realtà.

Aveva tutto in mano. Ce l'aveva lì e non sapeva cosa fosse. Nella sua cecità aveva scoperto l'obbiettivo. Nella sua miserabile ignoranza non era in grado di identificarlo.

Doveva tornare a Bridge. Era il fattore di massima importanza. Adesso dovevano essere quasi le undici. Sospettava di aver tempo solo fino alla partenza del servizio postale provinciale, alle sei di sera, ma doveva tornare a Bridge e per farlo doveva attraversare la City per arrivare alla stazione capolinea.

Eppure aveva una possibilità. Per la prima volta sentì di avere una possibilità.

Trovò un taxi e arrivò in stazione in venti minuti. Ebbe fortuna e scoprì che il treno per Coachingford era in attesa sul binario. Salì a bordo in uno stato assai prossimo all'e-sultanza, non ricordava di essere mai stato così entusiasta. Amanda era l'unica macchia scura all'orizzonte e Campion si rifiutò di pensare a lei. Per tutto il viaggio pensò al da farsi. Era un piano concepito in extremis e decisamente rischioso. Penetrare dentro la collina con la luce del giorno non sarebbe stato affatto facile, quando aveva tutti contro. In ogni caso la cosa andava fatta e lui aveva grande fiducia in se stesso.

Quando alla fine il treno entrò nella stazione di Coachingford, Campion aveva già deciso di correre al Nag's Pykle alla ricerca dello stretto passaggio di fianco al negozio che avrebbe dovuto vendere filtri d'amore. Era talmente assorbito dal progetto che non vide i due uomini in borghese dietro al controllore dei biglietti in uscita e non capì le loro intenzioni finché questi non gli posarono le mani sulle spalle e non li sentì recitare la formula dell'arresto, che gli suonò stranamente familiare.

18

Campion era seduto in una cella della stazione di polizia di Waterhouse Street a Coachingford e pregava. Era stato uno stupido, un maledetto stupido. Lo sapeva. Se almeno fosse rimasto tranquillo, concedendosi una possibilità. Se solo non avesse perso la testa nell'ufficio prenotazioni della stazione, mentre lo portavano via. Adesso capiva di essersi comportato come un pazzo scatenato, inveendo, protestando, dicendo tutte le cose più sbagliate, citando nomi che non avrebbe dovuto citare.

Il tentativo finale di darsela a gambe appena fuori dall'edificio dov'era ora, poi! Quello era stato un errore, probabilmente il peggiore. Adesso era malconcio e scarmigliato e in quelle condizioni non avrebbe ispirato fiducia a nessuno, al punto che non sarebbe neppure riuscito a far arrivare un messaggio a Lugg o a Yeo.

Lo stavano lasciando lì nel suo brodo intanto che formalizzavano le accuse contro di lui. Da un momento all'altro sarebbero arrivati a prenderlo per tirarlo fuori da quella tomba fredda e disinfettata per portarlo nello stanzone maleodorante, caldo di fiato e sudore, dove gli avrebbero letto i capi di accusa. Quella sarebbe stata la sua unica occasione. Dio solo sapeva di cosa lo volessero incriminare. Per quel che ne sapeva potevano avergli contestato l'intero codice penale. Tuttavia quell'aspetto era irrilevante. E come se non bastasse apparteneva a un altro mondo. L'unica cosa importante era il tempo. In un modo o nell'altro doveva cercare di uscire e di arrivare subito a Bridge.

Durante il viaggio in treno gli era balenata in mente un'idea ovvia, che adesso lo stava tormentando. Molto probabilmente non avrebbe avuto tempo fino a sera. Era quasi certo che i camion dovessero distribuire il loro carico in tutto il paese, e quindi adesso erano già in partenza. L'Inghilterra è un posto così piccolo. Sarebbe bastato ben poco tempo per spargere il veleno nel suo delizioso, minuto corpicino.

Aveva smesso di preoccuparsi per il mistero. I fatti concreti dell'attacco nemico continuavano a sfuggirgli del tutto. Gli sfuggiva perfino l'identità del nemico. Gli erano note solo le cose che aveva davanti agli occhi; i camion, la data del lancio del prestito Nota Quindici, il lavoro presso l'Istituto, e le casse di vino sotto la collina di Nag.

Doveva uscire di lì. Oh Dio, oh buon Dio, doveva assolutamente uscire!

Quando vennero a prenderlo stava sudando. Il più grosso dei poliziotti in borghese, quello cui Campion aveva fatto un occhio nero, non era presente. L'altro, il tipo irascibile con i baffetti, si tenne a debita distanza e lasciò il lavoro al vecchio secondino e al poliziotto giovane e gigantesco che normalmente non li avrebbe accompagnati.

Campion li seguì in silenzio e docilmente. Era così controllato che sentiva che i suoi guardiani non potevano non accorgersi che stava tremando e non vedere che teneva le mani serrate, per non muoverle. Erano tutti così gentili e preoccupati che Campion capì che lo sospettavano di essere incapace di intendere e di volere. Era molto probabile. Dio, che situazione! Nel momento del trionfo del nemico, nel momento in cui il colpo sarebbe stato assestato e la lama del coltello sarebbe entrata nel cuoricino verde d'Inghilterra, Campion sarebbe stato bloccato in una camicia di forza, con il ghiaccio sulla testa.

Fu ossequioso nei confronti del sergente che gli lesse i capi d'imputazione. L'uomo era uno stupido. Vide la sua testona squadrata con la faccia innaturalmente cinerea annuire al di sopra dell'alto bancone, e fu colto dal panico. Sentì le battute idiote e le pesanti ammonizioni ancor prima che uscissero da quella bocca larga sotto i baffoni spioventi. E poi arrivarono, in effetti. Ecco il registro delle accuse. Ecco la dichiarazione.

«Aspetti» disse Campion e lo ferì scoprire che perfino la voce gli stava remando contro. Era isterica e strangolata. «Si metta in contatto con lady Amanda Fitton, presso la casa del direttore, all'Istituto Bridge».

Vide che qualcosa li aveva stupiti. A smuoverli non era stato il nome, ma l'indirizzo. Colse al volo la pausa e aggiunse in fretta.

«Cercate anche Yeo, a Scotland Yard. Trovatelo. Ditegli che sono qui».

Questo li fece ridere. I loro grandi sogghigni si fusero in un'unica immensa faccia idiota, come una maschera della commedia sul soffitto di un teatro.

«Tutto a tempo debito, giovanotto» disse il sergente. «Verrà a trovarti anche la regina, se non ci metti fretta. Nel frattempo se mi concedi un minuto ti comunico le accuse, sempre che non ti dispiaccia. Vogliamo fare tutto secondo le regole, no?»

L'orologio con il vetro grande come un vassoio da tè sorrideva lascivo sopra la spalla del sergente. L'una. Non c'era più tempo per nulla. Doveva arrivare subito alla collina, essere lì entro mezz'ora. Mentre la guardava, la lancetta lunga si mosse.

«Andate a chiamare Hutch» implorò in preda al panico.
Se non altro Hutch era intelligente. Lo avrebbe trovato
probabilmente arrabbiato e sospettoso, però almeno il cervello gli funzionava. Forse Campion sarebbe riuscito a far-
gli capire la spaventosa emergenza.

«Andiamo, adesso basta, finiamola». Il sergente era scandalizzato. «Il commissario Hutch ha già abbastanza da
fare senza che si debba occupare anche di te. Se avrà
voglia di vederti verrà quando avrà tempo. Ora a noi,
Albert Campion. Sei accusato di aver spacciato fraudolen-
temente banconote false del valore di una sterlina presso
la biglietteria della stazione di...»

Campion smise di ascoltare. Si fece sordo e cieco. Di
fronte a tanta incompetenza lo investì una valanga di rabbia, spazzando via ogni residuo di controllo. Dio santo,
non erano nemmeno stati capaci di accusarlo di qualcosa
che aveva fatto! Lo avrebbero trattenuto in quella scalci-
nata stazione di polizia per una stupida imputazione probabilmente inventata di sana pianta, mentre i minuti correvano via. La porta alle sue spalle era aperta e Campion
fece la scelta fatale.

Mentre balzava verso il rettangolo luminoso il poliziotto in borghese lo afferrò. Campion lo fece volare
via, scaraventandolo in mezzo alla stanza. Il secondino
gridò e il giovane poliziotto sollevò il grosso pugno,
mentre sulla faccia gli si apriva lento un sorriso ebete
di stupore e delizia. Campion ricevette il colpo appena
sotto l'orecchio. La forza del pugno lo sollevò da terra
e lo spedì lontano, verso le panche disposte tutt'attorno
alla stanza. Il bordo smusso del legno lucido incontrò
la sua tempia sinistra, e il tonfo echeggiò per tutto
l'edificio. Precipitò nell'oscurità più assoluta e giacque
immobile.

Albert Campion rinvenne in cella. Capì subito dov'era e si tirò a sedere sulla brandina dura, sorridendo amaramente. Un orologio che batté le due in qualche punto della città lo colse di sorpresa facendogli inarcare le sopracciglia. Per quel che ne sapeva lui dovevano essere state più o meno le sei di sera quando si era imbattuto nelle canaglie vicino al molo. Adesso era giorno, quindi se era rimasto svenuto per circa venti ore la botta doveva essere stata ben forte. Che scelta tipica da poliziotti di campagna, portarlo in una cella e lasciarlo lì a morire intanto che cercavano di scoprire chi fosse! Finora dovevano essere stati straordinariamente sfortunati, quei maledetti imbecilli, e già che si era in argomento, dove era finito Oates?

Per la prima volta avvertì uno spasmo d'ansia. Oates certamente era stato con lui. Campion ricordava la propria divertita esasperazione quando la figura dinoccolata, davvero insolita e irriconoscibile nell'abito sudicio e nel pastrano liso, era comparsa al suo fianco all'uscita dal giornalaio di Lugg. Povero vecchio Oates! Era parecchio scosso. La faccenda lo stava distruggendo, d'accordo, era abbastanza logico, ma era stato scioccante vederlo perdere il controllo e sentire la sua voce farsi roca mentre ammetteva: «Le ho scritto ieri sera, ma poi non ho resistito. Non sono riuscito a stare lì fermo ad aspettare. Sono uscito per vederla. Per l'amor di Dio, Campion, lei ce l'ha una linea d'azione?»

Ebbene, ce l'aveva, gliel'aveva riferita e loro due erano andati avanti insieme. Il combattimento era stato sensazionale. Campion si tastò cautamente la testa. Sì, eccola. Una piccola protuberanza spugnosa, molto brutta, cribbio. Quelli della banda dovevano essere cinque o sei, tutti professionisti e armati di manganelli, il che era stata una fortuna. Fossero stati rasoi magari si sarebbe svegliato al suono di un quintetto d'arpe, invece che a quello dell'armonica che un dilettante malaccorto stava suonando nella strada lì davanti.

In ogni caso non era stata una passeggiatina di salute. Il denaro aveva attirato i banditi, come Campion aveva sperato accadesse, e lui li aveva riconosciuti. Li ricontò mentalmente. C'erano Lily, e il più anziano dei Weaver, e Williams e quegli altri avanzi di galera, tutti ragazzi della Civilian Repair Organisation, come aveva sospettato. Chi erano gli altri? Al momento non riusciva a ricordare. Non si sentiva troppo intelligente. Era sfinito e si sentiva in qualche modo – sì, ecco cos'era, si sentiva purificato. Che strano! Sembrava quasi che avesse vissuto un'esperienza emotiva molto profonda, invece che aver preso una botta in testa. Avrebbe tanto voluto avere un giornale. Da diciassette ore non aveva notizie dal Fronte. Poteva essere successa qualunque cosa. E poi c'era questa faccenda. La situazione poteva essere precipitata e mentre lui se ne stava seduto lì quello che era rimasto del mondo ordinato magari stava sprofondando nel caos.

Rise piano di sé. Gli stavano venendo i nervi a fior di pelle come al povero vecchio Oates. La posta in gioco era altissima. Però c'era un sacco di tempo. Non ci sarebbero state mosse fino all'imminenza del lancio di Nota Quindici, e a quello mancavano parecchi giorni.

L'orologio batté il quarto e Campion ne ammirò il suono. Alcune di queste cittadine antiche avevano orologi dai rintocchi deliziosi. E anche scorci deliziosi. Bridge era un posticino squisito, a condizione di riuscire a dimenticare i calendari, le cartoline illustrate, le scatole di biscotti decorative che la rendevano banale. Vista per la prima volta Bridge era uno spettacolo mozzafiato. Amanda era a Bridge e nel giro di un mese si sarebbero sposati. Una cara ragazza, Amanda. Così giovane. Troppo giovane per lui? A volte Campion aveva molta paura di sì. La sua bella bocca sottile si torse con rammarico. Si diventava così orribilmente autosufficienti invecchiando, e bisognava pensare alla ragazza. Avrebbe detestato l'idea di imprigionarla, di tarparle in qualche modo le ali.

Sentì una fitta dolorosa al cuore, che portava con sé un senso di vergogna. Nello stesso istante ebbe una visione di Amanda, nitida come se ce l'avesse avuta davanti. Lo stava guardando con sgomento, ferita, e stava recitando il primo verso della vecchia sciocca conta che insieme avevano trovato su un giornale. *Sotto il ponte ci stan tre bombe, passa il lupo e non le rompe.*

L'allucinazione fu così vivida, il dolore nel costato così acuto, e il disgusto nei confronti di se stesso così forte che Campion saltò in piedi. Stava male. Il colpo alla testa lo aveva ferito gravemente. Buon Dio! Adesso non doveva succedere niente di simile. La situazione era maledettamente seria. Per forza era seria, perché nessuno *sapeva*. Lui e Oates erano le uniche due persone al mondo a conoscenza di tutto – ed era stupefacente, quando vedevi la cosa nei dettagli. Era pericoloso, a livelli criminali; Campion lo aveva sostenuto fin dall'inizio. E poi, dov'era finito Oates?

Si accostò allo spioncino sulla porta della cella e osservò il corridoio vuoto. Non c'era un'anima, naturalmente. Sospirò e portandosi le dita alla bocca si esibì in una convincentissima imitazione del fischietto di un poliziotto. Cinque minuti di sforzo intenso produssero il risultato desiderato.

Il secondino, paonazzo di rabbia, sporse la testa dalla porta più lontana.

«Senta» disse educatamente Campion. «Posso parlare con il direttore?»

«Sarai già fortunato se un giorno potrai tornare a respirare aria fresca, giovanotto. Abbiamo dovuto portare il sergente Doran in ospedale».

(Ospedale? Perché mai la parola gli faceva correre per tutto il corpo un brivido di terrore? Era malato, pericolosamente malato. Sarebbe dovuto andare a farsi vedere dal vecchio Todd di Wimpole Street, al ritorno. Chissà dov'era sfollato, il vecchio).

«Mi dispiace per Doran» disse ad alta voce. «Non mi pare però un nome che conosco. Tuttavia sono solidale con queste preoccupazioni domestiche. E nel frattempo, crede che potrebbe fare lo sforzo di una piccola incombenza? Questa non è la stazione centrale di Coachingford, vero?»

Il secondino avanzò nel corridoio, con l'aria di un bulldog frastornato. «Hai cambiato solfa?» chiese.

«Non sono più privo di conoscenza, se è questo che intende dire» rispose Campion con dignità e cortesia. «E già che siamo in argomento, come uomo del corpo metropolitano non amo criticare il modo in cui lavorate nella contea, ma giusto per placare la mia curiosità mi dica, quando portate dentro un caso di commozione cerebrale di solito lo lasciate privo di cure mediche per quasi un giorno e una notte?»

Il secondino lo guardò a bocca aperta, gli occhi stupiti. «Sei fuori di testa e hai una bella faccia tosta» disse. «Ma guarda un po'. Non ti servirà a niente fare queste sceneggiate. Gridi perché adesso vuoi un dottore? Ma se vai avanti così ti andrà già bene se riuscirai a vedere un giudice».

Campion, che aveva la faccia premuta contro la fessura sottile nella porta, aggrottò la fronte con riprovazione.

«Si schiarisca le idee» disse. «Risparmi un po' di tempo usando il cervello fornitole per gentile concessione di un'autorità suprema. Quale delle cinque stazioni di polizia di Coachingford è questa?»

«Waterhouse Street. Ma lo sai meglio di me, o almeno dovresti, visto il macello che hai combinato venendo qui».

«Davvero? È quel genere di commozione cerebrale, vero? Schegge di osso infilate nella materia grigia. Santo Dio, voi non vi prendete cura dei vostri ospiti professionali. Mi avete lasciato qui da ieri sera a marcire?»

«Fare il difficile non ti sarà di aiuto» disse il secondino, allontanandosi disgustato.

«Speriamo che l'ispettore Rose accetti la sua diagnosi» mormorò Campion, riflettendo che era meglio fare il nome di un normale ispettore di polizia, piuttosto che quello di un uomo del dipartimento investigazioni criminali. Come si chiamava? Hutch, vero?

«Ispettore Rose?» Il nome a quanto pareva possedeva qualche proprietà magica. Il secondino esitò, ma all'ultimo momento un ripensamento lo portò a prendere una decisione. «L'ispettore Rose non perde tempo con quelli che stendono i poliziotti in borghese. E poi sei stato qui dentro appena un'ora e mezza. Cosa credi che siamo? – una tavola calda?» disse e uscì, chiudendosi la porta alle spalle.

Campion era stupefatto. La polizia della contea gli era sempre parsa particolarmente capace. Tanta idiozia gli giungeva nuova. L'orologio là fuori batté un altro quarto d'ora e Campion lo maledisse. Aveva perso il fascino, quel suono, e adesso era solo irritante. Che sfortuna, che maledetta assoluta sfortuna, tutto quanto. Aveva troppe cose da fare. C'era quell'appuntamento con il commissario del dipartimento di investigazioni criminali per entrare nella collina di Nag, e poi voleva dare un'occhiata all'Istituto.

Aveva scoperto il gioco principale, di questo era sicuro. Lo aveva raccontato a Oates, non v'era dubbio. Si coricò sulla branda dura e cominciò a riordinare i pensieri. A quanto pareva aveva il pomeriggio davanti. Oates – e a proposito, dov'era? – aveva una fifa blu. Non era proprio da lui, e dunque voleva dire che Oates era stato informato direttamente dal Gabinetto, e sapeva quanto fosse drammatica la situazione.

D'accordo, ma torniamo alla vicenda. Quando Oates si era presentato al quartier generale chiedendo che gli prestassero Campion, e aveva tirato fuori per la prima volta quell'incredibile storia di migliaia di banconote false, contraffatte così alla perfezione che per scoprirlo le si sarebbe dovute bollire, si era detto convinto dell'esistenza di un complotto su vastissima scala il cui vero scopo era lo scatenamento di un'inflazione improvvisa e non dipendente dallo Stato, inflazione che ovviamente avrebbe mandato a carte quarantotto l'economia del paese, distrutto la fiducia dei cittadini, provocato la caduta del governo, e al momento buono avrebbe portato la nazione al collasso morale. Poiché la Gran Bretagna come al solito non pareva avere alcuna risorsa per salvare la propria morale, il pericolo era apparso terrificante.

Contemplando dalla branda la finestrella chiusa da sbarre, in alto sul muro, Campion rifletté sul fatto di aver avuto, fino a quel momento, parecchi dubbi sull'effettiva ampiezza del disegno criminale. Oates gli aveva mostrato le banconote trovate in due o tre città industriali. Erano certamente opera di falsari abilissimi e potevano essere uscite solo dalle stamperie ufficiali di una potenza nemica. Per di più, e l'astuzia di quella mossa ancora mozzava il fiato a Campion, la cartamoneta era stata sporcata artificialmente.

Oates aveva messo al lavoro in più città parecchi uomini scelti con cura. Nessuno di loro aveva cavato un ragno dal buco, con l'eccezione dell'uomo di Coachingford. Costui aveva segnalato la presenza di un'organizzazione criminale non meglio definita, che si trovava in città oppure a Bridge. Poveraccio, non era andato molto oltre. Lo avevano ripescato tra il fiume e il mare, con il collo spezzato. Era stata l'opera di un professionista, un colpo netto e feroce, inferto molto probabilmente con un tubo di piombo.

Campion si agitò, a disagio. C'era qualcosa di strano in quell'omicidio, qualcosa di personale e a portata di mano. Di che si trattava? Nel suo cervello, alcuni fatti continuavano a sfuggirgli. Probabilmente non era nulla di importante però la cosa lo infastidì. Di nuovo quel maledetto orologio. Immaginò che fossero le tre meno un quarto. Scacciò l'irritazione e proseguì con quei ricordi simili a sogni. Allora, Oates lo aveva chiesto in prestito e lo aveva mandato a Coachingford. Amanda aveva procacciato a entrambi un invito a Bridge, a casa di Lee Aubrey, che era un tipo brillante, immaginò Campion. Lo dicevano tutti. Personalmente Campion diffidava di quegli accademici sognatori. Però lasciamo correre. Aveva sistemato il vecchio Lugg in città con un carico di banconote contraffatte e degli abiti vecchi. Poi aveva passato mezza giornata a Bridge a organizzare le cose, era venuto a Coachingford, si era travestito da vagabondo ed era uscito in ricognizione.

Era stata un'esperienza che non avrebbe mai dimenticato. In città l'elemento sovversivo era in fermento. C'erano dei tizi che regalavano banconote, mazzi di banconote, a profusione. E la marmaglia locale si era trasformata in una grande società segreta, avida e con gli occhi fuori dalle orbite, che si arricchiva via via che i bigliettoni venivano distribuiti di nascosto, nei dormitori pubblici, su sudici tavolini da caffè.

Una scoperta, questa, subito seguita da un'altra. Campion era venuto a sapere che il grande giorno sarebbe stato il sedici. Sarebbe stato quello il giorno del latte e del miele, il giorno in cui tutti avrebbero dovuto spendere, e l'occorrente sarebbe stato miracolosamente fornito.

Era stata una scoperta particolarmente spiacevole perché il sedici sarebbe stato un giorno importante anche in altri circoli finanziari, assai più ortodossi. Il sedici del mese sarebbe stato presentato al pubblico il Prestito della Difesa Nota Quindici. Non c'erano dubbi, la situazione era allarmante. Se davvero le cose stavano come pensava Oates, per quanto fosse difficile e terribile da credere, allora c'era di che farsi rizzare i capelli in testa.

Steso sulla panca Campion rifletté sulle proprie azioni successive. Per lungo tempo era risultato impossibile localizzare questi agenti così munifici, e alla fine lui aveva deciso di prendere il toro per le corna e di fingersi uno di loro. La mossa aveva attirato il branco. Si erano presentati tutti insieme, come Campion aveva previsto. Sia lui sia Oates erano riusciti a vederli ben bene. Come gruppo facevano una certa impressione e Campion aveva pensato che per mettere insieme quella banda ci voleva qualcuno dotato di un vero talento organizzativo.

Poi c'era stata la rissa ed era intervenuta la polizia. Ricordava molto poco di quei momenti, a parte le pietre appiccicose del selciato sul molo e l'orribile color fango dell'acqua, piena di schiuma e immondizie.

La polizia non aveva idea di chi fossero in realtà lui e Oates, e quindi avevano avuto una fortuna sfacciata a uscirne vivi. Ecco perché Oates si era ficcato in un pericolo terribile, quello di venire a Coachingford e partecipare era stata una scelta sciagurata. Supponiamo che fossero stati messi entrambi fuori gioco, cosa sarebbe potuto succedere, a quel punto? Naturalmente se la teoria di Oates sull'inflazione prefabbricata aveva qualche fondamento, era ragionevole fidarsi del minor numero di persone possibile, perché sarebbe bastato un sussurro per scatenare un panico pericoloso tanto quanto il disastro in sé. Buon Dio, che prospettiva orribile!

Campion si passò le mani tra i capelli e rabbrividì. Però adesso che rifletteva a sangue freddo continuava a ritenere che il complotto non potesse avere le dimensioni temute da

Oates perché le difficoltà della distribuzione lo avrebbero impedito.

Fintanto che il Nemico insisteva con il sistema attuale di distribuzione del denaro, elargito a mano alla popolazione dei vagabondi, la faccenda poteva ancora essere gestita dalla polizia. Ma un colpo decisivo del tipo prospettato da Oates avrebbe richiesto una distribuzione istantanea in tutto il paese. Campion non capiva come si potesse fare una cosa del genere senza la cooperazione del pubblico. In fondo il pubblico deve essere convinto prima ad accettare e poi a spendere i soldi. Non era possibile, punto e basta. Era notoriamente difficile distribuire denaro contante per strada. Generazioni di vite disciplinate avevano insegnato al cittadino comune che c'era qualcosa di sospetto e pericoloso in banconote che non si guadagnano con il sangue e il sudore. No, la cosa come la prefigurava Oates non sarebbe potuta accadere, non su quella scala, grazie a Dio.

Eppure... eppure...

Si alzò e camminò nervosamente su e giù per la cella. Quella botta presa sulla testa era un brutto affare. Gli stava provocando effetti gravissimi. L'orologio batté un altro quarto d'ora mettendogli in corpo un brivido di pura disperazione, inaspettato e ingiustificato. Ma perché? Che diavolo gli era preso? Aveva un fardello sulle spalle. Le braccia paralizzate dallo schifo di se stesso. I piedi appesantiti dal dolore. Si sentiva addosso l'infelicità e l'assoluta disgrazia del fallimento. Era terribile. Questo significava che era... cosa'era? Un maniaco depressivo. Qualcosa del genere. Forse avrebbe dovuto cercare di dormirci sopra. Alla fine non poteva fare il malato proprio adesso. Per Giove, oggi doveva essere il quattordici. E il sedici era l'ora zero. Tuttavia, visto che aveva individuato gli uomini coinvolti, la retata non avrebbe dovuto richiedere troppo tempo. Fortunatamente la polizia godeva di alcuni poteri in più grazie alle Leggi sull'Emergenza. Potevano farla finita alla svelta e lasciarlo tornare al suo lavoro abituale. Forse ci sarebbe stato il tempo per sposarsi, nel frattempo, se solo... Se solo cosa?

Ancora una volta quel tuffo al cuore, quel dolore fisico, ancora una volta quel travolgente senso di nausea di sé, e ancora la visione di Amanda, ferita e perplessa, in attesa del verso mancante di una filastrocca. Ovviamente era malattia psichiatrica, questa. Un difetto mentale, probabilmente ben conosciuto, accidenti. Sarebbe stato bene uscire il più alla svelta possibile da quella cella e mettersi nelle mani di un buon medico. Si potevano trascurare un pollice dolorante o un bernoccolo in testa, ma un disturbo mentale era un altro paio di maniche.

D'altra parte non sarebbe stato semplicissimo uscire di lì, giacché sulla porta c'era quell'esemplare umano singolarmente ottuso. Doveva essere stato ingannato in pieno dall'abbigliamento da vagabondo; da quello e dai soldi, è ovvio. Quelle due cose prese insieme costituivano una pillola che qualunque poliziotto onesto avrebbe inghiottito con difficoltà.

Si guardò malinconicamente gli abiti e scoprì un dettaglio che lo fece vacillare.

Non aveva indosso l'abito con il quale aveva partecipato alla rissa sul molo.

Guardò il tessuto sulle ginocchia dei calzoni e rovesciò il taschino interno della giacca alla ricerca dell'etichetta del sarto. Era il suo vestito, d'accordo. Lo riconobbe e ricordò anche che quel vestito sarebbe dovuto stare appeso in un armadio in casa di Lee Aubrey a Bridge. In più stando alla data sull'etichetta si trattava di un abito nuovo, eppure quando lo riguardò vide che era sporco e stazzonato e mostrava segni di essere stato duramente strapazzato per un po'.

La scossa al sistema nervoso fu tremenda, l'equivalente mentale di un gigantesco pugno tra le scapole. Poi un terribile sospetto gli si avvicinò quatto quatto e gli posò sul cuore la guancia gelida. Era lì da un po'... da quanto tempo?

In città l'orologio sconosciuto suonò per annunciare che un altro quarto d'ora era passato.

19

Vide Amanda attraverso lo spioncino. Veniva lungo il corridoio in compagnia del secondino, del tutto disinvolta, rilassata, serena.

«Ciao» disse allegramente la ragazza non appena vide mezza faccia di Campion, dietro la fessura. «Mi hanno riferito per telefono il tuo messaggio, ma non mi hanno consentito di pagarti la cauzione».

"Quale messaggio?" La domanda ce l'aveva sulla punta della lingua ma non la fece. Gli occhi di Campion si erano stretti e la faccia magra mostrava un'espressione stupita. Nell'istante in cui aveva visto Amanda, aveva compreso che dentro di lui era successo qualcosa di rivoluzionario, o forse, per meglio dire, qualcosa di evoluzionario. Era invecchiato, o aveva visto una grande luce, oppure finalmente i suoi piedi malcerti si erano posati su un terreno solido. Pensò di saperlo bene. I sintomi erano inconfondibili. Quel senso di vergogna esagerato, quella voglia di prendersi a calci da solo o di coprirsi gli occhi con le grandi orecchie bollenti, tutto questo indicava che la sicurezza di sé aveva ricevuto un duro colpo. Era emersa, smascherata, una grande debolezza. I timori di Campion crebbero e lui rimase lì a guardare la ragazza attraverso lo spioncino, con gli occhi fissi e la fronte aggrottata.

Un istante dopo capì che cosa lo aveva sconcertato. Conosceva Amanda fin da quando lei era una bambina eppure adesso in lei c'era qualcosa di nuovo. Scoprì cos'era. La stava vedendo attraverso una specie di cortina mentale. Il subconscio allungò una mano verso la snervante barriera e la scostò lentamente, come una pagina bagnata. Davanti a lui si parò il quadro completo.

Lo vide in un unico, orribile momento di rivelazione. Gli si spiegò davanti, nella sua cruda gravità, la storia delle ultime trentasei ore, una storia caleidoscopica, con tutti i dettagli, dipinta con chiarezza e precisione spietate; un fumetto folle e non comico, in cui Campion vagava bendato come un'anima persa.

Poi, quando finalmente le sue due menti e le sue due personalità si fusero, quando le torpide scoperte del nuovo Campion si incastrarono nelle certezze del vecchio Campion, la verità tridimensionale gli apparì all'improvviso davanti agli occhi, con colori sgargianti. Rimase pietrificato. Buon Dio Onnipotente! Adesso sapeva cos'era la merce di contrabbando nascosta nelle casse che quel disgraziato di Anscombe, pagato dal nemico, aveva fatto entrare come innocente vino bianco del Reno! Poteva essere solo il denaro falso, quel denaro insozzato di proposito, un falso indistinguibile. Milioni e milioni di sterline, bugie e distruzione. Anscombe era stato assassinato perché era pronto a salvarsi la coscienza e a rivelare il contenuto di quelle casse. Probabilmente aveva intenzione di consegnare al Tesoro la piccola fortuna in contanti che possedeva, come gesto riparatorio dopo la confessione.

E poi c'erano i camion. Servivano per la distribuzione, ovvio. Restava ancora un mistero come l'avrebbero fatta e quale magica parola d'ordine avrebbero usato per convincere il giudizioso e sospettoso popolo inglese ad accettare e spendere quella dinamite. Ma il momento, l'ora del colpo, quelli no, non erano un mistero. Anscombe lo aveva rivelato nominando la Nota Quindici. Oggi era il quindici, e non avrebbero aspettato fino a domani. L'ora era adesso. Forse in quel minuto preciso. Gli era tornato tutto in mente. Sapeva dov'era. Sapeva cosa doveva fare. Il pericolo era tale che c'era di che diventare matti. Il corpo di Campion trasalì interiormente. Un anno prima, sei mesi prima, perfino tre mesi prima un progetto così gigantesco sarebbe stato una follia, ma quella sera, in quell'Inghilterra cinta d'assedio, con i piedi lambiti dalle maree di una barbarie nuova e diabolicamente astuta, il piano era un'arma concreta ed era puntata dritta al cuore del paese.

Il panico quasi lo soffocò. Il tempo era quasi scaduto e lui si ritrovava penosamente impotente. Premette la faccia contro lo spioncino.

«Amanda!»

«Sì?» Lei si affrettò a sorridergli, rassicurante.

Campion si concentrò attentamente e si sforzò di comprimere e rendere chiaro il messaggio che le doveva trasmettere. Il tempo era diventato prezioso quanto una gocciolina d'acqua sul fondo di una coppetta nel deserto.

L'orologio che scandiva le ore dall'altra parte della strada era un'autentica purissima tortura medioevale.

«Ascolta, tesoro» disse, consapevole della situazione che si era creata tra loro, consapevole della perdita e della sua enormità, e scaraventando fuori dalla mente tutto quanto perché i minuti correvano e il disastro era imminente. «Devo uscire immediatamente di qui. Ascolta, Amanda, prima che io venissi portato in quell'ospedale c'è stata una specie di rissa sul molo. Una o due persone potrebbero essere state malmenate, ma non è questo il punto...»

«Ehi, cosa stai dicendo?» Il secondino era molto agitato. «Ti devo chiedere di ripetere».

Amanda ignorò l'interruzione. Si sporse per riuscire a cogliere fino all'ultima parola di quel che Campion aveva da dirle.

«Oates in quel momento era con me» disse distintamente.

Vide sgranarsi gli occhi marroni di Amanda e un fremito passarle sul viso.

«Dov'è Oates?» proseguì disperato. «Devo uscire di qui, Amanda. Devo uscire e correre alla collina di Nag».

«Sì, capisco» disse lei, in fretta. Girò i tacchi di scatto e il secondino fu costretto a correre per starle dietro. Se ne andò così velocemente che la si sarebbe potuta interpretare come diserzione. Almeno, così pensò il secondino. L'uomo tornò dopo pochissimo, con un memorandum della polizia. Istintivamente l'uscita di Amanda lo aveva divertito, ma ben presto la descrizione della persona ricercata assorbì tutto il suo tempo e la sua intelligenza. Era un tipo grazie al cielo assai raro nel corpo di polizia, ma ogni grande organizzazione ha le sue piccole pecche. Si sedette sulla lunga panca che correva lungo il muro del corridoio di fronte alla cella e lesse con cura i punti, riga per riga. A ogni nuovo punto si alzava e si avvicinava alla porta della cella per scrutare il soggetto attraverso lo spioncino. Era studiatamente sordo a qualunque cosa gli venisse detta e tornò più volte daccapo, non ricordando a che punto della descrizione fosse arrivato.

Campion cominciò a soffrire le pene dell'inferno. La guerra gli era assai vicina, con il chiassoso orrore dei campi di battaglia come lui li conosceva. Gli pareva di vederla e sentirla infuriare per l'intera Gran Bretagna: e non solo con i raid dal cielo ma con l'invasione armata, e poi si vide davanti il paese con il fiato mozzato da un colpo violento e assolutamente inaspettato. Gli tornarono in mente i grandiosi versi alla fine del *Re Giovanni*: *Vengano i tre angoli del mondo armati e noi li colpiremo: nulla ci farà rammaricare, se l'Inghilterra resterà fedele a se stessa.* «Fedele a se stessa»: ecco il talismano, ecco la forza, ed ecco il pericolo. *Se resterà fedele.* Se certa della solidarietà interna. *Se resterà fedele...* Oh Signore, fa' che io esca! Oh dolce sanità di mente! Oh somma onestà e trionfo finale del bene! O fede nel bene come forza e come entità, fa' che io esca per tempo!

Il secondino cominciò a rileggere la descrizione con i rimandi. «Biondo... capelli biondi... uno e ottantasette... sì, insomma, circa. Molto probabilmente. Ehi, tu lì dentro, quanto sei alto?»

«Sì, sì, la descrizione è la mia». La voce di Campion tremava per lo sforzo di controllarla. «Lo ammetto. Non stia a preoccuparsi oltre. Adesso mi ascolti, è una faccenda seria. È un milione di volte più importante e più urgente di qualunque allarme aereo. Quindi adesso o lei mi va a chiamare l'ufficiale di più alto grado che c'è qua dentro, oppure mi lascia usare immediatamente il telefono. È vitale. Mi ha capito? È vitale e urgente, e se non fa subito quello che le ho detto, che su quel pezzo di carta ci siano o no gli estremi per un mio arresto importerà ben poco. Se lei non mi porta qui qualcuno fornito di autorità, e subito, non credo che domattina si sveglierà nello stesso mondo di sempre».

«Mi minacci, eh?» disse il secondino, con soddisfazione idiota. «Dovrò fare rapporto. Bada a quello che dici, bamboccio. Qui non siamo sulla costa orientale, eh, però bisogna stare comunque all'occhio. Cerchiamo sempre la Quinta colonna, noi».

«Mi stia a sentire». Le mani di Campion erano appiccicose, contro la porta della cella. «Voglio rendere una deposizione completa. Ho diritto che a raccoglierla sia un sergente».

«Al tempo. Quando sarà il momento avrai a disposizione un giudice di Sua Maestà» disse il secondino senza scomporsi. «Tra mezzo minuto la deposizione te la prendo io». Questa era una nuova forma di tortura per Campion. L'Ordalia per mezzo di Scimunito sarebbe potuta tranquillamente entrare nell'elenco, se lo sentiva. Si allontanò dallo spioncino e si spostò dall'altra parte della cella. L'agonia e l'esasperazione erano lancinanti, erano fisiche, lo prendevano alla gola e al diaframma, comprimendoli al punto che quasi non respirava. Si sedette sulla cuccetta e fissò il pavimento in pietra. La mente cominciò ad analizzare febbrilmente la situazione. C'era un piano. Ed era semplice e terribile. Restava un unico segreto da scoprire: per assestare il colpo della distruzione come avrebbero fatto a distribuire in quantità sufficienti e in tempo rapido queste banconote false e diabolicamente convincenti? Forse quel problema non era stato del tutto risolto. In tal caso esisteva ancora una possibilità di salvezza. Eppure era follia sperare in un errore o in una debolezza del nemico. Era assurdo. Era criminale.

L'orologio suonò di nuovo. Ogni nota lo accoltellò, facendolo tremare per il dolore. Là fuori, in corridoio, il secondino si era alzato e lo stava studiando attraverso lo spioncino.

«Corporatura snella...» stava borbottando. «Corporatura snella».

Il cervello di Campion correva, strappando i nodi con dita nervose e incerte. La testa gli faceva ancora parecchio male e si sentiva debole, sul corpo non poteva fare affidamento, però gli ribolliva rabbiosamente dentro una grande riserva di energia nervosa. Adesso era tutto chiarissimo. Quello che sapeva lo aveva davanti agli occhi, a colori vivaci. Quello che non sapeva era circoscritto e impenetrabilmente nero.

Tutta questa faccenda doveva essere stata fin dall'inizio opera di uno straniero venuto da un paese nemico; era evidente. L'ordine e l'astuzia del piano indicavano che alle spalle c'era un'organizzazione diabolica e competente. Tornò allo spioncino e guardò il poliziotto. Mentre i suoi occhi si posavano su quella testa quadrata e massiccia, con la pelata circondata da un'aureola di capelli grigi e unti, capì di non poter dire o fare nulla che potesse avere una qualche utilità, e il senso dell'ineluttabilità lo sopraffece.

Adesso che aveva in mente il quadro completo riuscì a vedere i propri errori, che spuntavano come bandierine nemiche su una carta geografica. Quel tentativo di fuga dopo che l'avevano incriminato, ecco, era stato un suicidio. L'esperienza di lungo corso che aveva della polizia e dei suoi metodi gli diceva che dopo quel tentativo ogni azione sarebbe stata inutile. Campion sapeva quel che stavano facendo. Lo stavano lasciando sbollire. E se avesse fatto chiasso, se avesse protestato, allora lo avrebbero lasciato lì ancora più a lungo. C'era da diventare pazzi, era come essere tenuti alla larga dal proprio cane.

Nell'ingoiare l'inevitabile aveva chiuso gli occhi e adesso stava lì con le braccia alzate appoggiate contro la porta e la faccia impietrita premuta contro lo spioncino. Non si sentivano rumori. Non lo disturbò nulla di concreto, eppure a un certo punto spalancò gli occhi avidamente e cominciò a osservare, rimanendo immobile.

Il secondino era seduto sulla panca con la testa sollevata e l'espressione stupida e stupita. Gli occhi erano fissi sull'altra porta, quella che portava al corridoio e alla stanza degli interrogatori, e anche lui stava ascoltando con grande interesse.

Campion si accorse dell'esistenza di uno spioncino anche nell'altra porta, e capì che qualcuno da lì li stava osservando. Fu un momento di grande fibrillazione. La speranza gli balzò in petto e Campion fece fatica a tenere a freno la lingua. Dopo quella che gli parve un'eternità il secondino superò l'indecisione, si alzò faticosamente in piedi e andò ad aprire la porta.

Campion si conficcò le unghie nel palmo delle mani, la bocca si fece arida. Da una domandina sciocca dipendeva così tanto. Così tanto. Un impero? Forse l'intera civiltà. E tutto dipendeva da chi sarebbe entrato nel corridoio di una prigione.

La prima disperante impressione fu che l'uomo fosse uno sconosciuto. Si chinò per passare sotto l'arco della porta. La parte inferiore della faccia era coperta da una sciarpa, ma quando alzò la testa, Campion lo riconobbe. Era Hutch.

La sciarpa colse Campion alla sprovvista. Sapeva abbastanza bene che cosa doveva proteggere ma non se l'aspettava. Non solo non aveva mai avuto l'intenzione di colpire così forte, ma nel suo attuale mondo tridimensionale l'idea di aver potuto fare una cosa del genere aveva un sapore di assoluta follia.

A ridestarlo fu un altro rintocco dell'orologio. I suoi quarti d'ora dovevano essere stati, in ogni tempo, una tortura per qualunque prigioniero, ma per Campion erano diventati un flagello.

«Hutch» disse piano.

L'uomo si avvicinò alla porta e guardò attraverso lo spioncino. Non parlò e gli occhi azzurri erano inespressivi.

Campion trasse un respiro profondo.

«Devo dirle due parole» gli disse, calmo. «So di doverle un mucchio di spiegazioni. Me ne sono andato in giro completamente stordito per quasi due giorni. Tuttavia nel giro di un'ora, più o meno, verrà a sapere tutto per filo e per segno. Però in questo momento bisogna fare una cosa. Dobbiamo andare a Bridge. Dobbiamo andare subito alla collina di Nag. Mio caro collega, lei non mi perderà di vista, non sarà necessario».

Hutch non rispose, e la sua espressione non mutò. La disperazione rese Champion molto mite e quasi affabile. «Le posso dare tutte le prove di cui ha bisogno» disse. «Il mio numero di matricola nei servizi segreti è il ventisette. Sono stato prestato al capo del dipartimento di investigazioni criminali, Stanislaus Oates. Il lavoro in cui siamo impegnati riguarda il Folio 6B e Nota Quindici, ma è così urgente che mi vedo costretto a insistere...»

Hutch si allontanò dallo spioncino.

«Per l'amore di Dio!» Il grido di Campion gli uscì dall'anima e con grande sollievo sentì girare la serratura. La porta si spalancò e lui uscì per affrontare il commissario, che continuava a guardarlo con un'espressione curiosa sulla mezza faccia visibile al di sopra della sciarpa.

Campion aprì la bocca per parlare ma non andò oltre. Hutch si era girato contro il muro e stava scribacchiando una o due righe sul retro di una busta pescata dalla tasca. Il messaggio era illuminante.

Appena individuato Oates. Era all'ospedale di St Jude da mar. sera privo di conoscenza. Piantonato da polizia per errore. Si pensava avesse ucciso poliziotto in rissa di strada al molo. La polizia qui è maled. stupida. Oates si è appena svegliato e il dott. dice secondo lui fuori pericolo.

Campion ebbe un'illuminazione. Ma certo! Questo spiegava tutto, finalmente. Il poliziotto e l'infermiera e quell'incredibile conversazione origliata dal letto nel grande padiglione deserto. Non avevano parlato di lui, non era possibile. Stavano discutendo del povero vecchio Oates, che probabilmente giaceva in una stanzetta privata, e non nel reparto principale. Adesso che aveva recuperato le facoltà intellettive la cosa gli era chiara. Quando un agente di polizia piantona un uomo costretto a letto lo sorveglia da una sedia ai piedi di quel letto e non se ne sta in corridoio. Eppure al momento la situazione gli era parsa così convincente.

Hutch stava ancora scribacchiando.

Lady A lo ha trovato. Mandato a chiamarmi. Può andare via da qui quando vuole. Sistemeremo tutto. Capisco urgenza. Signorina fuori in macchina.

«Davvero?» Campion fece un balzo verso la porta. «Ci vorrano venti o trenta uomini armati» disse senza voltarsi. «Li porti subito al Nag. La situazione è disperata. Che ore sono?»

4:50. Hutch scrisse le cifre e Campion dovette fare un passo indietro per guardarle.

«Che cosa le è successo alla faccia?» chiese, mentre la stranezza degli avvenimenti lo colpiva all'improvviso.

Hutch gli lanciò un'occhiata lunga e di traverso, e la sua mano riprese a muoversi.

Accidentaccio a lei, mi ha spaccato la mandibola scrisse. *Vada avanti. Io la seguo.*

20

Campion lasciò la calma relativa della stazione di polizia per entrare in un mondo esuberante e velocissimo. Si era levato un vento impetuoso, e nuvole basse, come branchi di squali nero-blu, nuotavano in un cielo limpido. Era in arrivo la pioggia, l'aria era umida e morbida ed eccitante. Dai pezzi di cartacce che rotolavano per le strade alle chiazze di sole e ombra che si muovevano rapidissime sui tetti delle case e sui marciapiedi, ovunque si respirava un senso di urgenza disperata, di sforzi sovrumani per fare in fretta.

L'auto era parcheggiata lungo il marciapiede con il motore acceso, e non appena Campion sbucò, la portiera si spalancò per accoglierlo. Amanda scivolò via dal sedile di guida e gli cedette il volante.

«Molto bene» disse, con il suo solito *understatement*. «Insomma, che Dio benedica Hutch. Quell'uomo è incapace di serbare rancore, Albert. Date le circostanze, è ovviamente una virtù meravigliosa. È arrivato subito non appena gli ho telefonato dall'ospedale e Oates ha fatto il resto».

Campion salì in macchina e richiuse la portiera con violenza. «Oates lo hai trovato abbastanza in fretta» commentò, mollando la frizione.

«Certo, è ovvio». Era sbigottita. «Me l'hai detto tu dov'era. Perché non mi hai passato prima quell'informazione?» «Non la possedevo».

«Mi pareva che avessi detto che era rimasto coinvolto in una rissa insieme a te, prima che anche tu fossi ricoverato. Tu stavi bene, sai, ma lui era completamente privo di sensi. Nessuno lo ha riconosciuto, era ovvio che non potessero farlo, e si è creduto che fosse lui l'assassino del poliziotto». Gli lanciò un'occhiata dubbiosa, in tralice. «In ogni caso adesso ha ripreso i sensi e sta migliorando» aggiunse, «però è quasi impazzito per la preoccupazione. Quando sono venuta via lo stavano trattenendo nel letto a forza. Mi ha ripetuto cento volte che dovevo farti capire che ogni istante è cruciale. Svolta qui, dobbiamo passare dal giornalaio».

«Per cosa?»

«Un messaggio di Lugg» disse lei con calma. «Gli avevo detto di andare subito al Nag. Dopo averti lasciato sono andata dritta da lui. Non avevamo disposizioni, non sapevamo che cosa ti servisse, quindi si stava semplicemente guardando attorno, l'accordo era che telefonasse in negozio qualora avesse scoperto qualcosa di strano».

Campion la guardò con la coda dell'occhio. Era seduta placidamente accanto a lui, con le mani magre e brune intrecciate in grembo. Poteva tranquillamente essere una composta sedicenne in procinto di andare ad assistere alle corse. La faccia a forma di cuore era serena, gli occhi marroni limpidi e calmi. Non c'era modo di capire che cosa stesse pensando. Era certo di aver dato per scontata per anni la presenza di Amanda. La riflessione gli arrivò improvvisa e lo prese alla sprovvista.

«Sei stata straordinariamente in gamba» disse, e non appena lo ebbe detto capì che non era vero. Amanda era sempre in gamba. Non c'era nulla di straordinario. Amanda era un dono mandato da Dio a chiunque fosse in difficoltà, e lo era sempre stata. Campion a quanto pareva ci aveva fatto un po' troppo l'abitudine. Tuttavia il complimento divertì la ragazza.

«Gli elogi sono sempre benvenuti» osservò sorridendo. «Niente di che, naturalmente. Ma è una faccenda molto seria, vero?»

Campion annuì. «Non è una meraviglia. Abbiamo poco tempo. Il giornalaio è quello laggiù, vero?»

«Sì. Tu aspettami. Vado a prendere il messaggio, se è arrivato. Tieni in moto».

Prima che l'auto accostasse al marciapiede Amanda era già fuori, e Campion la guardò sparire nell'ingresso buio tra le locandine vuote. Mentre aspettava gli giunse da oltre i tetti il familiare rintocco del quarto d'ora. Quindici minuti. Nota Quindici. Era una coincidenza piccola e insignificante, ma una volta entratagli in testa non ne voleva più sapere di uscire.

Quindi-ci minu-ti. No-ta quindi-ci. Fret-ta fret-ta. Ding-dong. Ding-dong. Tardi. Tardi. Tardi. Tardi. Tardi. Contò i colpi. Cinque. Troppo tardi.

Era troppo tardi.

La riflessione improvvisa e allarmante giunse come un'altra rivelazione. Gli parve di aver appena aperto gli occhi e solo per scoprire di essere affacciato su un pozzo. Buon Dio, non ce l'avrebbe fatta! Hutch e i suoi uomini non sarebbero mai riusciti ad arrivare lì per tempo. Ciò che pareva segretamente impensabile stava per succedere davvero. Avrebbero perso. La polizia, e dentro c'era anche lui, era sconfitta. Incombeva il disastro finale.

«Senti, non fare quella faccia terrorizzata. Nuoce al morale» disse Amanda, con serietà. Era tornata senza che lui la vedesse e adesso si stava sedendo lì accanto. «E adesso andiamo più veloci della luce» annunciò. «Lugg ha telefonato, dieci minuti fa. Era un messaggio per te e il giornalaio ha avuto la presenza di spirito di prenderne nota parola per parola. Te lo leggo intanto che tu ti concentri sulla strada. Dice: *Il nido dei calabroni è sul dietro della collina sulla vecchia strada costiera. Immagino che lei lo sa però sono lì. Hanno tirato giù inferriata all'ingresso della caverna nella collina e io lì dentro ci vedo molte centinaia di ramarri. Ma ramarri è giusto?»*

Campion annuì. «È un gergo in rima. Ramarri sta per autocarri. Vai avanti».

Amanda continuò obbediente, il messaggio era reso più pepato dalla voce limpida, giovane, ben coltivata.

«*Tutti i nostri amici sono lì. E ci sono anche altri. Danno l'aria di volersi muovere da un momento all'altro. I piedipiatti del posto hanno l'idea che si tratti dell'opera di qualche governo ma non può essere con tutta quella banda di furfanti, oppure io sono fuori di testa. Mi sono nascosto nel giardino di una casa vuota in fondo alla strada costiera sul lato destro della collina. Se li volete prendere, come penso, dovete mettervi i pattini. Qui da solo sono utile come un secchio bucato».*

Amanda piegò il foglio e lo infilò nella tasca della giacca.

«Ovvio che sia impotente, povero tartarugone» disse. «Un messaggio del genere da parte sua è un SOS, vero?»

«Temo di sì». Campion stava uscendo a gran velocità dalla città. Aveva già viaggiato molto avventurosamente sulla strada per Bridge, che era così anonima e difficile senza i cartelli indicatori, ma quella sera, con il sole splendente alle spalle e le forme nere delle nuvole che gli volavano sopra la testa, il viaggio possedeva una qualità nuova. Per la prima volta da quella che che ormai gli pareva una vita Campion era in pieno possesso di tutte le facoltà, una condizione non priva di svantaggi.

Tanto per cominciare era molto consapevole della presenza di Amanda al proprio fianco. La parte che la ragazza giocava nell'incubo recente gli era ben chiara. E ricordava anche esattamente come lui aveva reagito. Nella sua solitaria e atterrita ignoranza lei era emersa come una necessità, un'ancora di salvezza, mandata dal cielo e indispensabile. Adesso, ricordando pienamente la lunga e raffinata vita da scapolo che aveva alle spalle, e il disastro dei disastri che lo attendeva di lì a breve, Campion si stupì nello scoprire che lei rimaneva comunque così; statica e inalterabile, come il sole o la terra.

Il ricordo delle confidenze di Amanda a proposito di Lee Aubrey lo fece stare fisicamente male. Si era innamorato parecchie volte, questo lo rammentava. Ma qui non era la stessa cosa. Dire che era innamorato di Amanda gli pareva futile, e un po' dozzinale. Perderla... La mente si ritrasse all'idea e Campion si sentì gelare.

«Più svelto» disse lei al suo fianco. «Più svelto e ce la facciamo».

Campion scosse la testa. «Mi dispiace, amica mia» disse gravemente, «ma per essere onesti ho una gran paura che siamo fritti».

«Cosa?» Amanda si drizzò sul sedile del passeggero, con la schiena rigida e occhi scandalizzati. «Ma come, Albert» disse, «tu *devi* farcela. Oates è stato molto chiaro. Ha detto che tutto dipendeva da te. Non puoi dire che hai paura che siamo fritti. Devi fermare questa cosa, in qualunque modo. Fanno affidamento tutti su di te. Non puoi fallire e continuare a vivere».

Campion aggrottò la fronte e arrossì leggermente.

«Oh, piantiamola con gli eroismi inutili» disse imperdonabilmente, perché era a pezzi. «Alcune cose sono impossibili e tra queste c'è che per il povero vecchio Lugg e me è impossibile, senza l'aiuto della polizia, riuscire a fermare trecento camion guidati da canaglie. Non posso neppure rivolgermi alla polizia locale di Bridge perché è probabile che se mi vedessero mi salterebbero subito addosso e mi rimetterebbero in galera. Va benissimo essere ottimisti, amica mia, ma non è il caso di essere totalmente incoscienti, non credi?»

«Sciocchezze» disse Amanda, imperturbabile e senza risentimento. «Significa solo che a volte uno deve fare dei miracoli. Questa è una di quelle volte. Escogita qualcosa».

Campion non rispose. La richiesta gli sembrò irragionevole. Si concesse di pensare ad Amanda, per un momento o due. Era per lei un atteggiamento tipico. Non le era mai entrata in testa, e non ci sarebbe mai entrata, l'idea che alcune cose fossero impossibili. Il suo ottimismo era puerile e illimitato, la sua fiducia in Campion imbarazzante. In quel momento Amanda era esasperante. Le cose non sarebbero potute andare peggio di così. Il tempo era contro di lui. E se doveva essere sincero con se stesso, non c'era soluzione.

A meno che...

Un'idea gli balenò per il cervello.

Seduto con il volante stretto tra le mani, continuò a rimuginarci sopra. Era folle e probabilmente suicida, ma conteneva un filo esile di speranza.

«Il cancello dove c'è la sentinella è l'unico ingresso all'Istituto?» chiese.

Amanda lo guardò perplessa. «Nessuna di quelle sentinelle ci fermerebbe mai» disse intercettando i pensieri di Campion. «Sono solo tre. Fanno i turni, e tutt'e tre ci hanno visto in compagnia di Aubrey».

Era proprio tipico del suo carattere non fare domande. Come al solito l'unica preoccupazione di Amanda era di favorire il progetto, sempre e comunque.

Campion chiamò a raccolta le forze. Perdere Amanda sarebbe stato come perdere un occhio. La vita si sarebbe più che dimezzata, senza di lei.

Nel frattempo l'auto stava correndo lungo le strade strette. Il vento ruggiva alle sue spalle e in alto nel cielo le nuvole blu scuro lasciavano nel cielo ditate di sporco. Era una corsa selvaggia, che portava direttamente a una catastrofe quasi certa. La pioggia che era nell'aria, l'incalzare del vento, il cielo così drammatico si inserivano tutti perfettamente nel grande quadro generale. In Campion fiorì un'energia feroce, e premette sull'acceleratore. Se doveva perdere tanto valeva almeno lottare.

Guidò fino all'Istituto e, lasciando l'auto fuori dai cancelli, passò a piedi davanti alla sentinella. Fu un momento di tensione, ma filò tutto liscio. Amanda stava creando una diversione provvidenziale tentando di girare l'auto in uno spazio di quindici centimetri più ampio della sua lunghezza. La lasciò che stava accettando con garbo consigli e assistenza.

Cinque minuti dopo tornò camminando velocissimo. Era un po' pallido e aveva un'aria molto cauta, ma la nuova incoscienza c'era ancora e quando Amanda gli cedette il volante lui lo afferrò avidamente.

Guidò fino in città con insolita prudenza e si fermò in cima al Pykle, la collina incombeva scura e grigia nella luce della sera.

«Prendi la macchina» disse, in fretta. «Vai a cercare il vecchio Lugg e digli che chieda a Hutch, appena arriva, di bloccare la strada lungo la costa in entrambi i sensi, evitando allo stesso tempo l'accesso alla collina. Non ne deve uscire neppure un solo camion. Quando entrambi i posti di blocco sono pronti possono suonare con un fischietto della polizia *Annie Laurie* o qualche altro motivetto adatto, ma non prima. L'unica cosa davvero importante è che non passi neppure un camion».

«D'accordo». Amanda annuì e riprese il volante. «Probabilmente non arriveranno in tempo» disse, intercettando lo sguardo di Campion. «Hai un piano per tale evenienza, oppure ho capito male?»

Campion sogghignò. La testa gli faceva molto male e le prospettive erano catastrofiche.

«Ho solo un fagiolo della fortuna in tasca e una profonda e deliziosa fiducia in me stesso» disse.

Lei ricambiò l'espressione, negli occhi aveva la stessa derisione affettuosa.

«E allora pregherò» disse allegramente. «Arrivederci. Ci vediamo a cena, oppure nei Campi Elisi».

Campion si affrettò. Tenendo una mano nella tasca del cappotto, si precipitò nell'angusto passaggio accanto al negozietto antiquato sotto la collina di Nag, dove lo aveva portato Hutch. Non fu semplice ripetere quel viaggio alla luce del giorno, specie con la certezza che qualunque ritardo sarebbe stato disastroso e quando non si era del tutto sicuri non essersi sognati le indicazioni ricevute.

Trovò la porta del magazzino spalancata ed entrò senza indugi, facendo un rapido cenno con il capo al ragazzo che stava pesando frutta secca nel retro dell'edificio, e che era trasalito. La cosa fatale, capì, sarebbe stata perdersi. L'esitazione di un attimo lo avrebbe tradito all'istante.

Proseguì di buon passo, augurandosi fervidamente che tutto filasse liscio, e si tuffò in una corsia polverosa fiancheggiata da casse di tè e sacchi di cereali. Sentì muoversi il ragazzo alle proprie spalle, poi altri passi sulle assi del pavimento e un bisbigliare fitto. Lo avrebbero fermato. Lo avrebbero bloccato proprio in extremis, in trappola come un topo dentro una maledetta drogheria.

Appeso a un gancio al soffitto c'era un fascio di lunghe e morbide scope antiquate e Campion ne rubò una. La porta che conduceva nel regno dei Signori non era chiusa a chiave, come l'altra volta, e dopo averla oltrepassata Campion incastrò la scopa tra il pannello della porta e l'angolo opposto. Non era una barriera granché efficace, però certamente avrebbe resistito per un minuto o due alle spallate anche violente, e sembrava assai improbabile che un lasso di tempo più lungo potesse fare molta differenza. Una volta dentro, al buio, gli si presentò una nuova difficoltà. Non possedeva una torcia. La polizia dopo averlo arrestato gli aveva sequestrato tutto quel che aveva in tasca tranne le sigarette e adesso quelle cose erano probabilmente custodite in un sacchetto d'ordinanza, appeso fuori dalla cella.

Cominciò a inerpicarsi al buio pregando che non gli venisse un capogiro e tenendo ben stretto in mano ciò che aveva nella tasca del cappotto. Era lento, e la cosa lo esasperava e lo rendeva disperato. Ogni momento era importante. Ogni minuto che passava rischiava di segnare il discrimine tra il successo e il fallimento. L'attraversamento della Camera del Consiglio fu un penoso strisciare nell'inferno. Una volta andò a sbattere con violenza contro il tavolo, e il bordo duro di legno mancò di pochi centimetri il contenuto della tasca, e intanto i secondi non smettevano di trascorrere veloci.

Trovò la porta in fondo, quando ormai si preannunciava una disfatta, adocchiando l'esile lama di luce che filtrava lì sotto. L'aprì e scoprì che il corridoio era illuminato da una lanterna antivento posta all'ingresso del primo dei magazzini dei Signori. Se da una parte Campion fu assai sollevato nel vedere la lampada, questa rappresentava un altro pericolo. Non aveva alcun desiderio di imbattersi in qualcuno prima di riuscire a raggiungere il passaggio del Nag.

Proseguì, sempre con la stessa fretta cauta che esigeva di mettere in gioco fino all'ultima briciola dell'autocontrollo che possedeva. Sentiva le palpebre appiccicaticce e i muscoli duri e contratti attorno alle ossa.

C'erano lanterne in ogni punto di osservazione e la pietra umida attorno si era asciugata, rivelando che dovevano essere accese da un po'. Nei depositi dei Signori era avvenuto un grande cambiamento. Le casse erano vuote e nelle vaste caverne era tutto in disordine, come se lì avesse lavorato un esercito. C'erano così tante macerie, così tanti angoli bui e macchine inspiegabili, che Campion quasi non osava muoversi, convinto che da un momento all'altro una figura sarebbe emersa dal caos per sbarrargli il passo.

Proseguì, sentendosi una lumaca frettolosa, dalla cui velocità dipendevano i destini del mondo intero. Le scalette di ferro dovettero essere affrontate con grande cautela nella semioscurità e Campion durante la discesa ebbe gran cura del prezioso contenuto della tasca del cappotto.

Calò nell'ultimo stretto passaggio senza che nessuno lo vedesse. Qui i fumi della benzina erano quasi soffocanti e il vibrare dei motori mandati su di giri faceva tremare la collina.

Si diresse verso la curva a destra che lo avrebbe portato alla cengia affacciata sulla grande caverna dell'Abbeveratoio. Alcuni dei camion erano ancora lì, anche se a giudicare dal rumore erano in procinto di muoversi. La polizia certamente non era arrivata in tempo, non era possibile, e quand'anche ce l'avesse fatta non avrebbe avuto uomini a sufficienza. Nessuno, neppure Hutch in giorni di guerra, avrebbe potuto mettere insieme un'armata di poliziotti con soli cinque minuti di preavviso.

Svoltò a destra con cautela e guardò nella caverna del Nag. Era una visione straordinaria. L'unica luce dell'antro altissimo veniva dai fanali oscurati dei veicoli, cosicché i camion e i furgoni sembravano giganteschi insetti neri e gobbi tremanti su un paralume. Agli occhi orripilati di Campion parvero migliaia, tutti carichi all'inverosimile di sacchi pieni da scoppiare.

Si appiattì contro la scura parete di roccia e avanzò, in modo da riuscire a vedere l'entrata al di là dello schermo di roccia, che faceva da paravento naturale.

Quando finalmente riuscì a vedere bene, il cuore di Campion ebbe un sobbalzo violento. Sull'unica uscita verso la strada costiera c'era una tenda di tela di sacco, e il primo dei camion era fermo ad almeno sei metri di distanza. Se si poteva fare qualcosa, Campion era ancora in tempo.

Il posto brulicava di gente, ma parlavano a bassa voce e il rumore dei motori era soverchiante. Era una scena infernale, spettrale. Campion sapeva che i camion e i furgoni dovevano essere tutti stracarichi di dinamite finanziaria, un carico assai più pericoloso delle semplici munizioni. Erano le banconote false, questo era evidente, ma restavano un'arma segreta perché ancora nessuno aveva scoperto come sarebbero state offerte e distribuite, e dunque il grado di pericolo era noto solo al Nemico.

Campion si sforzò di vedere nell'oscurità. Attorno a lui fumavano i tubi di scarico e l'effetto dei vapori cominciava a farsi sentire. Era Pyne quello nell'angolo più lontano, accanto alla tenda? Gli pareva di sì. L'uomo stava controllando con calma i camion, e consultando un orario, come se stesse gestendo uno snodo merci.

Sotto la volta i fumi si stavano facendo sempre più densi. Campion si sentì barcollare e tese le mani per restare in equilibrio. Il movimento improvviso doveva aver attirato l'attenzione di qualcuno nella folla sottostante, perché si levò un grido e subito l'ampio fascio di una torcia potente cominciò a perlustrare la cengia sulla quale si trovava.

Campion prese la decisione. Non aveva idea di quale potesse essere l'effetto del suo «fagiolo della fortuna». Fin dall'inizio era solo stata una miserevole speranza, ma adesso era venuto il momento di giocarsi il tutto per tutto.

Mentre il fascio della torcia si avvicinava, Campion estrasse dalla tasca del cappotto l'ovetto metallico, e tirò la spoletta. Era stato vergognosamente facile rubarlo dal laboratorio di Butcher. Non aveva dovuto far altro che entrare e prelevarlo dallo scaffale nell'armadio. Non ci aveva messo più di cinque minuti in tutto. L'uovo della fenice riposava malvagio nel nido della mano. Sotto i piedi di Campion i camion tremavano e fumavano. Il raggio della torcia era a meno di un metro da lui. Sollevò il braccio e rimase incollato alla parete, con le braccia aperte.

«Spero che tu stia pregando» disse cupamente ad Amanda, ovunque ella fosse, «perché questo è il nostro primo tentativo di miracolo e deve riuscire».

L'uovo volò nell'aria diretto verso il bersaglio scelto da Campion, in basso sul lato sinistro dell'ingresso alla caverna. In quello stesso istante il raggio della torcia colpì Campion che si tuffò faccia a terra mentre una pallottola lo oltrepassava fischiando.

Un istante dopo il mondo si schiacciò come una frittella. Non fu un'esplosione normale. Il primo pensiero di Campion fu che Butcher era un altro di quei maledetti maniaci ossessionati dalla modestia.

Il rumore non fu tremendo, ma parve che un animale gigantesco avesse posato le labbra sull'ingresso della caverna, e avesse risucchiato bruscamente l'aria, solo per soffiarla con violenza subito dopo. Ci fu un boato e l'uscita sulla strada costiera sparì sotto parecchie tonnellate di terra e calcare scivolate lungo il pendio della collina. Seguì l'urlo del fuoco quando esplosero taniche di benzina in quantità e la parte superiore della caverna si trasformò in una massa di carte svolazzanti.

Campion si rimise in ginocchio. Gli colava del sangue in bocca e gli pareva di essere uscito da una macchina strizzapanni, però era vivo, e per quanto ne sapeva illeso, a parte il graffio del proiettile sulla faccia.

Sotto di lui, nella cavità della caverna, c'era un mare di benzina e carta in fiamme, e i fumi dei sacchi che bruciavano lenti. Il terreno era coperto da milioni di buste, pareva caduta una neve marrone. I feriti imprecavano e morivano sotto i camion, altri lottavano tra loro per arrampicarsi fino alla cengia. Ma le scale che di solito venivano usate a questo scopo erano state sbriciolate e ridotte a legnetti e le pareti della roccia erano prive di appigli.

Campion raccolse una manciata delle lettere che ancora gli svolazzavano attorno perché l'aria calda del rogo le spingeva in alto, e usando tutta la forza che gli era rimasta in corpo strisciò dolorosamente verso l'imbocco del passaggio.

Hutch e il suo gruppetto di uomini trovarono Campion ai piedi della prima scala di ferro, quando irruppero nei depositi dei Signori per capire che cosa fosse stata quell'esplosione che aveva fatto tremare la città. Il sergente e gli agenti corsero avanti per vedere di fare il possibile per i collaboratori della Surveys Limited intrappolati negli orrori della caverna, ma il commissario si sedette accanto a Campion sulle pietre e insieme i due studiarono le buste.

C'era un che di indicibilmente scioccante in un'idea semplicissima, che oltre a essere elementare era anche diabolica. Sia Campion sia Hutch erano membri sofisticati di una generazione che era stata costretta a diventare impenetrabile, a non lasciarsi turbare da cose spiacevoli, ma c'era una vena di franco sbigottimento nell'espressione di entrambi quando si scambiarono sguardi al di sopra del mucchietto di buste.

Il piano che prevedeva di scatenare da un giorno all'altro un'inflazione artificiosa nell'isola più civilizzata del mondo era squisitamente semplice. Le buste erano quelle familiari del Governo, stesso colore, stesso disegno. Sul davanti di ciascuna era stampata, stesso inchiostro, stesse lettere, la scritta tradizionale *On His Majesty's Service*, e c'era anche la stampigliatura nera, la corona nel cerchio. Ogni busta era in effetti uguale in tutto e per tutto alle buste che stavano circolando ufficialmente per conto di Nota Quindici.

Alla luce della torcia del commissario, Campion aprì uno dei pacchetti. Era indirizzato a un certo signor P. Carter, 2 Lysander Cottages, Netherland Road, Bury-under-Lyne, e conteneva sette di quelle banconote false e sporcate di proposito, e anche un foglietto color marrone chiaro che riportava un testo magistrale nella sua semplice diabolicità.

Ministero del Lavoro, Whitehall, Londra, S.W. S.R.G, 20539

Caro Signore/ Signora,
l'acclusa somma di 7 sterline le viene trasmessa per conto del Comitato per il Risarcimento dei Danni di Guerra.
Questo denaro le viene pagato come arretrato dovuto alle Persone Esentate dal Pagamento della Tassa sul Reddito (O. in C. AQ430028), come è stato annunciato dalla stampa e altrove.
Nota: sarà di aiuto alla patria se non terrà da parte questi soldi ma li trasformerà immediatamente in merci.

R.W. Smith,
Compt.

La seconda busta era diretta a tal signor Wild, o Wilder, al 13 di Pond Street, Manchester, 4. Conteneva una copia dello stesso foglietto e quattro banconote false.

La terza sarebbe dovuta andare alla signora Edith di Handel Buildings, Lead Road, Northampton, e conteneva, oltre al solito foglietto, nove sterline in banconote false.

Gli indirizzi mostrarono lo schema ai due uomini, che rabbrividirono. Era tutto molto chiaro. Qualcuno aveva semplicemente messo le mani sui registri dei vari servizi sociali operanti nei distretti più poveri delle città industriali. Lì dentro ci dovevano essere i nomi della maggior parte dei disoccupati cronici, di quelli che avevano ricevuto aiuti dallo Stato o dalle autorità locali, e degli innumerevoli poveracci i cui nomi e indirizzi erano stati segnalati almeno una volta.

Campion trattenne il fiato. Gli indizi puntavano ancora una volta dritti su Pyne. Liste di indirizzi di quel genere dovevano essere la specialità della Surveys Limited. Quasi certamente milioni di indirizzi come quelli costituivano il principale armamentario della ditta. Molti non saranno stati aggiornati, ma la gran massa doveva essere corretta, con grave danno per il paese.

L'idea era lì davanti ai loro occhi in tutta la sua distruttività. Un numero enorme di persone bisognose sparse nelle zone più povere del paese si sarebbero viste offrire una manciata di banconote con l'invito a spenderlo. La genialità malefica stava nel fatto che questa manna sarebbe sembrata venire direttamente dall'unica autorità sulla quale i beneficiari non avrebbero nutrito alcun sospetto, e come se non bastasse avrebbero anche avuto la pericolosa e inspiegabile convinzione di avere pieno diritto a quei soldi.

Non appena Campion capì il piano nella sua semplice interezza, ebbe anche la soverchiante certezza che in circostanze del genere l'unica cosa che qualunque governo potesse sperare di fare era considerare le banconote come valuta legale e accettarne le conseguenze, per quanto terribili queste potessero essere. Sarebbe stato impossibile ritirare quei soldi.

L'organizzazione pratica era stata un miracolo di efficienza. Il denaro era stato imbustato meccanicamente. I camion chiaramente erano destinati a distribuirlo in tutto il paese, depositando il loro carico «governativo» presso i principali uffici postali dell'Inghilterra occidentale. Sincronizzando il piano con il lancio di Nota Quindici in un momento in cui le autorità erano pronte a un afflusso enorme di lettere ufficiali, il servizio postale sarebbe stato abilmente costretto con un trucco a fornire un'assistenza fondamentale e a garantire che il colpo segreto venisse inferto in simultanea in ogni parte del paese. Il primo e più goffo metodo di distribuzione del denaro doveva essere stato una sorta di messa alla prova delle banconote false.

Campion si asciugò la faccia, che stava ancora sanguinando un poco. Il sollievo gli fece venire addirittura la nausea. Hutch si sporse verso di lui, con occhi pieni di domande. Campion indovinò cosa gli stava chiedendo Hutch e all'improvviso seppe anche la risposta. La vivida sequenza nel suo insieme li aveva portati direttamente a Pyne, e Pyne non era convincente. La sua caratteristica principale, quella che aveva messo in ombra tutto il resto, era che Pyne era innanzitutto ed essenzialmente un uomo d'affari, con una mente ordinaria e mercantile. In lui non c'era alcuna passione, non c'era fanatismo, non c'erano pulsioni sentimentali. Come agente nemico appariva improbabile; come Quisling francamente ridicolo. Si era comportato dall'inizio alla fine come un uomo d'affari impegnato in un lavoro delicato per conto di un cliente, e in questo caso, chi era il suo capo? Chi? Chi aveva assoldato Pyne? Chi era l'uomo che aveva portato quasi a compimento questo piano del nemico, fino ad arrivare a un soffio dal successo? Chi aveva scoperto la presenza della moneta falsa, e poi, con o senza un contatto diretto con il paese nemico, aveva messo in atto quello schema diabolico? Era questa la domanda.

La risposta sembrava essere contenuta in un'altra domanda. Chi aveva i mezzi per procurarsi e alloggiare un esercito di volontari locali, incaricati di scrivere indirizzi su «buste governative»? Chi poteva avere accesso alla benzina, naturale o sintetica, necessaria per far muovere così tanti camion?

A Campion tornò in mente molto vivida la descrizione che sir Henry Bull aveva dato di Lee Aubrey.

«È un soggetto strano, mezzo genio, mezzo svitato. Un momento rende servigi inestimabili, un istante dopo sta cercando di mettere in piedi un piano folle per dominare il paese».

21

Campion era appoggiato schiena al muro nel grazioso, accogliente studio di Lee Aubrey, e studiò la scena che aveva davanti agli occhi. Era uno di quei momenti di lucidità, quasi di contemplazione, che a volte arrivano nel pieno di una crisi. Per un momento vide la storia del piano e della sua sconfitta a tutto tondo, come se si fosse trattato di una commedia teatrale, e quello fosse il momento della scena finale.

Il quadro che aveva di fronte poteva essere tranquillamente una scenografia. Era così illuminato, così intenso, così drammatico. La stanza era molto silenziosa. I due poliziotti alla porta erano lì impalati. La distinta compagnia, e lì in mezzo c'era Oates, il quale pareva un cadavere grigio che avesse cominciato a smaniare, era ansiosa e tesa. Sir Henry Bull, che era appena arrivato da Londra e adesso era circondato dalla stragrande maggioranza degli altri Signori, stava lanciando occhiate ai documenti presidiati dall'ispettore capo Hutch e da un uomo dell'MI5.

L'armadietto sotto la libreria era spalancato. E spalancati erano tutti i cassetti della stanza, mentre una squadra di agenti addestrati inscatolava ed etichettava metodicamente le carte che stavano portando via.

Lee Aubrey era in piedi sul tappeto davanti al camino, al suo fianco, da una parte e dall'altra, uomini in borghese. Appariva attonito e leggermente irritato, ma non c'era traccia di allarme nella sua faccia dalle ossa grandi ed era certamente assai meno goffo del solito.

Era l'importanza degli uomini a rendere la scena un'esperienza unica nella carriera di Campion. C'era quasi una nota di tragedia domestica. Era come il disconoscimento del figlio maggiore, la vergogna nel reggimento, l'espulsione dalla scuola.

I Signori di Bridge erano arrabbiati e orripilati ma anche profondamente feriti e pieni di vergogna. Perfino la polizia non aveva un'aria trionfante.

«Le prove contro quel Pyne, che è rimasto ucciso, sono ovviamente schiaccianti» disse Oates a sir Henry. Parlò piano ma incluse nell'occhiata l'uomo esile e scandalizzato che era l'avvocato di Aubrey ed era appena arrivato.

Sir Henry annuì con aria tetra, senza parlare.

«Credo che non ci sia alcun dubbio sul suo ruolo di comando» stava azzardando timidamente l'avvocato quando Aubrey lo interruppe dalla sua postazione davanti al camino.

«Mio caro, non sia sciocco» disse. «Avevo ingaggiato Pyne non solo perché era chiaramente l'uomo adatto per questo lavoro, ma perché aveva al suo servizio un'organizzazione che capitava a fagiolo. E stava svolgendo il suo lavoro in modo assai efficiente finché non è stato fermato».

«Stia attento». Oates si rivolse brusco all'uomo, la faccia tirata insolitamente truce. In fondo alla stanza, un sergente investigativo aveva cominciato con discrezione a prendere appunti sul suo taccuino.

La faccia di Aubrey si incupì e lui tese le lunghe braccia con gesto imbarazzato.

«Ma miei cari, miei buoni colleghi, questa cosa è troppo ridicola» disse, con la bella voce profonda mite e suadente come al solito. «Sono disposto a non presentare alcuna difesa all'udienza preliminare, come tutti mi consigliate così magnificamente, ma non vedo l'utilità di fare di questa cosa un mistero, mistero che proprio non esiste. È abbastanza *chiaro* quel che stavo facendo. Per amor del cielo, quei signori alla mia scrivania gestiscano con cura i faldoni verdi, perché contengono l'unico piano fondamentale che il governo abbia concepito per questo paese arretrato. Sono stato poco ortodosso nei metodi per costringere il governo a intraprenderlo, lo ammetto, ma si è trattato di un caso di forza maggiore».

«Dio santo, Aubrey, si rende conto di quel che sta dicendo?» La faccia di sir Henry era bianca quanto i capelli.

«Certo, Bull, certo che me ne rendo conto». Il direttore dell'Istituto di Bridge era al massimo della condiscendenza. «E gran parte della colpa è sua. L'anno scorso ha commesso un errore assai pericoloso quando non ha capito l'importanza dello schema finanziario che le stavo prospettando in quel momento. Tutti questi tizi del Credito Sociale, Keynes e compagnia bella, hanno avuto qualche intuizione ma nessuno di loro è stato energico o lungimirante a sufficienza. Il mio piano avrebbe rifondato la vita economica del paese su basi completamente nuove. Poiché non ero in grado di far ragionare il governo con la forza degli argomenti mi sono reso conto che avrei dovuto metterli in una condizione per cui poi sarebbero stati ben felici di darmi ascolto. Dovevo schiantare l'economia esistente e creare il caos che li avrebbe spinti a rivolgersi automaticamente all'unico uomo che era in grado di salvarli. Questo è chiarissimo. Non c'è nulla di difficile da capire».

Adesso era appoggiato contro la mensola del camino, e stava impartendo una lezione accademica dall'alto di quella che evidentemente riteneva un'infinita superiorità intellettiva.

«Il nostro povero Campion, che probabilmente è convinto di aver fatto il proprio dovere» proseguì, «con la sua intromissione in realtà ha tradito la patria e forse anche la civiltà. Sapevo come gestire questa piccola astuzia. Non era fuori controllo. Conoscevo abbastanza bene Feiberg. L'avevo incontrato a Francoforte anni fa. Una mente interessante. Molto meticolosa per quel che riguarda i dettagli. Quando si presentò qui sapevo che era un agente nazista, e in effetti credo di avergli suggerito io l'idea che i magazzini dentro la collina di Nag sarebbero stati un posto fantastico per le sue banconote contraffatte. Potrei anche avergli parlato del fatto che i Signori di Bridge stavano ricevendo i proventi dei vigneti del Reno sotto forma di vino, anziché di contanti, e avergli fatto notare che queste spedizioni gli avrebbero offerto un'occasione perfetta per far entrare la sua mercanzia nel paese senza tante domande. Certamente lo mandai da Anscombe. Sapevo che quell'uomo si sarebbe mostrato ragionevole se approcciato nel modo giusto. Non c'è bisogno di agitarsi tanto. Ho permesso che il tutto accadesse perché sapevo che non c'era alcun pericolo. Lo scorso agosto ho capito che non avevamo nulla da temere, perché nessuna potenza straniera al mondo avrebbe mai potuto mettere in atto il piano, una volta scoppiata la guerra. Io lo sapevo che sarebbe arrivata, Feiberg no. Non credeva che le ostilità sarebbero cominciate così presto. Ho fatto in modo che il denaro arrivasse e quando è scoppiata la guerra mi sono premurato che Feiberg fosse internato. Questo mi ha lasciato a disposizione un'arma, da usare in caso di necessità. Non l'ho usata finché non mi sono convinto che non ci fosse altra strada. E ho capito che si doveva fare qualcosa, e alla svelta, e il mio piano era l'unica soluzione. Ho trovato quel Pyne, che si è scelto gli assistenti, e per tramite suo ho organizzato il più colossale crollo della storia, in modo che poi mi sarebbe stato possibile, raccogliendo i cocci, ricostruire un ordine decente. Mi state seguendo, vero?»

Lo stavano seguendo. Tutti i presenti pendevano dalle sue labbra, morbosamente affascinati. Il vecchio avvocato era in lacrime. Era un galantuomo, che godeva di grande reputazione. Si lasciò cadere di schianto in un angolo e si asciugò ripetutamente la faccia.

«Dio benedica la mia anima» stava esalando con cantilena piana e regolare. «Dio benedica la mia anima. Buon Dio. Dio benedica la mia anima».

Oates si protese in avanti sulla sedia. Aveva un'aria molto malandata ed era stato dimesso contro il volere dei medici.

«Ha fatto scrivere gli indirizzi sulle buste all'interno dell'Istituto, da volontari?» disse. «Quell'impegno enorme è stato organizzato da una donna, vero?»

«La signora Ericson?» Sulla faccia di Aubrey passò un'ombra di gentile rammarico. «Sì, ha fatto tutto per me, e lo ha fatto molto bene. Naturalmente non aveva la più pallida idea del perché mi servissero le buste. La signora Ericson è una di quelle persone piene di passione e molto gratificate dal semplice fatto di aver un lavoro da svolgere. È stata assolutamente discreta, come immaginavo. Pyne e i suoi invece stavano organizzando un gruppetto privato per fare un mucchio di soldi sui mercati in crollo. Questo mostra la differenza di temperamento. Il semplice fatto di immaginarmi all'oscuro della cosa, e di pensare che mi stavano fregando, soddisfaceva quella vena criminale che avevo d'istinto riconosciuto in loro, e che li rendeva inoffensivi. Sono entrambi esempi di quel che intendo quando parlo della capacità di scegliere le persone giuste per un certo lavoro. È un dono e un'arte. Il mio metodo di governo è basato, virtualmente parlando, solo su questo dato fondamentale». Sir Henry si passò una mano tozza tra i capelli. Aveva le labbra grigie. Sembrava esausto. «Non mi ha spiegato la parte che avrebbe avuto in quel suo nuovo governo» disse. Aubrey gli si rivoltò contro. Sembrava più alto e più magro che mai, ma nei suoi occhi slavati c'era un fuoco. «Avrei dovuto avere nel paese lo stesso identico potere che ho all'interno dell'Istituto di Bridge, naturalmente» disse. «Questo è ovvio. Quando c'è da fare in fretta e senza cedimenti cose di tale vitale importanza, allora l'uomo al comando se ne deve assumere la piena responsabilità».

Quando la sua voce tacque nella stanza seguì un silenzio così elettrico, un silenzio di respiri mozzati, che nell'aria rimase sospesa l'eco della dichiarazione. Per Campion fu il momento più spaventoso. L'uomo era brillante, capace, e nella sua sfera specifica certamente era assai utile, eppure mentre era lì, con un vago sorriso sulle labbra, la sua infondata fede nella propria superiorità lo tagliava fuori dalla realtà come se stesse vivendo in un barattolo di vetro colorato.

Non si rendeva assolutamente conto dell'enormità del peccato commesso. Era convinto di essere l'unica persona in grado di dirigere l'impero e non avrebbe esitato a distruggerne l'intera struttura economica pur di arrivare al comando.

Gli uomini che lo avevano ammirato e avevano avuto fiducia in lui rimasero a guardarlo e negli occhi di tutti c'era lo stesso pensiero: "Non è neppure la natura del dittatore, ma è quel genere di pazzia che spesso viene scoperta quando ormai è troppo tardi".

Campion si staccò dal muro e si fece largo tra i presenti per uscire. Negli ultimi tre giorni era stato sottoposto a tanti stress emotivi e quest'ultimo fu davvero troppo per lui. Si sentiva fisicamente male. La casa pullulava di poliziotti. Nel salotto oltre l'atrio una donna piangeva stancamente, i singhiozzi sovrastavano il borbottio costante dell'ufficiale che la stava interrogando. Campion immaginò che si trattasse della signora Ericson.

Passò in mezzo agli uomini in borghese, agli amici influenti, al personale dell'MI5 e agli esperti del ministero degli Interni, e uscì dall'ingresso principale. Era un'altra notte limpida e serena, ci si vedeva quasi come di giorno. L'agente di guardia sulla porta lo salutò con deferenza talmente spontanea che Campion capì di essere già l'uomo del giorno nella polizia dell'Inghilterra occidentale. Attraversò a passi decisi il prato, riempiendosi i polmoni con l'aria pulita della notte e godendo del vento umido sulla pelle.

Di lì a poco lo raggiunse Amanda. Si materializzò al suo fianco mentre lui passava all'ombra della casa, e camminarono insieme per un po' senza parlare. Campion da qualche ora aveva in testa solo Amanda. Da quando nei depositi dei Signori di Bridge gli si era presentata in modo definitivo la risposta alla domanda inespressa di Hutch, Campion era tormentato dal pensiero di quale sarebbe stata la reazione di Amanda a questa storia. La situazione attuale era irrecuperabile oltre a essere imbarazzante, tanto che se lei fosse stata un'altra, chiunque altra, l'unica cosa fattibile sarebbe stata quella di tornare immediatamente al lavoro e di concentrarsi su altre cose con gli occhi, le orecchie e il cuore sprangati. Però lei era Amanda e non una donna qualsiasi, una di cui per caso si era innamorato, e dunque non gli era possibile ritirarsi. Anche lei non pareva ansiosa di parlare, ma i suoi modi non parevano trattenuti. Gli aveva preso il braccio, come al solito, e al pari di Campion sembrava appagata dal passeggiare e riflettere.

Camminarono così a lungo che i pensieri di lui ebbero il tempo di sedimentare e cristallizzare e diventare quasi impersonali.

«Ti dirò una cosa» disse all'improvviso. «Anche se non si fosse rivelato un pazzo di questa fatta tu non lo avresti comunque sposato».

«No» ammise lei con sincerità. «Non lo avrei fatto». Campion la guardò e la sorprese a sorridere tra sé e sé. Era una reazione inaspettata e si chiese se la luce non lo avesse ingannato. «Stai ridendo?» chiese.

«Solo di me» disse Amanda, con la sua tipica anche se devastante onestà. «Vai avanti».

Lui guardò le grandi sagome ombrose degli alberi contro il cielo illuminato dalla luna. Campion aveva in mente qualcosa e aveva intenzione di dirlo, non perché le sue parole avrebbero confortato Amanda – in quanto essere umano di genere femminile probabilmente l'avrebbero fatta infuriare – ma perché era Amanda, e per lui era importante che lei sapesse. Doveva esserne messa al corrente e magari un giorno le sarebbe stato utile.

«Nonostante la sua intelligenza e quella sua boria spaventosa, che gli impedisce di essere lucido, Aubrey è un bel tipo» esordì bruscamente. «Non hai mai fatto caso a quella donna, la signora Ericson?»

Gli parve di aver sentito Amanda trattenere il fiato. Poi la ragazza ridacchiò. Non c'era altro modo di descrivere quel mormorio in cui si mescolavano divertimento e sollievo.

«Ma certo» disse. «E sono molto sollevata che l'avessi notata anche tu. Insomma, se stai cercando di spiegarmi che Lee ha l'abitudine di fare strane avances alle persone, dando a intendere di essere pazzamente innamorato, così quelle le accolgono, e a quel punto lui gode della lusinghiera esperienza di declinare il loro affetto con dolce e comprensiva simpatia, questo lo so già. Non credo che lui lo faccia apposta, naturalmente, però le cose continuano ad

andargli così e una parte del suo cervello ogni volta si stupisce e gongola, mentre l'altra parte presiede ai meccanismi
che portano alla creazione di quelle situazioni. Sono stata
proprio una grandissima babbea. Mi ha stupita moltissimo».
Tipico di Amanda. Non: "Mi ha ferita". Non: "Ero furiosa". Non: "Mi sono sentita orribilmente umiliata". No, soltanto: «Mi ha stupita moltissimo».

«E quando è successo tutto questo?» volle sapere Campion.

«Appena prima che io portassi la vecchia Anscombe a
parlare con te in quella locanda. Avevo intenzione di dirtelo, perché ne avevo decisamente abbastanza, e – oh, lo
sai com'è – ero addolorata e in imbarazzo. Ma non mi
pareva il momento adatto per le confessioni intime. E
anche tu eri un po' stranino, se ben ricordi».

Stranino! Ricordava sì. E ricordava anche la faccia di
Amanda, ferita e perplessa, mentre quella filastrocca idiota restava sospesa tra loro, incompiuta. Gli venne in
mente un'altra cosa e si rivolse a lei, costernato.

«Hai dovuto tornare qui. Ti ho rimandata qui».

«Sì, lo so» disse. «Ma andava fatto. Inoltre il coltello è
stato girato nella piaga finché davvero non ho capito. Lee
se l'è proprio goduta. Ho capito come stavano le cose ed
ero qui quando hanno telefonato dalla stazione di polizia
di Coachingford, e dunque ne è valsa la pena».

Campion le passò un braccio attorno alle spalle, tenendo
stretta la scapola delicata. Per la prima volta in vita sua si
sentì del tutto adulto. Le esitazioni, le remore, i dubbi
intellettuali gli sembrarono all'improvviso puerili.

«Sposiamoci domattina presto» disse. «Ho un congedo
di appena trentasei ore. Mi è arrivato un messaggio ieri
sera. E poi devo farmi vedere questa botta in testa. È ora
che ci sposiamo».

«Sì» disse Amanda, che non badava mai alle apparenze.
«È ora che ci sposiamo».

Tornarono in casa per intercettare Oates, che probabilmente sarebbe stato in grado di appianare qualunque intoppo burocratico. Appena prima di varcare la porta Amanda si girò verso Campion.

«Scusa se ti ho dato una sberla sulle orecchie» disse, «ma mi avevi molto ferita. E non sembravi molto in te».

«Cara la mia ragazza, ero fuori di me» cominciò, e poi ebbe un'esitazione. No, non andava. Non voleva rivelarle fin dove fosse arrivata la sua disabilità nei giorni precedenti. L'orribile rivelazione della propria impotenza e il bisogno acuto di lei erano ancora un dolore e un ricordo troppo vivi.

Amanda aspettò un momento e alla fine rise.

«E allora questa volta non sbagliare» ordinò. «*Sotto il ponte ci son tre bombe: passa il lupo e non le rompe...*»

Campion sorrise mentre gli tornava in mente la deliziosa filastrocca. Si strinse Amanda al petto.

«*Passa il re e ne rompe tre; passa la regina ne rompe una dozzina*» citò senza sbagliare, e la baciò mentre completava con soddisfazione trionfale il climax, così adatto, e così assurdo: «*Passa il reggimento e ne rompe cinquecento!*»

Varianti

Lucia Berlin

La donna che scriveva racconti

Una donna molto bella che ha avuto una vita difficile e la racconta in tanti piccoli quadri: protagonista la narratrice onnisciente o vari personaggi secondari, diversissimi tra loro: un vecchio indiano americano incontrato in una lavanderia; una ragazza giovanissima che scappa da una clinica messicana di aborti per ricche americane; la suora di una scuola cattolica; un'insegnante gay. Ma soprattutto, una domestica che ritrae, lapidaria ma benevola, le «signore» (e anche qualche «signore») per cui lavora: una storia indimenticabile, che dà il titolo all'edizione americana del libro, «Manuale per donne delle pulizie».

«Indimenticabile» è l'aggettivo che definisce il valore di una storia breve. Tutti ricordano la signora con il cagnolino di Čechov, o la famiglia Glass di Salinger, o l'anziana donna malata di Alzheimer che si innamora di un compagno di sventura, di Alice Munro. Più difficile è ricordare uno qualunque dei protagonisti dei racconti di Raymond Carver, tutti molto simili: uomini che traslocano continuamente per sopravvivere a una crisi economica non solo individuale. O quelli di Charles Bukowski, l'eterno disadattato che ama l'alcol e le donne.

Non che sia possibile ricordare tutti i personaggi di Berlin, diversissimi, variegati per sesso, razza, colore e censo, ma di certo il tratto pittorico dell'autrice contribuisce a fissarli nella mente; complice una scrittura ingannevolmente semplice, chiara, essenziale, imprevedibile come la musica jazz ma altrettanto ipnotica.

Una vita più che difficile, quella di Lucia Berlin, tormentata dalla scoliosi e dalle sue conseguenze, da un primo matrimonio sfortunato, dalla povertà, e dai lavori tipici degli americani senza radici: ma le esperienze di centralinista, domestica, insegnante precaria o infermiera, e di madre single, forniscono all'autrice un materiale prezioso e vastissimo, che usa per raccontare se stessa con eccentrico, personalissimo talento.

Bollati Boringhieri

Varianti

Claire Messud
La paura del desiderio

È un'estate torrida, a Londra. Chi racconta in prima persona sta facendo una ricerca sulla morte nella letteratura tra il Settecento e l'Ottocento. Deve anche elaborare il lutto per una relazione finita male. E vuole stare per conto suo, tra la biblioteca e il piccolo, confortevole appartamento che ha affittato in un quartiere non proprio elegante.

La donna brutta, sgraziata e invadente che suona alla porta presentandosi come la vicina del piano di sotto non è quindi gradita. Lo è ancora meno quando racconta della madre inferma, bisognosa di cure assidue, e dei tanti conigli che la vecchia signora alleva con amore. Per fortuna la donna è una badante professionista, abituata agli anziani e ai loro capricci. Dal pavimento, però, cominciano a salire strani rumori, grida, pianti accorati, conversazioni agitate, frasi incomprensibili. E, naturalmente, il tanfo delle bestiole, prigioniere come la figlia devota.

Quando questa comincia a raccontare dei suoi assistiti, che muoiono poco dopo averla assunta come badante, per motivi incomprensibili, e a manifestare il timore di essere lei stessa, desiderando la loro morte, a provocarla, la situazione si fa insostenibile. E paura, paranoia e depressione dilagano al piano di sopra. Fino al finale, inaspettatamente realistico.

Con grande bravura, e un tour de force narrativo che finora era riuscito solo ad Alice Munro, Claire Messud non rivela il sesso del narratore per tutto il racconto, mantenendo così la suspense ad altissimi livelli. L'autrice di *La donna del piano di sopra* e *La donna del martedì* conferma con questo romanzo breve la maestria che ha conquistato l'apprezzamento del pubblico e della critica.

Bollati Boringhieri

Varianti

Hans Tuzzi
La figlia più bella

Giugno 1986. Mentre tutta l'Italia segue i mondiali di calcio, una ragazza viene trovata affogata in una roggia nelle campagne di Abbiategrasso: non è un incidente, ma l'assassino non ha abusato sessualmente della vittima. L'indagine, partita male, viene affidata a Melis. Che sa bene come, in questi casi, i primi sospetti si devono concentrare sulla cerchia dei famigliari. I quali, però, nella loro cascina isolata fra i campi, non soltanto forniscono solidi alibi l'uno con l'altro, ma sembrano sinceramente provati dal dolore. L'attenzione del commissario si sposta perciò sulla ricca cittadina, dove tutti, o quasi, conducono una vita apparentemente esemplare ma dove in realtà ciascuno ha i propri più o meno inconfessabili segreti, in uno spaccato di vita di provincia della quale Tuzzi raffigura vizi privati e pubbliche virtù.

Non mancano poi le lettere anonime, a schizzar fango e sospetti ora su questo ora su quello, arrivando persino a gettare ombre sul passato della povera ragazza morta alla quale, forse, qualcuno aveva promesso una carriera da attrice cinematografica.

Coadiuvato da personale di polizia a lui sconosciuto, Melis non sottovaluta nessuna traccia, eppure qualcosa gli dice che le origini del delitto vanno cercate altrove. Ma dove? Lentamente, si delinea una possibile pista. Una brutta, sporca pista. Sulla quale Melis lancia i suoi abituali collaboratori, gli agenti della sua Squadra: e D'Aiuto, Ferrini e Giovannini si dimostrano all'altezza delle aspettative, anche se la soluzione del caso si presenterà improvvisa e amara – una crudele smentita a ogni raziocinio investigativo.

Bollati Boringhieri

Varianti

John Burdett

Il demone di Angkor Vat

Un nuovo caso per Sonchai Jitpleecheep, detective della squadra omicidi della Royal Thai Police di Bangkok. Già monaco e devoto buddhista, protagonista di *Il Picco dell'avvoltoio* e *Il Padrino di Kathmandu*, sempre in lotta per proteggere il suo karma dagli assalti di casi moralmente compromettenti, Sonchai affronta qui una terrificante innovazione tecnologica che scuote il suo mondo alla base e lo obbliga a confrontarsi con il padre americano da tempo perduto.

La scena che Sonchai si trova davanti quando viene chiamato sul luogo di un crimine è difficile da contemplare con distacco perfino da chi, come lui, è da sempre un seguace della dottrina buddhista: una bellissima ragazzina di dodici anni è stata decapitata con una tecnica inedita quanto agghiacciante. E c'è un messaggio per lui, scritto con il sangue: *Detective Sonchai Jitpleecheep, io so chi è* [macchia] *padre*. Ancora fortemente turbato, in risposta a una chiamata urgente, arriva su un'altra scena incredibile: sotto i suoi occhi, a bordo di una barca ancorata al centro del fiume Chao Praya in piena, un giovane thai uccide la madre senza dar segno di esitazione o rimorso; e un altro getta in acqua la madre dei suoi figli. Assiste alla scena un gigante biondo altrettanto impassibile, che fugge a nuoto nonostante le acque tumultuose.

Non si può fare a meno di pensare all'altro gigante biondo, il fratellastro di Lisbeth Salander nella fortunatissima trilogia svedese di Stieg Larsson, e come si vedrà il paragone non è azzardato. Ma qui si va ben oltre il mostro creato dal terribile patriarca di *Uomini che odiano le donne*. Qui l'invincibile macchina di morte ha radici in uno scandaloso esperimento iniziato negli usa e proseguito in Cambogia dopo la guerra del Vietnam: reduci ignari riempiti di droghe – prima fra tutte l'lsd. I risultati dell'esperimento di «potenziamento» dell'essere umano, affidato a un bizzarro psichiatra inglese, si sono evoluti in una reale e incombente minaccia globale.

Bollati Boringhieri